論創海外ミステリ30

RONSO KAIGAI MYSTERY

ALPHABET HICKS
Rex Stout

アルファベット・ヒックス

レックス・スタウト
加藤由紀 訳

論創社

読書の栞（しおり）

レックス・スタウトといえば、巨漢の探偵ネロ・ウルフとその助手アーチー・グッドウィンが活躍するシリーズがよく知られている。アメリカでは人気のあるこのシリーズ、日本でも熱心なファンがいるようだが、一般的な人気という点では、今ひとつブレイクしきれていない印象がある。その理由はいろいろと考えられるものの、ひとつには、エラリー・クイーンのライヴァルの一人として認知・紹介されているということがあげられるのではないだろうか（たとえば、森英俊・山口雅也編『名探偵の世紀——エラリー・クイーンのライヴァルたち』原書房、一九九九）。

蘭の愛好家で美食家だが、巨漢のため住まいからは一歩も外に出ないウルフ（基本的にであって、外出する作品もある）は、いわゆる安楽椅子探偵ではあるものの、ロジカルな推理の面白さを前面に押し出しているわけではない。作品の面白さは、ウルフのために情報収集に駆けずり回るアーチーとウルフとのユーモラスな掛け合い、そしてヒューマニズムあふれる事件処理こそが読みどころ。要は、アーチーの一人語りによる、キャラクターとストーリーテリングの面白さで読ませるというわけ。

そのウルフ&アーチー・シリーズの知名度が高いスタウトだが、このコンビ以外にもシリーズ・キャラクターを何人か創造している。ここに本邦初紹介となる『アルファベット・ヒックス』（四一）に登場する、元弁護士で今はタクシー運転手の無免許探偵アルフレッド・ヒックスもその一人。毎回異なる肩書きを表すアルファベットを名刺に並べていることから、タイトルのような通称で呼ばれる主人公が活躍する本書でも、その面白さはやはり、キャラクター描写とストーリーテリングの上手さにある。ミステリ・ファンにはおなじみの、非常に古典的なトリックが使われているが、それを難ずるのではなく、この時代に、このシチュエーションが可能だったのかと驚くのが、上手な読み方というべきだろう。

これまで短編「或るヒーローの死（別邦題「幕前狂言」）」（五五）が紹介されただけで、分かっている限りでは、ヒックスものはその短編と本書の二編しか書かれていない。短命に終わった理由は明らかでないが、たった二編ではもったいないくらい魅力的な設定を持つキャラクターの活躍をお楽しみいただきたい。

装幀／画　栗原裕孝

目次

主要登場人物

アルファベット・ヒックス……元弁護士のタクシー運転手
ディック・ダンディ……「R・I・ダンディ&カンパニー」の社長
ジュディス・ダンディ……ディックの妻
ロス・ダンディ……ダンディ夫妻の息子。ブラガーの助手
ヘルマン・ブラガー……「R・I・ダンディ&カンパニー」の研究所の研究員
ヘザー・グラッド……同研究所の事務員
ミセス・パウェル……同研究所員が住む屋敷の家政婦
マーサ・クーパー……ヘザーの姉
ジョージ・クーパー……マーサの夫
ジミー・ヴェイル……「リパブリック・プロダクツ・コーポレーション」の社長
ロサリオ・ガーシー……レストランのオーナー・シェフ
マニー・ベック……ウェストチェスター郡警察刑事部長
ラルフ・コルベット……地区検事

1

もしもジュディス・ダンディが、そのタクシー運転手の名前に——目の前のパネルに留められた枠入りの身分証明カードに目をやらなかったら、自分が抱えるトラブルを解決する別の方法をいつかは見つけていたかもしれない。あるいは見つけていなかったかもしれない。

なぜそのカードに目をやることになったかというと、彼女の乗ったタクシーが五十丁目とパーク・アヴェニューの交差点で信号待ちになったときに、ちょっとしたできごとが起こったからだ。タクシーが停まるのを確認していた三、四人の歩行者の中に、重役会議にでも向かう途中なのか、身なりの立派な、恰幅のいい紳士がいた。紳士は運転手の顔に気づいてぱっと顔を輝かせたかと思うと、縁石を降り、タクシーの脇にやってきて手を差し入れ、運転手に握手を求めてから同僚の重役に話しかけるような口調で挨拶したのだ。

「やあ、ヒックス。調子はどうかね?」

ジュディス・ダンディの人生にその身なりの立派な紳士が登場するのはそれが最初で最後だったが、その短時間に紳士が彼女に与えた貢献は多大なものだった。自分が陥っているトラブルで頭が一杯だったジュディスが一瞬我に返り、パネルに留められた枠入りカードを見やって

「A・ヒックス」という名前を確認したからだ。再び発進してマンハッタンの北を進むタクシーの中で、「A」の文字は次第に彼女の記憶を呼び覚ましていった。

ジュディスは思い出した。その輝きと瞼の輪郭から猫か虎を思わせる、黄色がかった茶色の目……一年ほど前に読んだ彼に関する雑誌の記事。そう、あれは「ニューヨーカー」誌に掲載された「プロフィール」……ハーバード法科大学院《ロースクール》……弁護士を開業して最初の年に起こったセンセーショナルな弁護士資格剝奪事件……いまだに何をしていたか明らかにされていない埋もれた年月……夜間警備員……地下鉄保守員……世間を騒がせたハーリー事件……指とつま先を洗濯ばさみで挟まれた娘……。

四十丁目でタクシーに乗り込んだときには別のことに気を取られていたジュディスは、運転手の顔などどちらりとも見ていなかった。それが今、パーク・アヴェニュー七十丁目の自分のアパートメントの前でタクシーが停まり、矛槍《ほこやり》を持たない矛槍兵さながらのドアマンにドアを開けられても、彼女は降りようとしなかった。そして運転席との仕切りの開口部に身を乗り出した。

「あなた、ミスター・アルファベット・ヒックスなの?」

運転手が首を巡らし、振り返った。ジュディスは彼の顔を――目を見た。記憶どおりの印象的な目だった。ジュディスは愚かにも訊ねた。

「そう、今はタクシーの運転手なのね?」

「いいえ」ヒックスは答えた。

ジュディスは神経質な笑い声をあげた。「馬鹿な質問だったわね」そして彼女がドアマンに首を振ると、ドアマンはドアを閉め、歩道を戻っていった。ジュディスは再び話しだした。

「もちろん、あなたはわたしを覚えていないわよね。一年ほど前、あなたは植木会社で働いていた。わたしはあなたの記事を読んで、ディナー・パーティーの特別ゲスト《ライオン》として招待しようとしたんだけど、断わられたのよ……」

「ダンディさん」ヒックスは言った。

「思い出したの？」

「いいえ、推理しただけです。後ろの車がこの場所に入りたがっているんですが」

「だったら彼らを……」ジュディスは後ろをちらりと見た。と同時に胸の中で抑えていた衝動が一気に突き上げた。「ねえ」彼女はきっぱり言った。「あなたと話がしたいの。ディナー・パーティーにきてくれと説得するためじゃないわ。わたし、トラブルを抱えているの」

横に長いよく動く唇の片端を上げ、ヒックスは皮肉な表情を浮かべた。「どういったトラブルです？」

「ここでは話せないわ。長い話なの。角を曲がったところに車を停めたら、わたしのアパートメントにこられるでしょう。ねえ、そうしてくれる？　お願い」

「わかりました」ヒックスはギアを入れた。

ジュディス・ダンディはまだ四十五歳ではなかったが、あと数カ月先でそうなる予定だった。その歳に見えるかどうかは、時刻が昼か夜かとか、照明の加減とか、彼女の心や精神の状態とか、見ているのが誰かということに左右された。肉体の特徴にかぎって言えば、手入れの行き届いたなめらかな肌にしても、大きな黒い瞳にしても、まだ生来の色を保っている茶色の髪にしても、そしてこれが彼女を一番優美に見せている部分である、顎から首にかけてのきれいな曲線にしても、三十そこそこに見られても不思議はなかった。そう、条件さえ理想的ならば。

しかしその九月の水曜、条件は明らかに理想とほど遠かった。パーク・アヴェニューの高層階にあるメゾネットタイプの彼女のアパートメント。その少々荘厳な雰囲気のする居間の隅に置かれたソファに座った彼女は、見るからに生気がなかった。

「わたしが抱えているトラブルというのは」ジュディスは言った。「とても——個人的なものなの」

タクシー運転手はうなずいただけだった。そんなふうに椅子に座った彼は、運転手にしては髭がきれいに剃られていることや、服が汚れていないといった細かい点を差し引いたとしても、第一印象よりさらにタクシー運転手に見えなかった。

「つまりわたしが言いたいのは」ジュディスは言った。「そのことを誰にも知られたくない、ということなの。でも、わたしは誰かに助けてもらわないわけにはいかないわ。今日の午後には探偵事務所を訪ねようと考えていたんだけれど、探偵事務所なんてどこも知らないし、そんなところを訪ねるのも不愉快そうで……」彼女は顔をしかめてみせた。「もっともすでに事態は充分不愉快なんだけれど。そんなときにあなたに会って、あなたの記事を読んだのを思い出したの……あなたの見事な活躍も……それにあなたの目は今までに会った誰よりも賢そうだったし……」ジュディスはそこで言葉を切り、決まり悪そうな顔をした。

「あなたが打ち明けないと、話は先に進みませんよ」ヒックスはそっけなく言った。「ぼくはこの部屋へきて話を聞いてもらいたいという招待を受けただけなんですから」

「そうだったわね」彼女はちらりと彼の目を見た。それからふいに今までとは違うきつい口調で言った。「わたしの夫の頭がおかしくなったの」

ヒックスはうなり声をあげた。「ぼくは今まで精神病患者を扱ったことはないんですが……」

「いいえ、精神病患者ではないわ」ジュディスは苛立ちながら言った。「でも、頭がおかしくなったの。正気を失ったとでも言うのかしら。わたしたちは結婚して二十五年。結婚生活は必ずしも幸福の連続ではなかったわ。一つにはわたしが浪費家だったから。ずっとそうだったのだけれど、それが夫のせいだとは言わないでおくわ。とにかく、わたしたちはかなりうまくやってきた。二人の子どもを育てたし。それが結婚の目的ですものね。それにお互いを毒殺しようとしたことだって一度もないわ。わたしたちの友人も、わたしたちの結婚の幸福度は平均をかなり上回っていると言ってくれるはずよ。それなのに突然、先週のある日、つまり一週間前の昨日の火曜、オフィスから帰ってきた夫はものすごい形相でわたしを睨みつけて、ジミー・ヴェイルとはどれくらい頻繁に会っていたのかと詰め寄ってきたの！」

ジュディスはそこでためらった。ヒックスは戸惑った顔をし、小声で訊いた。「ジミー・ヴェイル？」

「そうよ！」

「それは何者です。男性？」

「もちろん、男性よ。わたしはあきれて物も言えなかったわ。口がきけるようになるとわたしは言ったの。わたしの歳で男性とこっそり逢引きしたいと考えたら、ジミー・ヴェイルより素敵な男性を選ぶでしょうって。すると同じ目つきと声で夫は言い返したの。『そんなことを言っているんじゃない。わかるだろう。わたしの言ってることが。きみは彼のオフィスへどれくらい通って、わたしの会社の秘密情報を漏らしたのかと訊いているんだ。わたしは証拠を握っている。だからさっさと話した方がいい』と。再びわたしは言葉を失ったわ。黙っていると夫は畳みかけてきた。『きみは誰からその情報を手に入れた？　ブラガーか？　ブラガーから聞き出したのか？　それであいつが要求した金を払ったのか？　ヴェイルにいくら払ったんだ？　相当な高値で売ったんだろう？』とね。

　わたしは夫に頭がおかしくなったのかと尋ねたわ。すると夫は否定しても無駄だ、おまえのやったことはすべてお見通しだ、自分が知りたいのは細かいことだけ、いきさつの一切合切だ。それがわかれば何をしたらいいか決められると答えたの。夫と冷静に話し合おうとしたけれどできなかったわ。わたしたちはまさにこの部屋にいたんだけれど、そのとき訪ねてきた人がいて、夫は外出してしまい、その夜は帰らなかった。翌日の正午頃、夫は帰ってくるとまた同じ話を繰り返した。まったく同じ戯言をよ。もう最悪よ。最後に夫は言ったわ。午後四時にオフィスへくれば、わたしに証明してみせると。だからわたしは行くと答えたの。そして夫は出ていった。わたしは夫の頭がおかしくなったのだと心底思ったわ。ところが三時頃、夫は電話をよこしてオフィスへくるなと言ってきた。そしてそれだけ言うと電話を切ったの。わたしはとにかく出かけたけれど、夫は不在だと言われたわ。その夜、夫は遅く帰ってきた。そして頑としてそのことを話し合おうとしなかったの！　今でもよ。わたしが話そうとすると逃げてしまうの。ほかの人の前では、夫は何ごともなかったようにふるまう――ふるまおうとしているわ。わたしたち二人だけのときは――でも二人っきりにはならないのよ。わたしたちの部屋には続きの寝室があって、夫は連結ドアに鍵をかけているの。二、三日前の晩に廊下のドアから夫の部屋へ入ったのだけれど、夫はただひたすらその話はできないと言うだけで！　そんな馬鹿げたこと聞いたことある？　あるはずないわよね？」

「確かにそれはおかしな話ですね」ヒックスは認めた。「ご主人はあなたがどんなたぐいの企業秘密を売ったと考えているんです？」

「プラスチックを作るための製造技術だと思うわ。それは唯一の……」

「プラスチックって何です？」

「まあ、プラスチックよ！」ジュディスは林檎とは何かと尋ねられたような顔をした。「近頃ではあらゆるものがプラスチックでできているのよ。というか、すぐにそうなるわ。万年筆も、時計も、家具も、お皿も。フォード社だってプラスチックで車を造る実験をしているんだから。あらゆる色の車ができるわよ……」

「ご主人はプラスチックを製造されているんですか？」

ジュディスはうなずいた。「夫の会社は大手の一社、『R・I・ダンディ&カンパニー』よ。

オフィスは四十丁目、工場はブリッジポートにあるわ。わたしが会社のことで知っているのはそれくらいよ。夫はわたしに仕事の話をしないから。話してもほんの少しだけ」ジュディスの声はふいに鋭くなり、金属のように硬い調子になった。その変化ははっきりわかった。というのも彼女の声は固い子音（T・D）と柔らかい子音（Hなど）が混じりあって、温かくて楽しげで表情豊かな特徴ある魅力的な声だったから、よけいそう感じられたのだ。急激な変化は少しばかり衝撃だった。「どうやったら」ジュディスは尋ねた。「まったく知りもしない秘密を漏らすことができるのかしら？　それにそれを知る機会だってまったくなかったのに。とにかく馬鹿馬鹿しい話よ！　もしもあなたの奥さんがいきなりあなたを非難したらどうすると思う？たとえばあなたが……あなたが……」

「ぼくの妻の座は一度も埋まったことはありません」その空席を埋めることなどさらさら考えていないという口ぶりだった。「だが、あなたが言いたいことはわかりました。ジミー・ヴェイルというのは誰です？　彼もプラスチックを作っているんですか？」

「ええ。彼は『リパブリック・プロダクツ・コーポレーション』の社長よ」

「商売敵？」

「そう、夫と彼はかつて友人だったわ。でも今は違うの。ジミーは詐欺師で泥棒だと夫は言っているわ。その件に関してはあまり知らないんだけれど、でも明らかにヴェイルは何か後ろ暗い方法でダンディの方式を手に入れたらしいわ。とにかく夫はそう思っている。二、三年前から盗まれていたって」

「あなたはヴェイルとはどれくらい親しいんです?」

「昔はかなり親しくつき合っていたけれど、もう長いこと会っていないわ」

「最近彼のオフィスを訪ねたことは?」

「いいえ、訪ねたことは一度もないわ。オフィスがどこにあるのかも知らないもの」

「ご主人は秘密をブラガーから聞き出したのかと問い詰めていましたよね。ブラガーとは誰です?」

ジュディス・ダンディの唇が曲線を描き、かすかな笑みが浮かんだ。それが軽蔑の笑みなのか、たんにおもしろがっているだけなのかはわからなかった。「ヘルマン・ブラガー」彼女は言った。彼女の魅力的な声で発せられたRはヒックスの鼻にかかった声よりもさらに豊かで、Gはさらに柔らかかった。「科学者よ。夫によると、天才ですって。たぶんそうなんだと思うけれど、わたしにはわからない。彼は実験をして、驚くような発見をしているの。五、六年前から夫の会社で働いているんだけど、ブリッジポートにはいないのよ。周りに人が多すぎるとか言って。それで夫は彼のためにウェストチェスターに研究所を用意したわ。カトウナという町の近くよ」彼女の唇が再び微笑みを作った。「彼はいわゆる変人なのよ」

「ブラガーとは親しいんですか?」

「いいえ、個人的にはそれほど親しくないわ。今でもそういった決まりきった言い方が許されるなら。でも以前からときどき会ってはいるわ。夫が彼をこの家に呼ぶことがあるから。彼は月に二度ニューヨークにやってきて、ここで食事をして、仕事の話をしながら夜を過ごすの。

ところで——わたしは秘密を知る機会は一度もなかった言ったけれど、実はもしかしたらあったのかもしれないわね。いつだったかミスター・ブラガーがブリーフケースを忘れていったことがあって、一晩ここに置いてあったの。たぶんそれには秘密がぎっしり詰まっていたかもしれない。わたしにはわからないわ。だって見てないんですもの。いずれにしても重要なものだったはずよ。わたしの息子が翌日すぐに車で取りにきたくらいだから」

「それはいつごろのことです?」

ジュディスは唇をすぼめた。「ひと月ほど前よ」

「あなたの息子さんはご主人の会社の社員?」

「ええ。二十四歳になるのよ」彼女は自分でもそんな年齢の息子がいるなんて信じられないと言った口ぶりだったし、公平に言って、確かにそれはかなり驚くべきことだった。「息子は六月にMIT《マサチューセッツ工科大学》の大学院過程を終えて、今はミスター・ブラガーの下で働いているの」彼女はじれったそうにソファの中で腰の位置を変えた。「でもそんなことは関係ないわね?」彼女はさらに訴えるような身振りをし、微笑んだ。「わたしを助けてもらえる? あまりに馬鹿げた話だし、わたしにはどうしていいかわからないの! 昔ながらの友人のところにも相談に行ってみたのよ。わたしたちの結婚式で新郎のつき添い人をしてくれた人のところへ。彼は夫に二度会ってくれたから、今朝、わたしは彼のところへ行ってきたの。彼のオフィスにね。彼の話によると、その話はぜったいにしないと夫に拒絶されて、彼もお手上げですって。それでわたしは探偵事務所へ行こうと考えていたの。そうしたらあなたと会って、それで記事に載っていたことを思い出したのよ」

ジュディスは手を差し出し、掌を上にした。「ねえ、わたしを助けてくれるでしょう？　もちろん、あなたがお金を軽蔑しているのは知っているけれど――わたしはあなたの好きなものを何でも差し上げるわ……」彼女は気まずい口調で締めくくった。

「ぼくはお金を軽蔑していません」ヒックスは彼女の顔をまじまじと見つめた。そのまばたきしない目の輝きは前よりも物憂げだったが、猫のように用心深く尊大だった。「その記事に何が書いてあったか知りませんが、ぼくは変人ではありません。そして一つ認めておきましょう。実はあなたはご主人の企業秘密を本当は売っていて、ぼくに依頼した真の目的は、ご主人が握っている証拠がどんなものなのかを知ることなのだとしたら、とてもおもしろいことになると思っています。それにこれも認めておきますが、経費は」彼は一瞬言葉を切った。「二百ドルほどかかるかもしれません」

ジュディスは彼の目を見返した。「わたしはあなたに本当のことを話したわ、ミスター・ヒックス」

「わかりました」彼の目つきは変わらなかった。「それはいずれわかるでしょう。今も言ったように、いくらか現金が必要です。それにあなたの写真もいただけませんか。よく撮れている大判のものを。それにもう何点か教えてもらいたいことがあります」

彼女にはそれ以上話せることは――少なくとも役立つことや重要なことはなさそうだったが、それでも彼女はそれから三十分間、ヒックスの質問に答えていた。しばらくしてアパートメントを辞去した彼のポケットには小切手が、小脇に抱えた封筒には小首を楽しげに傾げ、唇に挑発的な笑みを浮かべた、かなり美人の、絶世の美女とさえ言えそうなジュディス・ダンディの大きな写真が入っていた。彼はなぜその写真が必要なのか説明しなかった。通りに出ると、自分のタクシーに戻り、エンジンをかけた。

四十丁目のマディソン・アヴェニューでは、その地区に新たに配属されたばかりのパトロール警官が、パトカーに搭載した専用電話から分署の巡査部長に困惑した口ぶりで報告していた。

「……わたしがこの歩道をパトロールしていると、すぐ横に一台のタクシーが停まり、運転手が出てきてこう言いました。『初めまして、おまわりさん』そしてわたしに一枚の紙を手渡しました。広げてみるとこう書いてありました。いいですか、読み上げますよ。『お手数ですがシェリドン9―8200へ電話してジェイクという配車係に、代わりの運転手をよこすよう言ってください。わたしには時間がありません。というのも、警察がわたしを追っているからです』と。メモには『A・ヒックス』と署名してあります。これはタクシーの身分証明カードにある名前と一致します。字が読みにくかったので、顔を上げたときには男は消えていました。影も形もありませんでした。そこでわたしは……」

「どんな男だった?」

「年齢は三十五歳くらい。中背でゆっくり歩いていました。少なくともわたしにはそう見えました。大きな口、中国人のようなちょっと変わった目、いや、中国人じゃなく……」

巡査部長はげらげら笑った。「あいつだ。アルフレッド・ヒックス。いや、アルファベット・ヒックスだ。その紙切れはおれのためにとっておいてくれ。家宝にしたいんだ」

「彼を追跡できるかもしれませんよ、もしもわたしが……」

「忘れろ。そいつに頼まれた番号に電話してやれ」

「それはつまり」警官の声は憤りで甲高くなっていた。「これはただの悪ふざけということですか？」

「悪ふざけ？　まさか」巡査部長はもう一度笑った。「そいつは五セント節約しただろう？」

それに続く水曜の午後の間にジュディス・ダンディの問題が解決に向かってすばやい進展がなされたなら、これを記録するのも楽しかっただろう。だが、実際にはそうならなかった。ヒックスはさまざまな用事を片づけたが、唯一の目に見える進展は、小切手を現金化したとたん、ジュディス・ダンディから受け取った金がみるみる消えたことだ。主な出費は次の通り。

スーツ　六十五ドル
ポケットナイフ　二ドル五十セント
箱入りチョコレート九百グラム　二ドル二十五セント
英国戦争救済基金への郵便為替代　百ドル
ミルナ・ロイ、ベティ・デイビス、デアンナ・ダービン、シャーリー・テンプルの写真　四ドル
計百七十三ドル七十五セント

その夜の七時、ヒックスは東二十九丁目にあるイタリアンレストランのキッチンの家族用テーブルに座り、スパゲティを食べながら、ムッソリーニについて議論していた。九時、テーブルは片づけられ、トランプゲームのピナクルが始まった。深夜、ヒックスは週六ドルで借りている家具つきの部屋へ上がっていった。

茶色の縁飾りのついた黄色のパジャマを着たヒックスはベッドの端に腰を下ろし、チョコレートの箱を開け、大きく息を吸い込んで匂いを嗅いだ。

「仕事をして稼いだら、このチョコを食べることにしよう」ヒックスはつぶやいた。もしも自分がどれほど困難な仕事をすることになるかを知っていたら、こうつけ加えていただろう。「そのときまで生きていたら」と。

2

レキシントン・アヴェニューの高層階にある「リパブリック・プロダクツ・コーポレーション」の重役室の受付け嬢は、自分の机に座り、何とかあくびをかみ殺そうとしていた。だが、奮闘むなしく、手で口を覆う。木曜の朝の九時五分、人生は退屈な様相を呈していた。足が痛かった。夜中の一時過ぎまで踊り、睡眠時間は六時間を切り、地下鉄では立ち続け……そんなことは二度としないつもりだった。もう耐えられないのだ。その歳では……若い頃ならいざ知らず、二十三、それも二十四が目前のその歳では……。

「おはようございます」と鼻にかかった声が言った。

癇に障る声だった。彼女が疲れた目を上げると、おろしたてとおぼしき茶色のスーツを着た見知らぬ男が、脇に大きな封筒を抱えて立っていた。

「誰にご面会?」彼女は尋ねた。普段は「どなたに」と丁寧に尋ねるのだが、今のような状況では無理だった。

「あなたですよ」男は言った。

そんな古いギャグは冷たくあしらうべきで、いつもの彼女ならそうしていたのだろうが、よりによってこんな腫れぼったい顔をして、足を痛がっている自分に会いたい人間がこの地球上にいるかと思うと、意外すぎて笑わずにはいられなかった。彼女はいきなりげらげら笑った。

「ぼくは真面目です」男は抗議した。「本当なんですよ。ハリウッドへ旅行したくありませんかと、あなたに質問したいんです」

「そうでしょうとも」彼女はあざけるように言った。「大女優のグレタ・ガルボが代役でも探しているの？」

「そんな態度でいたら、あなたはこの先ずっと幸運を摑めませんよ」男は真顔で言った。「今まさに、チャンスがあなたのドアを叩いて、あなたが応じてくれるのを待っているんです」彼は封筒を机に置いて折り返しを開き、光沢仕上げの大きな写真を抜き取ると、彼女の前に差し出した。「これは誰です？」

一瞥してから彼女は馬鹿にしたように答えた。「ジョン・バリモア」

「そうですか」彼は咎めるように言った。「一生後悔することになっても知りませんよ。この中には映画スターの写真があと四枚入っています。五枚すべてがわかったら、『ムービー・ガゼット』誌の年間購読を獲得できるんですよ。もちろん無料で。さらに千語の記事を書いて、当社のコンテスト担当編集者宛てに応募してもらえれば……」

「千語なんて何を書いたらいいかわからないわ」彼女はもう一度ちらりと写真を見た。「でも残りの写真が全部、一枚目と同じくらい簡単なら。これはシャーリー・テンプルよ」

「正解」彼は別の写真を取り出した。「さあ慎重に」

彼女は鼻を鳴らした。「この目がわからないと思う？　ベティ・デイビス」

「二枚目も正解。これは？」

「デアンナ・ダルビン」

「そしてこれは？」

「ミルナ・ロイ」

「よくできました。四枚正解、残りは一枚です。ではこの最後の写真は？」

彼女は目を狭めて写真を見た。それから写真を受け取り、ためつすがめつした。「ううん」

彼女は言った。「見覚えはあるのだけれど。もしかしたら『風と共に去りぬ』で荷馬車に座っていた婦人かもしれない。ヴァージニア州のどこかの町から逃げるシーンで。確かあれは……」

「ジョージア州のアトランタですよ。ですがあなたはぼくを誤解している。ぼくがそんな難しい問題を出すと思います？　脳を能力以上に働かせない方がわかるんじゃないですか。もちろん、服装は違っています。たとえば想像してみてください。彼女がそのエレベーターから出てきて、あなたがいるこの机に向かって歩いてくるところを。帽子をかぶっています。いいですか、それに襟巻きのようなものをしているかもしれません。どこか落ち着きがなく、たとえばこう言います。ミスター・ヴェイルにお会いしたいのですが……」

受付嬢がしっと制止した。

ヒックスが彼女の視線を追うと、近づいてくる男がいた。恰幅がよく、髭をきれいに剃った、幅広の鼻と薄い唇をした男が。男はエレベーターを降りてオフィスへ続く廊下を歩いていたのだが、ふいに方向を変えて近づいてきた……。

「おはようございます《グッド・モーニング》、ミスター・ヴェイル」受付嬢は足の痛みなどみじんも感じさせない明るい笑顔で言った。

男の「グッド・モーニング」は「ブルガリアン」と言っているように聞こえた。「いったいこれは何の騒ぎかね？」彼は受付けの机のところで足を止め、尋ねた。そして写真に向かって顔をしかめ、続いてそこに立っている見知らぬ男に顔をしかめた。「きみがわたしの名前を口にしたのを耳にしたが……」

「たんなる偶然ですわ、ミスター・ヴェイル」受付け嬢は慌てて口を挟んだ。「彼はわたしと話していただけ、見せていただけです……」

彼女がそこで言葉を呑み込んだのは、おかしなことが起こったからだ。彼女が置いた——誰かを当てられなかった写真をちらりと見たミスター・ヴェイルは、さらに屈み込んでとっくり見ていたのだが、いきなり体を起こしたかと思うと、ものすごい形相をしていたのだ。自分ではなく、見知らぬ訪問者に向けられていたにもかかわらず、その形相は彼女をぎょっとさせた。ヴェイルの怒った顔など珍しくもなかったが、そこまで唇が薄く引き結ばれ、目が狭められた顔を見るのは初めてだった。

「ほう」と言ってヴェイルは唐突に微笑んだが、その微笑みは誰かを——とりわけ直接向けられた男を安心させるようなものではなかった。「これには何か説明があるんだろうな？　たとえばこの写真の女性が……わたしの昔の友人だとか？」

訪問者は微笑み返した。「お望みなら何かそういった話をお作りしましょうか」

ヴェイルは一歩近づいた。「きみは誰だ？」

訪問者はポケットから札入れを取り出し、名刺を抜いて差し出した。ヴェイルはそれを受け取り、眺めた。

A・ヒックス

M・S・O・T・P・B・O・M

ヴェイルは顔を上げた。微笑みは消えていた。「これは……この意味のないアルファベットの羅列は何だ？」

ヒックスは手を振りながら言った。「気になさらないでください。ぼくの肩書きの一つにすぎませんから。人類の精神的不満の憂鬱な傍観者《メランコリー・スペクタトール・オブ・ザ・サイキック・ベリエイク・オブ・マンカインド》という意味です。とにかくぼくはヒックスです」

「誰に頼まれてここへやってきた？」

ヒックスは首を振り、「ぼくはあなたに会いにやってきたのではありません、ミスター・ヴェイル。いずれまたお会いするかもしれませんが」と言って封筒と写真に手を伸ばした。

「その写真を置いてさっさと出て行け！」

ヒックスは片手でさっと写真をかき集めてから、エレベーターへ向かった。下りの箱はすぐにやってきた。

ビルから出てきたとき、ヒックスの顔に微笑みはなかった。彼はきな臭い事件に巻き込まれそうな気がしていた。ヴェイルの驚くほど狭められた目が、用心深くて意地の悪い豚の目さながらだったことを考えると、誰かが傷つきそうな予感がした。

ヒックスはブライアント・パークのベンチに腰を下ろし、じっくり考えた。


「R・I・ダンディ&カンパニー」はマディソン・アヴェニューにほど近い四十丁目にあり、最大のライバル「リパブリック・プロダクツ・コーポレーション」とは歩いてほんの五分の距離だった。

その木曜の朝の十一時に自分の机に座っていたR・I・ダンディを見ても誰にも想像はつかなかっただろう。わずか十分前にシカゴ支店からの電話で、ルーズリーフ式バインダーの国内最大手のメーカーであるフォスター社と、六万八千ドルのプラスチックの売買契約を結んだという吉報を受け取ったばかりだとは。ダンディは怒りと落胆の入り混じった表情で、絨毯の端を睨みながら座っていた。その端整な容貌と体にぴたりと合った仕立てのよい保守的なグレーのスーツからは、身ぎれいで上品であろうとする意図が読み取れたが、乱れた髪と充血した目のせいで、その意図は無残なまでに打ち砕かれていた。

彼は椅子の中で腰の位置を変え、うなり声をあげた。そしてドアがノックされると、不機嫌きわまりない声で叫んだ。「入りたまえ！」

使い走りの少年が入ってきて、名刺を渡した。

A・ヒックス

C・F・M・O・B

その下にはインクで、「たった今ミスター・ジェームス・ヴェイルと会ってきました。興味を持たれませんか」と書いてあった。

ダンディは背を起こし、もう一度名刺を見た。それから親指と人指し指でそれを擦り、さらにもう一度見た。

「どんな男だ?」

「問題はなさそうです。ただちょっと目が。ぎらぎらした、人を威嚇するような目をしています」

「その男をここに通しなさい」

少年は出ていった。しばらくして入ってきた訪問者が受けた歓迎は冷たいものだった。ダンディは椅子に座ったまま、何の挨拶の言葉もかけず、初めて会う訪問者を下から睨みつけるだけだった。ヒックスは机の反対側に立って睨み返すと、椅子の前に回り込み、腰を下ろして言った。

「バビロンの市長候補《キャンディデート・フォア・メイヤー・オブ・バビロン》です。ロングアイランドのバビロンじゃありませんよ、悪徳の都市バビロンです」

ダンディは苛立ったようにまばたきした。「きみはいったい何が言いたい?」

ヒックスはダンディが手にしたままの名刺を指差した。「そのアルファベットです。それはそういう意味なんです。あなたに質問させる手間を省いて差し上げたんですよ。そう書いておくと、ときには会話の糸口になることもありましてね。しかしもちろん今回は、ジミー・ヴェイルの名前だけで充分でしょう。そうではありませんか?」

「ヴェイルがどうしたって? きみは何が欲しい?」

ヒックスは彼に微笑みかけた。「まずは少しあなたとお近づきになりたいと思っています。たとえヴェイルにぶつけたものを――ぼくが欲しいものをただちにあなたにぶつけても、あなたは出て行けと言うかもしれません。ヴェイルがそうしたようにね。そうなったらぼくたちにどんな進展が望めます? ほら、そんなに苛々して、しかもそんなに口をひん曲げている。だけどぼくは少しずつ本題に入っていけるのではないかと思っています。昨日の午後、あなたの奥さんはぼくに二百ドル払いました」

「妻が!」ダンディは目をむいて彼を見た。「何のために?」

「何のためでもありません。それがこの話の悲しい部分なのです。ぼくがそのお金を必要としていたのでそういうことになり、ぼくはそれを受け取りました。もしもあなたがせっかく稼いだお金が無駄に使われたのだとしたら、それはあなたが悪いのです。こんな馬鹿げた話を聞いたのは初めてですよ。自分の奥さんを裏切ったと責め、その証拠も持っていると主張しておきながら、それを見せることも、そのことについて話すことさえ拒絶するなんて。奥さんが裏切っているかいないか……」

「出て行け!」ダンディは言った。彼の声は怒りで震えていた。

ヒックスは首を振った。

ダンディは立ち上がった。両手が震えていた。「出て行け!」

「いいえ」ヒックスは身じろぎもせず、声も荒らげずに言った。「あなたは鏡に映ったご自分の姿をご覧になった方がよろしいですよ。どうやら、あなたの頭がおかしくなったと思っている奥さんは正しいようだ。あなたが今のように自分のビジネスの問題を解決しようとしたら――ただ癇癪を起こすことで解決しようとしたら、とっくに倒産していたのではありませんか。ぼくはあなたにある提案をしようとここへやってきました。それを申し上げてから出て行くつもりです」

「わたしはどんな提案も必要ない……」

「聞きもしないでどうしてわかるんです? あなたがもう少し頭を冷やしてくだされば、ぼくがあなたの欲しいものを差し上げられる立場にいることがわかるんですが。あなたの奥さんはぼくにお金を払いました。ぼくを信用しています。あなたは奥さんにおっしゃいましたよね。ヴェイルに企業秘密を売ったことを否定しようとしても無駄だと。奥さんがやったことはすべてわかっている。奥さんから欲しいのは詳しいいきさつだ。そうすれば何をすべきか決められるからだと。ぼくがそれを奥さんから聞き出せるとしたらどうです? あなたの力になれるんじゃありませんか？」

「おまえの言いたいことはわかった」ダンディはわなわなと震える唇を止めようと口をしっかり閉じ、ヒックスの顔を見下ろした。

「あなたにとってやってみる価値はあるんじゃないですか？」ヒックスは食い下がった。「ですがもちろん、そうするにはあなたからも何かしら情報をいただかなくてはなりません。たとえば、奥さんに見せようとしていた証拠を。ぼくはそれが何なのか知らなくてはなりません。あなたが知っていることをぼくも充分知らないと。奥さんを感心させるために……」

「はっ」ダンディは馬鹿にするように言った。「きみが知らなくてはならない？」

「そうです」

「きみはどこでヴェイルに会った？」

「彼のオフィスで」

「妻がきみを彼のところへ差し向けたのか？」

「いいえ。ぼくが自分の意志で、ちょっと穴を突つきに行っただけです」

「わたしがそれを信じると思っているのか？」

「かなり信用できる話だと思いますが」

「わたしはそう思わない。きみは何者だ？　弁護士か？」

「いいえ。わたしはただの男です。はぐれ者というか、法曹界から葬られし者とでもいうか」

ヒックスはそんなことは問題ではないと身振りで示した。「あなたが乗り気でないのはわかっています。あなたの奥さんを裏切られるほどの器量がぼくにあるかどうかも、ぼくがあなたを引っかけようとしているのかどうかも、あなたにはわからないのですから。それはあなたが取らざるを得ないリスクです。しかし、ぼくが弁護士資格を剝奪されたということの証明はできますし、それがわかればぼくを信じてもらえるでしょう。それを確認することはできます」

ダンディの震えは止まっていた。彼が血をコントロールできるようになったのは明らかだった。彼はもはや飛びかかって喉を絞めたり、椅子を持ち上げて投げつけたりしそうな男には見えなかった。そして強張った抑揚のない声で尋ねた。

「妻はきみとどこで知り合ったんだ?」

「それは長い話になります。そもそもぼくは悪名が高い、ということです」

「そうだろうな。もちろん、きみはヴェイルのために仕事をしているんだ」

「いいえ。ヴェイルと会ったのは今日が初めてです」

「そんなことは信じない」ダンディの鼻腔がふくらみ、再びしぼんだ。「わたしはきみのいまいましい首を絞めたい気分だ。さあ、ここから出て行け」

「それがいい考えだとは思いませんが……」

「出て行けと言ったんだ」

今にも口笛を吹きそうに唇をOの形にすぼめたヒックスは、ダンディの頑迷に引き結ばれた口元と、充血した白目の中で縮んだ瞳に浮かぶ冷たい怒りを五秒ほど見上げていた。それから大きくため息をつき、ゆっくり腰を上げると、机の端に置いてあった帽子を手に取り、出て行った。

　ドアが閉まってからも、ダンディはそのままの表情で、両手を腿の脇でゆっくり上下させながら立っていた。しばらくそれを繰り返していた彼は、やがて腰を下ろし、電話を引き寄せて受話器を上げた。

「『シャロン探偵事務所』に繋いでくれ」

3

再びブライアン・パークに戻ったヒックスはベンチに座り、気取って歩く一羽の鳩を眺めていた。まったくもって不愉快で面倒な事態だった。しかも彼はその面倒な事態に首を突っ込もうとしていた。とりわけ不愉快なのは、ミセス・ダンディから受け取った二百ドルが、二十ドルしか残っていないことだった。地下鉄に乗ってダウンタウンへ行き、オールド・マン・ハーリーから百八十ドル借りて、ミセス・ダンディに耳を揃えて返すこともできた。ヒックスはベンチに座って鳩を見ながら、返すべきか否かを考えた。さんざん考えた末に出した結論は、まずは昼食をとる、というものだった。

だがヒックスが二十セントでバターつきのパンとシチューにありつける三番街を目指さずに、四十一丁目の「ジョイス」へ行き、仕切り席の革張りの椅子に腰を落ち着けて、焼き蛎《がき》を二人前注文したことは大いに意義のあることだった。

ヒックスはまさにそこで、解決への近道となる手がかりを見つけたのだ。そのレストランへ行っていなければ、長く骨の折れる紆余曲折を経なければたどり着けなかったはずの手がかりを。それはヒックスが最後の蛎にフォークを突き刺したときだった。ふと耳に飛び込んできた声にヒックスははっとし、口に運びかけた手を止めた。それまでも店内にはささやき声や食器のカタカタいう音はしていたのだろうが、自分の心配事で頭が一杯だったヒックスは、そういった音を意識から締め出していた。もしもざわめきがふいに一瞬静まって、その声がはっきり聞こえなければ、そのまま気づかなかったのかもしれない。だがその声は彼の真後ろから聞こえてきた。

声は言った。「……今から行ってくるわ。止めても無駄よ！」

それはジュディス・ダンディの声だった。

蛎を突き刺したままのフォークを手に、ヒックスは首を後ろに捻った。声は続いた。主がわかるほどはっきり聞こえる声は、革張りのシート越しに後ろの仕切り席から聞こえることを教えてはくれたが、再び始まった周りの雑音に邪魔され、話の内容までは伝えてくれなかった。続いて聞こえた——聞こえたとヒックスが思ったのは、彼女に答える、切羽詰まった低い男の声だった。その声を聞き取ろうとヒックスが耳をそばだてたそのとき、慌しく動き回る音がした。二人は席を立ったんだろうか？　ヒックスは自分の座席の端まで腰を滑らせ、振り向いて覗いた。すると女性の後ろ姿が見えた。グレーのウールのスーツを着た、毛皮の襟巻きをした女性が通路を勢いよく去ってゆくところだった。一人だった。ふいに衝動にかられ、ヒックスは行動に出た。テーブルに一ドル札を置き、帽子を掴んで彼女を追う。後ろの仕切り席を通るときにちらりと見ると、自分と同じ年頃の男が一人、座っていた。鋭く尖った鼻とは不釣合いに、その顔は青ざめ、苦悩の皺が刻まれていた。

ヒックスが歩道にたどり着く頃には、ミセス・ダンディは三十歩先を東に向かっていた。彼は距離を保った。たとえば殺人課のヴェッチ警視のように、その状況を見たら腹を抱えて笑う人がいたかもしれない。おそらくヴェッチなら言ったはずだ。いかにもヒックスらしい。自分を雇った女性を尾行するなんて、と。

だがそんな発言をしていたら、ヴェッチは間違いを犯すことになっていただろう。グレーのウールのスーツを着た女性がマディソン・アヴェニューの角で曲がったときに、その横顔を見てヒックス自身すぐに気づいたように。女性はミセス・ダンディではなかったのだ！

ヒックスは出し抜けに足を止めた。それから尾行を開始したのは、論理に突き動かされたからだ。あの声が自分の後ろの仕切り席から聞こえてきたのは間違いなかった。それが勘違いなら、自分の耳を切り落としてもいいくらいだった。しかもこの女性はあの仕切り席から出てきたのだし、あの席にはほかに女性はいなかった。ヒックスは少なくとも彼女が話すのをもう一度聞くつもりで、彼女との距離を縮めた。彼女は四十二丁目の角を右に曲がると、グランド・セントラル・ステーションに入っていった。ヒックスは切符売り場の窓口目指してコンコースを進む彼女の、わずか十歩後ろをついていった。窓口には男性が一人並んでいた。彼女はその後ろに並ぶと、時計の時刻を確認しようと振り向いた。

彼女がミセス・ダンディでないことは間違いなかった。年齢はミセス・ダンディの半分よりは上、といっても少し上の二十三、四といったところだった。美人だった。それもとびきりの。彼女が時計から逸らした視線は、一瞬ヒックスの顔で止まった。ヒックスは顔を伏せ、彼女の目に浮かぶ苦悩から目を逸らした。窓口の順番が回ってくると、彼女は格子の窓口越しに話しかけた。

「カトウナまでの往復切符をお願いします。一時十八分の列車がありますよね。二十二番線？　ありがとう」

それはレストランで聞いた声だった。ヒックスは彼女の後頭部を見つめながら愕然とした。ジュディス・ダンディの声との似方は尋常ではない。いや、仰天するほどだ。だが声がそっくりなことなど無視しても構わないのかもしれない。二十億もの二本足動物の固体を区別するための途方もない作業に、自然が犯した稀な失敗の一つにすぎないと。だが、カトウナについてはどうだ？　彼女が行こうとしているのはカトウナなのだ！

それだけで充分すぎるほど充分だった。彼女が窓口を立ち去ると、ヒックスはカトウナへの切符を買い、線路の入り口へ急いだ。プラットフォームへ着いたちょうどそのとき、彼女が客車に乗り込むのが見えた。中に入ると、彼女から三座席離れた後ろの席に腰を落ちつけた。列車はすぐに発車した。すでに帽子を脱ぎ、襟巻きを外した彼女の後頭部が見えた。きれいな形の頭だった。それに髪は金髪で柔らかそうで……。

ホワイトプレーンズ市を越えると列車は鈍行となり、走るというよりは、がくんと停車しては発車の連続と言った方がふさわしいような調子だったが、少なくとも運行スケジュールは守られていて、ヒックスの腕時計が二時三十九分を指すと、車掌がドアを開け、次はカトウナです、と叫んだ。ヒックスは標的のあとについて連廊へと通路を進み、彼女のすぐ後ろから列車を降りた。彼女が不安げにあたりを見回すと、ヒックスは足を止め、煙草に火を点けた。延長プラットフォーム沿いには車が三台停まっていて、その脇に立った男たちが「タクシーはいかが!」と叫んでいた。彼女はその一台に向かって歩きだした。声が聞こえるところまで近づくと、彼女は運転手と話していた。

「ダンディさんのお宅がわかる? ロング・ヒル・ロード? あなた、それがどこだかわかる?」

運転手はわかると答えた。そしてドアを開けて彼女を乗せて走り去った。

ヒックスは血が騒ぐのを感じた。それは理性的な反応とは言いがたかった。ジュディス・ダンディとそっくりの声をした女性がダンディの研究所へ向かったという事実だけでは、どんな答えも導きだせない。だが、血を騒がせるのは理性ではない。彼はそこに立っていた別の運転手に話しかけた。

「もう少しすばやく行動していたら、あのご婦人がぼくに二十五セント節約させてくれたかもしれないな。ぼくも彼女と同じところへ行くんだ」

「二十五セントどころじゃないですよ。五キロはありますから、一ドルは節約できましたよ。さあ、乗って」

ヒックスは助手席に乗り込んだ。タクシーが駅を離れると、運転手は尋ねた。「どちらへやります? 屋敷の方、それとも研究所?」

「なんだって、屋敷もあるのか?」

「もちろん、屋敷もあります」運転手は話し好きの男で、質問すると喜んで説明してくれた。研究所で働いている従業員——ミスター・ブラガーとダンディの息子、それにミス・グラッドは屋敷に住んでいて、もう一人、ミセス・パウェルという家政婦も住んでいるが、庭回りの仕事をする人は住み込みではないということだった。

「ミス・グラッドというのは駅で降りた人？」

「彼女？　いいえ、違います」

「彼女は誰？」

「さあ、知りませんね」運転手は幹線道路を高速で走っていた車の速度を落とし、右にぐいとハンドルを切って狭い砂利道に入り、アクセルを踏んだ。「彼女は見たことないですね」

さらに少し進むと、車はいったん草地に乗り上げ、引き返してきたタクシーを通過させた。そこから一分後には右手に私道への入り口が見え、車は徐行した。

「さあ、ここが屋敷です」運転手は告げた。「この私道はちょっとした森をぐるりと回って研究所まで続いています……」

「ここでいいよ」ヒックスは降りて一ドル払うと、タクシーがバックして方向転換し、砂埃をあげて走り去るのを見送った。それから曲線を描く私道を屋敷に向かって歩きだした。

木々や潅木《かんぼく》の樹齢から、そこが歳月を経た場所であることはわかったが、屋敷はモダンな建物に改築されていた。正面には屋根つきポーチの代わりに天井のない板石敷きのテラスがしつらえられ、化粧しっくい造りの壁には緑がかった素材——ヒックスはプラスチックではないかと思った――で質素な縁取りが施され、窓には金属製の枠がはめられていた。あたりに人影はなく、ヒックスはドアの脇のボタンを押した。そしてドアが開いて赤ら顔の女性が現れると、ミスター・ブラガーをお願いしますと言った。

「ブラガーさんはあちらの研究所ですよ」

「どうしたらそこへ行けますか？　私道を行けばいいんですか？」

「車でいらしたの？」

「タクシーできました。もう返しましたが」

「だったら、こちらを行った方が近道ですよ」

彼女は外に飛び出し、左手奥を指差してみせた。芝生の端から一本の小径が延び、森と藪の細長い地所に続いていた。ヒックスは彼女にお礼を言うと、森へ向かった。森の中はひんやりと湿った匂いがし、四十歩も行かないうちに小川にかかる小さな橋にぶつかった。ヒックスは橋で足を止めた。彼が人生で必要だと感じるものはそれほど多くはないが、彼をよく知るわずかな人々の間では、彼が小川を必要としていることは有名だった。彼はときおり、あちらこちらでいくつもの小川を見てきていた。今彼は橋で足を止め、小川を見下ろして、せせらぎに耳をすました。しかしそこに立っていた数分に彼が考えたことは牧歌的というより、皮肉めいたことだった。小川のあてどなさは明らかだ。だがあの声を追跡している自分のあてどなさは……。

「誰かお探しですか？」

まだ落ち葉の絨毯の敷かれていない柔らかな土の小径は、足音をまったく響かせなかった。

ヒックスがはっと振り返ると、そこには汚れたつなぎ姿の無帽の青年が立っていた。顔は骨ばってはいるが、整っていて、青みがかったグレイの奥まった目はいかにもまじめそうだった。

ヒックスはうなずき、橋を降りた。「ミスター・ブラガーを探しています」

「彼は研究所ですよ。会えるかどうか……。炉に火が入っていますからね」青年は橋を上がり、振り返った。「ぼくはロス・ダンディ、彼のアシスタントです。ぼくでお役に立てますか？」

「残念ながら、ちょっと個人的な問題なので」

「そうですか」そう言うと彼はヒックスがきた道をたどっていった。

ヒックスは先に進んだ。それからもう百メートルほど進むと、小径は森を抜け、さらに小さな草地を越えたところに、両脇を古い樫《オーク》に挟まれたコンクリート造りの簡素な低い建物が建っていた。近づくと、砂利の私道が建物の正面の幅一杯に延び、両端で曲線を描いていて、建物を囲んでいるようだった。開かれた窓からは、巨大なモーターがたてるブーンという低音が間断なく聞こえてきた。左にはドアがあったものの、押しボタンが見当たらないので、ヒックスはノブを回し、中に入った。

玄関ホールという空間の無駄は省かれていた。明らかにそこはオフィスだった。中ぐらいの広さの部屋は、足を踏み入れたとたん目をしばたたくほど色とりどりのプラスチックが溢れていた。紫色の机、列をなす青いファイルキャビネット、上にさまざまな装置が載っている黄色とグレーのまだらのテーブル、そしてあらゆる色の椅子。もう一脚の別の机はピンク色で、その赤いマイクロフォンつきの緑色のタイプライターの前には、泣きながら座っている娘がいた。

それやこれやで、その光景の混沌ぶりはグロテスクと言ってもいいほどだった。壁の向こうからは機械のブーンという押し殺した音が聞こえ、洞窟の奥深くに棲息するドラゴンのうなり声を思わせた。ただしドラゴンには別のライバルがいた。姿はいっさい見えないのだが、不可思議な呪文をがなりたてる耳障りな男の声が響き渡っていたのだ。

「六八四！　五一〇で二十分、六二五で九分！　二番桶は三一〇で、筋状になる傾向が減少、むらも減少！　縮みは〇・〇三ミリメートル……」

そしてタイプライターのキーを一心不乱に叩く娘の頬からは涙が流れ落ち、顎の両端でしずくになっていた。ヒックスは度肝を抜かれ、彼女を見つめた。ふいに男の声が止まり、涙越しにタイプライターの用紙を見ていた娘は、いきなり自分がタイプしたものを赤いマイクロフォンに向かって読みだした。彼女はひと言ひと言はっきり発し、発作的に息が止まった二度以外、息を整えることもなかった。

ということは、今は静かになっているが、あのうなり音をあげるドラゴンが勝ったのだ。

「水の母だ！」ヒックスは感嘆の声をあげた。「そのタイプを動かすためには水を跳ねかける必要があるのか？」

娘は答えず、ハンカチで涙のしずくと筋を拭った。ヒックスは娘に好感を抱いた。爪にはマニキュアが施されず、唇には口紅が——少なくとも目立つ色のものは塗られていないことに気づいたからだ。ようやく視線を合わせた彼女は、澄んだ素直な目をしていた。

「わたしは跳ねかけてなんていないわ」彼女は勢い込んで言った。「何の用?」

「きみは失礼だ」ヒックスは断固として言った。「もう少し礼儀正しくできないのか」

「あなたこそ。いきなりここに入ってきて、わたしが泣いているのを見て、水を跳ねかけるとからかっているじゃない」

「そうか。それは悪かった。ところでぼくはミスター・ブラガーに会いたいんだ」

「残念ながら会えないわ」ふいに肺に酸素を要求され、彼女は威厳を保つことができなかった。息は彼女の肩と胸を震わせ、ひきつった声をあげさせながら、どっと肺に流れ込んできた。彼女はごくりと息を呑み込み、ようやく話せるようになった。「彼はとても忙しいの」

ヒックスはうなずいた。「くる途中、ミスター・ダンディに会った。彼は言っていたよ、炉に火が入っているとね。それは今日いっぱい続くのか?」

「わからないわ。ときには……」

「十一時から十二時までのロット六の圧力はいくつです?」

また声が言った。今回、ヒックスはその音源を突き止めた。その声は娘の右手の壁にはめ込まれた鉄格子から聞こえてきたのだ。彼女はマイクロフォンに向かって答えた。

「そのデータはありません、ミスター・ブラガー。ミスター・ダンディはスピーカーを使いませんでした。記録はしましたが、まだタイプしていないんです」

「ソノシートにざっと目を通して調べてください」

ヒックスは黄色の椅子に腰を下ろし、ポケットから新聞を取り出した。だが新聞は読まず、その後の成り行きを見ていた。娘は机の端に置いてあった奇妙な装置に手を伸ばすとそれを引き寄せ、そこに取りつけられたラックから蓄音機用のレコード——ただし色は薄い紅茶色——のような円盤の列から一枚を抜いた。彼女がそのソノシートをプレイヤーに載せ、スイッチを入れると、すぐに声が聞こえてきた。それはロス・ダンディの声だった。

「K方式は三十グラムで成果なし。五十グラムで粘着性が増加し……」

試した三番目のソノシートから目指す情報を仕入れると、彼女はマイクロフォンを通してブラガーに伝え、それからマイクロフォンを邪魔にならないところに押しやり、ドラゴンの次の出撃命令に備えた。

彼女が大きなため息をついた。

ヒックスは尋ねた。「あなたがミス・グラッド?」

「ええ」彼女はもう一度ため息をついた。「わたしよ、なぜ?」

「ミス・グラッドなのかと思ったんだ。じつは偶然ここにミス・グラッドという女性がいることを知ってね。そしてぼくと同じ列車に乗っていた若い女性が、タクシーの運転手にここへやってくれと言っていたのを小耳に挟むと、彼女がミス・グラッドだと早合点した。彼女はきみと同じくらいの体格だったが、もう二、三歳年上だった。ところで……」ヒックスはたった今ふと気づいたようにあたりを見回した。「彼女はどこ? ここにはやってこなかったのかな?」

「ええ、ここへはきていないわ。屋敷の方にいるの」

「おや、ということは、きみは彼女を知っている?」

「わたしの姉さんよ」

「それならいずれにしても彼女の名前は合っていたんだ。彼女はミス・グラッド」

「今は違うの。姉さんは結婚したから、ミセス・クーパーよ」

「クーパー? ぼくにもクーパーという知り合いが……」

再び声が部屋に響き渡った。そして娘はタイプライターを叩きだした。ヒックスは新聞を広げたが、相変わらず読んではいなかった。読むような気分ではなかった。彼は自分の鼓動の速まりに裏切られたのだ。確かにあのときは鼓動が早鐘を打った。あの女性が運転手にダンディのところへやってくれと言ったとき、彼はそれを感じた。それなのに今、彼女は妹に会いにきただけだと言う! それが鼓動の速まりにせよ、胸騒ぎにせよ、何にしても、彼がそんなふうに騙されるのは初めてのことだった。彼はそれが気に入らなかった。

それにどうやら、それを最終結論として受け入れるのも気に入らないようだった。というのもヒックスは相変わらずそこに座り続けていたからだ。窓から射し込む平行四辺形の午後の陽が、ゆっくり床を這ってゆく。ドラゴンの呪文の合間にヒックスはミス・グラッドと会話しようと試みたが、彼女は別のことに気を取られていて、無駄口をきいてはくれなかった。腕時計が四時十分を指したとき、彼がブラガーと話さずに帰るものかと決めたのは、意地以外の何ものでもなかった。

しかしそこに邪魔が入った。外で音が聞こえ、ヒックスは首を伸ばして窓越しに外を覗いた。

すると一台の車が私道をやってきてドアの正面で停まるのが見えた。運転していた男が飛び出すと、それはヒックスの知っている男、R・I・ダンディだった。ドアノブが回されるやヒックスは膝に肘をついてうずくまり、頭を下にして近視の人のように新聞を睨みつけた。そうしていればヒックスには自分の前を通り過ぎるダンディの足が見えるだけだし、自分の顔が相手に見られることもなかった。ダンディの声がした。

「こんにちは、ミス・フラッグ。いや、違うな。きみの名前は何と言ったかね？」

「グラッドです。ミスター・ダンディ。ヘザー・グラッドです」

「どうりで思い出せないわけだ。ミスター・ブラガーはどこだ？　中か？　炉の音が聞こえる、そうだろう？」

「そうです。お伝えしましょうか……」

「いや、わたしが中に入ろう」

ダンディの足が動き、遠のいた。そして気まずい鉢合わせをしなくて済んでおめでとうとヒックスが自分に言ったそのとき、ふいにブーンという音が止まり、直後にドアの開く音が聞こえ、ダンディが話しかけた。

「やあ、ヘルマン」

「やあ、ディック」それはこの一時間に、鉄格子から間欠的に聞こえてきた耳障りな声だった。「あなたが窓の外を通ったのが見えたんです。ロスからあなたがやってくると聞いていましたし。ロスは屋敷に戻りましたが……」

「息子には会ってきた。わたしはきみと話したいんだ」

「もちろん。ただし炉が――ちょっと、失礼します。ミス・グラッド、よろしければ……誰です、その男の人は？」

「あなたにお会いしたいそうです。ミスター・ブラガー」

それですべてがおじゃんだった。ヒックスは立ち上がり、彼らと対面した。R・I・ダンディが怒りを湛えたまなざしでしばらく睨んでいたおかげで、ヒックスには観察する時間があった。ブラガーは扁平な頭と飛び出した目をした、おどおどした態度の男で、あちらこちらに汚れのついた、色褪せた茶色の膝丈のエプロンをつけた様子はどこか滑稽だった。

「なんということだ」ダンディは出し抜けに言った。「きみはここでいったい何をしているんだ？」

ヒックスは断固とした、いまいましさを精一杯滲ませた調子でひと言だけ口にした。

「何もしていません」

そしてドアへ突進した。

4

幅の狭い小さな橋に腰を下ろしたヒックスは、下流に向かって足をぶらさげ、小石を洗ってごぼごぼ音をたてる小川を眺めていた。

そこに座ってからわずか数分後、彼はぱっと顔を左に向けた。研究所の方角から足音が聞こえたのだ。やがて小径をやってくる人影が藪の間から見え隠れし——ようやく誰なのかがヒックスにもわかった。重そうな足取りでゆっくり歩いてきたのは、ヘザー・グラッドだった。脚が長くて器量よしの彼女には、二歳のサラブレッドさながらの若さゆえのぎこちない優雅さが漂っていた。

ヘザーが橋までやってくると、ヒックスは首を捻って彼女を見上げた。

「後ろを通れる?」

「もちろんよ」

けれどもヘザーは橋の手前で足を止め、しばらくしてから口を開いた。「わたしがすべきことは、研究所に戻ってミスター・ダンディにあなたがここにいると報告することなの」

「なぜ?」

「彼はあなたにここから出て行くように言わなかったかしら。それにミスター・ブラガーに、あなたを二度とこの地所に入れないようにと命じていたわ。あなたの名前も教えていたし。ヒックスでしょう」

「そうだ」

「アルファベット・ヒックス」

「ファースト・ネームは言わなかっただろう」

「ええ、でもわたしは知っているわ」ヘザーは橋を渡ってきた。「あなたの写真と記事を見たことがあるのよ。『ニューヨーカー』は愛読誌だから。こう見えても頭はとてもいいのよ」

「それはよかった。今日はもう仕事を切り上げるのか?」

「ええ。ミスター・ダンディに追い払われたわ」

「ということは姉さんに会いにいくところ?」

「ええ」ヘザーは顔をしかめた。「だけど会いたくなくて」

「なぜ?」

ヘザーはその問いには答えなかった。代わりに橋の真ん中までやってくると、ふいに彼の隣に腰を下ろし、スカートを器用に膝にかけながら足をぶらさげた。白の細い肩紐が緑色のブラウスの薄い生地から透けて見える彼女の肩は、彼の肩より数センチ下にあったが、ぶらさがった足の位置は、彼とほぼ同じだった。彼女は上半身より下半身が長いのだ。

「本当に、頭なんてこれっぽっちもよくないのよ」ヘザーは憂鬱そうに言った。

「こらっ」ヒックスは彼女をたしなめた。「だめだ、そんなことじゃ。いったん口にしたら責任を持たないと」

「でもわたしは頭がよくないのよ！　二日前までは、今よりもっと大人で、頭がよかったのに」

「今きみは何歳なんだ？」

「二十三よ」ヘザーはじれったそうに身振りをつけた。「でもそんなことは問題じゃないわ。わたしが今、あなたと同じ歳だとしても、あなたと同じくらい頭がいいとはかぎらないもの。それにわたしはあなたのようにロマンチストでもないわ。あなたは本当にロマンチストなの？つまり、心の底からロマンチストなの？」

「もちろんだ。頭の先からつま先までね」

ヘザーは横目で彼を見た。「冗談はやめて。わたしは頭がよくないとは言ったけど、馬鹿だと言っているわけじゃないのよ。あの男があなたにしてもらいたかったことをあなたはやらなかったでしょう。そしてあの事件を放棄して裁判所へ行き、自ら証言台に立ってすべてを語った。そんなことをしたら自分のキャリアが終わると知りながら。なんてロマンチストなの！わたしもそういったことをやってみたいわ。同じようなやり方で。あの女性は刑務所へ送られた。彼女の名前は何だったかしら……」

「甘いお世辞をどうも」ヒックスはぶっきらぼうな口調で遮った。「だが、ぼくはダイエット中でね。そんなに褒めてくれるなら、耳も動かしてみせようか。きみはなぜ二日前より頭が悪くなったんだ？」

ヘザーは彼の顔を、今度は横目ではなく正面から見て尋ねた。「あなたは誰かを愛したことがある?」

「もちろん。ぼくはいつだって誰かを愛しているよ」

「わたしは真面目に訊いているのよ」

「ぼくだって真面目に答えているさ。ぼくは平均すると週に二度は恋に落ちている。きみと同じ年頃の女の子、いやもっと若い子からずっと年上まで愛せるんだ。そう、上限がなくはないが……」

ヘザーは首を振った。「お願い、わたしが言いたいのは、そういった種類の恋愛じゃないの……」そしてそこで言葉を探す。「死に物狂いの恋。とても危険な恋よ」

「おやおや、きみが落ちているのはそういった恋なのか?」

「まさか、わたしじゃないわ。わたしが恋?」

「人が恋をするのは自然なことだろう。きみだけが例外にはなれないさ」

「とにかく、わたしじゃないわ。これは重大な問題なの、とてつもなく重要なの。たとえばあなたがある娘と恋に落ちたとするでしょう。死に物狂いの恋よ。でもそれは禁じられた恋なの。たとえば彼女はあなたを愛していなくて、しかもあなたはすでに結婚している。そんなときあなたを止められる方法がこの世にあるかしら?」

「ぼくを銃で撃てばいい」

「だめよ」ヘザーの唇が震えた。「お願いだから茶化さないで。真面目に訊いているのよ。わたしは本当に恋愛について何も知らないの。そういった種類の恋愛についてはよ。でもあなたは大人の男性で、頭もいい。わたしにできることが何かないのかしら。つまりある男性がそんなふうに恋に落ちたら、それをただ諦めさせることは不可能なの？　馬鹿だと思わないで。わたしの歳では恋愛について無知な娘はたくさんいるわ。わたしが話しているような恋愛についてはね。わたしが知りたいのは、そのことで何かできることはないか、ということなの」

「そうだな」ヒックスは鼻を引っ張った。彼らの足の下で小川は楽しそうにごぼごぼと音をたてている。「きみの言いたいことが、その男が厄介者で、彼を追い払うことが問題なのだとしたら……」

「いいえ。彼の気持ちを止める方法という意味よ」

「恋に落ちるのを止める？」

「ええ」

「彼を撃つか、結婚するかだな」

「あなたって本当に役に立つわ」ヘザーは苦々しく言った。「これは皮肉で片づけるような問題じゃないのよ。わたしはそんなことを訊くためにここで足を止めたわけじゃないわ。わたしはあなたの隣に腰を下ろすまで、自分が何をするつもりなのかさえわかっていなかった。でも、ほかに訊ける人はいなくて。ねえ、こんなことおかしいわよね。二人のうち一人が頭の中に邪《よこしま》な考えを抱いているというそれだけの理由で、二人とも不幸で惨めになるなんて。邪な考えが頭の中だけのものならいいのだけれど、彼はまるで下半身にあるかのようにふるまっているの」

ヒックスはうなり声をあげた。「彼にそう言ってやればいい」

「彼に何を言うんですって？」

「邪な考えが彼の下半身にあるってことをさ。思いつくことなら何でも言ってやればいい。きみを憎ませるんだ。きみの歳なら、残酷さへの直感はまだかなり残っている。それを彼にぶつけるんだ。あるいは生のニンニクを食べる。いや、それはだめだ。彼も食べたら気づかないだろう」

ヘザーは笑いを我慢していたが、ぷっと噴き出すと、そのまま声をあげて笑った。だが小川のせせらぎに合わせて笑っていたのも一瞬で、いきなり真顔に戻った。

「笑いたくなかったのに」ヘザーは顔を赤らめ、怒った声で言った。

「そんなことは問題ないさ。きみの残酷さへの本能について、ぼくが言ったことを証明しただけだ」

「そんなことないわ！　わたしは残酷なんかじゃない！　残酷なのはあなたよ！　あなたが残酷になれるなんて思っていなかったわ！　あなたは賢いし、力になってくれると思ったのに……」

「きみは多くを期待しすぎる」ヒックスは彼女の顔を見返した。「ぼくだって下半身はあるんだ。ぼくはニンニクが好きじゃないが、今、もしかしたら食べた方がよさそうな理由ができたかもしれない」ヒックスは慌ててつけ加えた「いや、これは仮定に基づいた話だ。とにかく、きみの知恵以外のものが、きみの助けになれるかどうかは疑わしいと思う。きみの望みが厄介者を取り除くことだけなら、話は簡単だろう。だが、きみが考えているのは二人の幸せであり、それはきみにというより二人自身にかかっているはずだ。ぼくは彼らを知らないが、きみは知っている。もちろん、それは姉さんのことなんだろう?」

ヘザーは答えなかった。両肘を膝について身を乗り出し、脚を前後に振りながら川面を見つめた。彼女のうなじのうぶ毛の色が彼女の肌とよく似ていて、どこで終わっているのかわからなかった。目に問題でもあるのだろうかとヒックスが考えていると、彼女がそのままの姿勢で尋ねた。

「彼女はどんな様子だった?」

「えっ?」

「マーサ、姉さんよ。列車で会ったと言っていたでしょう」

「ああ、元気そうだったよ。少し暗い顔をしていたかもしれないが」

「もちろん、そうよね」ヘザーは途中でつっかえながら、ため息まじりに言った。「なんてひどいごたごた。まったくひどい話よ。いつもなら姉さんに会えるのは嬉しいのに。姉さんと会うのは一年ぶりなのよ」

「そう?」

「ええ。姉さんはジョージと結婚していっしょにフランスへ渡ったの。彼は『デスパッチ』のパリ特派員なのよ。ところがナチがやってきて、二人はパリを離れなくてはならなくなり、けっきょくリスボンまで逃げて、アメリカへ戻る船に乗ったの。二人が帰ってきたのは、ほんの数日前よ。それをわたしが知ったのもこの月曜の夜で。そのとき彼は……」ヘザーはそこで言葉を切り、それからおもむろに続けた。「姉さんはわたしに電話さえよこさなかった。姉さんに会えるのは嬉しいいし、姉さんだってそうなのに。そう、姉さんだって嬉しいはずよ、ぜったいに。だってわたしたちはほかの姉妹よりずっと仲がよかったんですもの。それに今だって姉さんは屋敷でわたしを待っている。そしてわたしはここに座って姉さんに会うのを恐がっている。だってどうふるまったらいいかわからないから。それに何を言ったらいいのかもわからない。マーサに会うのを恐がるなんてそんなことがあるなんて。でもひどいことになりそうで……」

ヘザーはぱっと体を起こした。体を強張らせ、耳をそばだてる。

声が、男性の叫び声が繰り返し聞こえてきた。森を通しているのでくぐもっていたが、それでも彼らの耳には届いた……。

「男性がマーサと叫んでいるみたいだな」ヒックスは言った。

ヘザーは慌てて立ち上がった。「まさかそんな――あれはジョージの声だわ!」

ヘザーはヒックスの後ろを回って橋を降りると小径に駆け込んだ。ヒックスも腰を上げて追いかけたが、遅れずについてゆくには懸命に脚を動かさなくてはならなかった。森を抜けると、すでに芝地を越える道の三分の一まで進んでいた彼女は屋敷に向かっていた。屋敷から再び声が聞こえた。悶えるような切迫した声だった。

「医者だ! 医者を呼んでくれ!……」

その声は、屋敷の開け放たれた窓から聞こえてきたのだとヒックスは思っていたが、実際には違っていた。目隠しとなっている潅木の生け垣のせいで気づかなかったのだが、そこにはサイド・テラスがあった。ヒックスはヘザーに導かれるままそこを目指した。彼女は今や走っていた。同時に走りだしたヒックスは彼女のあとに続いて潅木の隙間をすり抜け、敷石の上に降り立った。

そこにはガーゴイル（ゴシック建築で怪物の形に作られた屋根の水落とし口）さながらの恐ろしい形相で膝をついている男がいた。彼は二人を見ると、自分がたてた大音声が言葉になっていたことに気づいたようだ。ヘザーは駆け寄った。彼にというか、彼の前に横たわった人物に。そしてしゃがみ込んだ。

「姉さん！」ヘザーは声を振り絞った。「ああ、姉さん」

「だめだ！」男は泣きながら言った。「彼女に触れてはいけない！　彼女は死んでいる」

5

研究所の建物内のオフィスでは、色とりどりのプラスチックが、窓越しに射し込む午後遅い陽光を反射させて、色の洪水を起こしていた。

ヘルマン・ブラガーは椅子に腰を下ろし、R・I・ダンディに向かって顔をしかめていた。飛び出た目のせいで、顔をしかめると獰猛な雰囲気が醸し出されたが、おそらくそれは見かけだけのものだろう。ブラガーのことなど眼中にないダンディは、謎めいた、とまではいかないが、少なくとも意味のなさそうな活動に熱中していた。紫色の机に座ったダンディの目の前には、携帯用レコードプレイヤーのような珍妙な機械があり、その機械の隣には、あたりに溢れている品物同様プラスチック製の、蓋の開けられたキャリーケースが置かれ、中にはレコードに似た円盤が何十枚も入っていた。その円盤は机の上にもひと山置いてあって、ダンディはそれを一枚ずつ取り出しては最初の数語を聞き、ケースに戻すという作業をしていた。

「四番を再開する……」

「二番の大桶は現在……」

「粘着性は消え……」

「すべての共同作因は……」

機械の円盤から流れてくる声はブラガーのものだった。机の山がなくなりそうになると、ブラガーは腰を浮かせて言った。

「別のケースを取ってきましょう」

「わたしが自分で行く」ダンディはそっけなく言った。「わかるだろう、ヘルマン、わたしは自分で確かめたいんだ——おい、なんてずうずうしいやつだ！」

ドアが開き、ヒックスが立っていた。

ブラガーはしかめっつらを侵入者に向けた。ダンディは機械のスイッチを切り、椅子をぐいと後ろに押しやってあやうく倒しそうにしながら机を回ってきた。

彼の声は怒りで震えていた。「いいか、きみには言ったはずだ。出て行けと……」

「そこまで！」ヒックスはきっぱり言った。「コメディを演じている時間はないんです。警官がやってきます。おまわりさん、ポリスですよ」

ダンディは目を見開いた。「いったいどんな……」

「犯罪で？」ヒックスは前より尊大さは増したが、気だるさは消えた目でダンディに視線を向け、次にブラガーへ移し、再びダンディに戻した。「暴力です。向こうのテラスで女性が暴力を受けて……」

「女性？　どこの？」

「今話しますから黙っていてください。マーサ・クーパー。ミセス・ジョージ・クーパー。

ミセス・グラッドの姉さんです。彼女を知っていますか？」

「知るもんか！　名前を聞いたこともない！　彼女はいったい何をして……」

「ミスター・ブラガー、あなたは彼女を知っていますか？」

「いいえ」さらに目を飛び出させたブラガーはめんくらっているようだった。「それに断言しておきますが、わたしは彼女に暴力など振るっていません」

「あなたがやったなんて誰も言っていませんよ。ですが、とにかく彼女はテラスにいます。開け放たれた窓の前のテラスに倒れて。頭頂部が潰れていました。窓枠の上に重い真鍮製の蠟燭立てが残っていて、その台座が彼女の頭の陥没と一致しそうでした。ですが、ぼくは試していません。というのも警察はそういったことに神経質ですからね。それにぼくには時間がありませんでした。ぼくはあることをしておこうと……」

「彼女はその蠟燭立てで殴られたと言っているのか？」

「その可能性があるということです」

「傷はひどいのか？」

「亡くなりました」

ダンディは口をあんぐり開けた。「なんてことだ」立ち上がり、茫然と立ち尽くす。「申し分のない状況だ」少しばかり的外れな発言だった。彼は机の機械を見て、それからブラガーを見た。「ヘルマン、きみは屋敷に行ってくれ。わたしはここの戸締りをしてから追いかける」

ブラガーは抗議しながら立ち上がった。「大桶を洗浄しないと……」

「それはあとでいい。行くんだ。わたしもすぐに行くとロスに伝えて……」

「ちょっと待ってください」ヒックスが口を挟み、ダンディに言った。「少々時間をもらえませんか。ぼくは一つ提案したいのです。さきほどあなたがこのオフィスへやってきてぼくを見つけたときにあなたがちょっとした癇癪を起こしたことを、ミスター・ブラガーに忘れてもらってはどうでしょう。ぼくの記憶によると、それはこんなふうでした。ぼくがブラガーに会おうとここで待っていると、あなたが入ってきてブラガーと二人きりで話したいと言った。それでぼくは外に出て待っていた。そうではありませんでしたか？ いいですか、ぼくがどうしてここへやってきたのか、ブラガーは警察に話したくても話せないでしょう。なぜなら彼は知らないのですから。しかし警察はぼくの口を割らせようとするはずです。となるとぼくは話さざるを得なくなります。ぼくは認めないわけにはいかないのです。あなたがぼくを雇ったことを。ここへやってきたのはあなたのために秘密の仕事をするためだということを。すると警察はあなたに尋ねるしかなくなり、そうなったらあなたは好きなように答えられますよ」

ブラガーは非難と困惑のないまぜになった表情でダンディを見つめていた。しかしダンディはブラガーではなくヒックスを見ながら、警戒するような顔をして考え込んでいた。

「あの女性が殺されたのかどうかははっきりしていません」ヒックスは言った。「ですがぼくたちは全員、洗濯物のように絞られ、からからに乾くまで干されるでしょう。ぼくの提案は少し複雑かもしれません。あなたが理解できていないなら……」

「わたしは完璧に理解した」ダンディはぴしゃりと言い、ブラガーに顔を向けた。「ヘルマン、まったくもって不愉快な事態になりそうだ。屋敷に行ってくれ。そして状況がヒックスの言葉と違っていたら、電話してくれ。ヒックスの言う通りなら、警察に通報した方がいいかもしれない……」

「警察はすでに到着していますよ」ヒックスは言った。「ぼくは森に入って彼らが到着するのを待っていたんです」

「なんということだ」ダンディはヒックスからブラガーに視線を移し、繰り返した。「なんということだ。ヘルマン、屋敷に行ってくれ。それとわたしがここでこの男を見つけたときに癇癪を起こしたことは忘れてくれ。わたしはきみと二人で話したいと言い、彼は外に出て待っていたと。わかったな」

エプロンを外し、それを椅子にかけるブラガーの表情は沈んでいた。「わたしはまったく理解できません」彼はきっぱり言った。「まったく理解できません。ですが、わかりました。それにしても殺人事件の処理なんてわたしはは苦手です。ですが、ご存知のように大桶なら……」

彼らはブラガーを送り出した。ヒックスは彼のために開けたドア閉めると、腰を下ろして言った。

「さて、それでは本題に入りましょう。奥さんが企業秘密をヴェイルに売ったという証拠はどこにあります?」

ダンディは愛想のかけらも見せずに彼を見返した。「つまりそれがきみの欲しいものか」

ヒックスはうなずいた。「そうです。長話はやめましょう。警察にその件と殺人とを結びつけられたくないなら」

「殺人とは無関係だ」

「そんなことを言っても警察は調べようとしますよ」

「そうだろうな。本当に殺人があったのなら。疑わしいが……」

ヒックスは電話を指差した。「屋敷に電話して息子さんに訊いてください」

ダンディは机の椅子に腰を下ろしたが、電話に手は伸ばさなかった。「いったい誰がそんなことをしたんだ？　どうして彼女はここにやってきた？　一人できたのか？」

「ええ。誰がやったのかはまだわかりません。忠告しておきますが、時間稼ぎをするのはやめてください。邪魔が入るかもしれませんから。さあ、あなたが奥さんに話した証拠を見せてください」

「わたしは持っていない」

「持っていると奥さんに言いましたよね」

「確かに持っていた。だが、消えたんだ」

「消えた？　なくしたということですか？　それとも盗まれた？　燃えた？　溶けた？」

「わからない」

「何があったんです？」

ダンディは電話を睨みつけて手を伸ばしたものの、途中で手を止め、すぐに引っ込めた。そして机に両肘をつき、唇をきつく引き結んでヒックスを見返した。

「好きにしてください」ヒックスは興味がなさそうに言った。「ぼくが散歩に出たことを警察は好ましく思っていないでしょうね。そう、たとえば今から二分後に警官がここに立ち寄り、質問を始めたら、ぼくは正確に答えるでしょう。ぼくは奥さんからもらった二百ドル分の仕事をするためにここへやってきたのだと。すると警官はきっと興味を持つでしょう。しかもぼくには隠さなくてはいけないものは何もありません」

ダンディの唇は引き結ばれたままだった。

ヒックスは首を捻り、森を抜ける草地の小径をちらりと見た。それから椅子を動かして、首を捻らなくても監視できるようにした。「ぼくは喉から手が出るほど、それを聞きたいわけではありません」ヒックスは言った。「むしろニューヨークへ戻る次の列車に乗って、忘れたいくらいです。ですがそれは現実的ではありません」

ダンディは鋭い口調で言った。「証拠は盗聴《ソノテル》レコードだ。わたしの妻とジミー・ヴェイルの会話が録音されている」

ヒックスはダンデイの怒りに燃える目を見返した。「ソノテル・レコード?」

「ソノテル、つまり電気式盗聴器を使ったんだ。探偵事務所に依頼してそれをヴェイルのオフィスに仕掛けさせた。一年以上前だ。『リパブリック』社がうちの製造方式を盗んでいると信じるにたる理由がこちらにはあって、本当に盗んでいるなら、首謀者はヴェイルだということはわかっていた。一年間、証拠は何も手に入れられなかった――少なくとも、わたしが欲しいと思っているものは。だがとうとうあるものを手に入れた」ダンディは不快そうな顔をした。

「わたしが欲しいと思っていた以上のものだ。ヴェイルのオフィスで彼と話している妻との録音だ。妻は持参したものを喜んでもらえたら嬉しいと彼に言い、彼は、カーボネイトのようなものなら何でも嬉しいと言っている。いまいましい詐欺師め。一九三八年に我々は、ある方式を特許の段階まで開発した。ところがすでに特許は『リパブリック』に取得されていた。方式も製造過程もまったく同じものを。彼らはそれをカーボネイトと命名した。これからそれで大儲けするつもりだ」

「それはいつのことです？　会話が交わされたのは」

「九月五日。二週間前の今日だ」

「奥さんの声だという確信はどれくらいあります？」

「二十五年も聞いているんだぞ」

ヒックスはうなずいた。「充分すぎるほど充分な長さですね。ソノテル・レコードというのはどんな形をしているのです？」

「円盤だ。ソノシートのようなものだ」ダンディは机の上の円盤の山を指差した。「当社のプラスチックでできている。ちょうど今取りかかっていた。その録音探しに……」

ヒックスは首を振った。「少しあと戻りします。あなたがそれを最後に見たのはいつ、どこででした？」

「わたしは一度しか見ていない。オフィスの試験室でだ。しまっておいたつもりだったんだが……」

「それはいつのことです？」

「火曜だ。一週間前の火曜」

「ですが今あなたはその会話が交わされたのは五日だと言いましたよね。ところが一週間前の火曜は十日ですよ」

「だから何だと言うのだ」ダンディは彼と友だちになろうとはしていなかった。「ヴェイルのオフィスの盗聴をするためにさんざん大金を注ぎ込んだのに、まったく収穫がないから興味を失っていたんだ。わたしはソノシートを試験室のケースの中にしまっておき、ときどきまとめて聞いていた。あの日の午後もそうしていて、あれを——妻の声とヴェイルの声を聞いたんだ。わたしは仰天した。愕然とした。もう一度聞いていると部下が一人入ってきたので、わたしは機械を止め、ソノシートを外して、ケースの一番端に入れた。やがてほかの部下たちもやってきた。このプラスチックの製法のバリエーションに関する結果をテストする目的で、会議が予定されていたんだ。我々はプラスチックをあらゆる種類の音響メーカーに売る予定でね。部下たちは会議のためにブリッジポートの工場からやってきた。わたしは彼らとしばらくいっしょにいたが、そのうち耐えられなくなった。それでケースの端からソノシートを取り出し、自分の部屋へ持っていき、自分の机の引き出しにしまって鍵をかけた。そして家へ戻って妻に話したのだ」

「なぜあなたはソノシートを持ち帰らなかったのです？」

「理由ならわたしが聞きたいよ」ダンディは苦々しげに言った。「そのいまいましい会話を家で聞きたくなかったんだ。それに使用人がいる。これは仕事の問題だ。妻はそれを否定し……」

「その部分は聞いています」

「大変結構。わたしはその晩、ホテルで過ごした。翌日、わたしは妻にくるよう……」

「そのことも知っています。奥さんはその証拠を聞くために、四時にあなたのオフィスへ行くことになっていた。そして三時にあなたからくるなと電話を受けた」

「そうだ。というのもわたしが自分の机からソノシートを取り出して試験室に持ち込み、機械に載せてみると、それは例のソノシートではなかったんだ。誰かが別のソノシートを端に入れたのではないかとわたしは思った。目を離したつもりはなかったのだが。そしてほかのソノシートはすべて消えていた。ケースも何もかも。会議の後、試験室にあったもの全部が、あるものは工場へ、あるものはここへ片づけられたのだ。わたしはJVと書いてあるソノシートをすべてわたしのところへ戻すようにと、工場と研究所の両方に指示した……」

「JVというのはジミー・ヴェイルの?」

「そうだ。シャロン探偵事務所のやつらはそう記入していた。JVと日付を鉛筆で。このプラスチックには鉛筆でもインクでも書けるんだ。わたしはそれらを回収してすべて聞いてみた。だが、それはなかった」

「JV九月十五日と書いてあるソノシートは最初にあった枚数をすべて回収できたのですか?」

「わからない。数えていなかったからな」

「シャロン探偵事務所ではあなたに渡した数を記録していないのですか？」

「していない。彼らとは日給契約だ。ソノシートごとの歩合制じゃない」

「彼らは音を——その会話を録音するときに聞かなかったのですか？」

「聞いていない。その録音方法が……」

「そんなことを説明されてもぼくにはわからないでしょう。シャロンでは盗聴したソノシートを再生し、内容を聞いてからあなたに送るのではないのですか？」

「いいや」

「だったら、あなた以外にその録音を聞いた人はいない？」

「そうだろう。そうであって欲しい。だが、わたしは聞いてしまった」

「確かに、あなたが聞いたことをわたしは知っています。さらに探してみましたか？」

「ああ。工場もこの研究所も。何千ものソノシートが整理され、しまわれている。何万だ。だが、ＪＶのソノシートは二度と出てこなかった。そこでわたしは……」

ダンディはふいに口を閉ざした。

ヒックスはうなずいた。「そこであなたはここですべてのソノシートを試していた。どんな記入があるものでも。誰かがわざと記入を変えたのではないかと疑って？」

「疑っていることなど何もない」ダンディは鋭い口調で言った。「だがわたしはあのソノシートが欲しいんだ」

「ぼくもです」ヒックスは同情するように言った。「ぼくはそのために二百ドル払ってもらっていますから。ブラガーとあなたの息子さんはその日の午後、会議に出席していましたか？」

「彼らは……」ダンディは苛立っていた。「わたしの息子は」それで文章が終わったかのように口を噤《つぐ》んだ。そのとき邪魔が入らなければ、もしかしたらそれから最後まで言うつもりだったのかもしれない。だがそのときヒックスの視線はダンディから離れ、ふいに窓越しの景色に注がれた。ダンディも見ようと頭を巡らした。牧草地を小走りにやってくるヘザー・グラッドが見えた。彼女の走り方は小走りというよりはすり足といった感じで、気が急いて脚がいうことをきかないらしく、ぎこちなかった。彼女は建物の正面の砂利の私道の端までやってきたところで足を取られ、あやうく転びそうになった。それでも体勢を立て直し、ドアまでたどり着いて中に入った。

彼女は息を切らしていた。それは釣り合いが取れない、というより驚きだった。というのも息を切らすほど懸命に走ってきて赤いはずの顔が真っ白で、色といえば目の端から唇の端まで続く泥の筋だけだったからだ。

ダンディに声をかけられてもヘザーは聞き流し、持ってきた革のバッグを開いて中を探り、何かを取り出した。広げられたのは十ドル札だった。彼女はそれをヒックスに差し出して言った。

「これは依頼料よ。わたしは助言が必要なの」

6

ダンディは先ほど言った言葉を繰り返した。

「わたしたちは忙しいんだ」と言い放つ。「屋敷へ戻りなさい」

ヒックスは椅子から立ち上がった。そしておろしたての茶色のスーツの胸ポケットから畳まれた白いハンカチを取り出すと、端を持って振り広げ、彼女の顔についた汚れを拭った。車のフロントガラスでも拭いているようなそっけない態度だった。

「何?」ヘザーは尋ねた。

「泥だ。取れないのは、ひっかき傷だ」

「森で転んだの」

「いいから、放っておけ……」と吐き捨てたダンディはふいに言葉を切った。窓越しに何かを見つけたのだ。残りの全員がそちらに視線を向けると、州警察の制服を着た身の丈百八十センチほどの男が森を抜け、牧草地を大股でやってくるところだった。

「ああ!」ヘザーは鋭く息を呑んだ。「頼みたいことがあったのに……」

ヒックスは彼女の腕を摑み、「こちらへくるんだ」と命じ、ダンディに向かって口早に言った。「警官の注意を惹きつけてください。警官をあなたの車で屋敷へ連れていくんです。とりあえず今はそのソノシートのチェックに忙しいふりをして。ぼくたちは森の道を通って戻る途中だと警官には答えてください」

ヒックスはヘザーの手を引いて中へ——その午後の間、低いうなり声をあげていたドラゴンのねぐらへ続くドアへ向かった。そしてダンディの引き止める声を聞き流し、ドアを開けてヘザーを押し込み、後ろでドアを閉めた。

ヒックスは彼女に声を出さないよう指で合図しながら、部屋の中を観察した。広々とした長い部屋は、まさにドラゴンのねぐらだった。巨大な桶と炉、ずらりと並んだ作業台と蒸留装置、神秘的なまでに入り組んだ装置、からみあった蛇の巣のように複雑に行き交う金属製のチューブ。壁と床はプラスチックでできていた。

耳をそばだてていると、外のドアが開いて閉まる音はかろうじて聞き取れたが、それに続く声は低いざわめきにしか聞こえなかった。どうやら防音はしっかりしているらしい。ヒックスはヘザーの耳に唇を寄せ、囁いた。

「裏口は?」

ヘザーはうなずいた。そしてヒックスがそこへ連れていくよう合図すると、爪先立ちで歩きだし、散らかった作業台とキャビネットの長い列に沿って後方へ向かった。ヒックスが裏口のドアをそっと開けた。すると意外にもそこはまた別の広い部屋で、梱包ケースやカートンやあらゆる品々でごった返していた。ヘザーの先導で迷路を抜けると、別のドア——重い金属製の幅広のドアが現れた。ヒックスは音をたてずにハーリー製のタンブラーロックのノブを回して手前に開け、ヘザーを先に出してから自分も続き、ドアを閉めた。二人が立っていたのは、建物の裏手にあるコンクリート製の荷揚げ用プラットフォームだった。右手をちらりと見るとほんの二十歩先が森だった。ヒックスはダンディの車の音が聞こえないかと一瞬立ち止まったが、何も聞こえなかった。それから二人はコンクリートの踏み段を降り、森へ向かった。森には小径のようなものはなく、羊歯《しだ》と藪が生い茂っていた。それでも少し進むと開けた場所に出た。空き地の中央には大きな岩があった。

「座って」ヒックスは言った。

「わたしは頼みたいことが……」

「座って」

ヘザーは岩の端に腰を下ろした。頬の上の方には、今や泥の落ちたひっかき傷が、青ざめた肌とは対照的に赤くくっきりと浮かび上がっていた。ヒックスは彼女と向き合うように岩に腰を下ろした。

「その十ドルは財布に戻した方がいいな。さもないとなくすぞ」

握りしめたままの紙幣をヘザーは怪訝な目つきで見つめた。「まあ」彼女は言った。「これはあなたのものよ」

ヘザーは彼を見た。「わたし、記事に載っていたことを思い出したの。あなたは何ごともビジネスだからやっているんだ、というふりをするのが好きだって」紙幣を差し出した彼女の手は震えていた。

ヒックスはその紙幣を受け取ると、彼女が岩に置いたハンドバッグに手を伸ばし、札を中にしまってからバッグを元の場所に戻した。彼女の顔に視線を戻すと、その目は閉じられていた。

「ぼくに何を頼むつもりだったんだ?」ヒックスは尋ねた。

ヘザーは答えなかった。しばらく押し黙っていたが、やがて沈んだ声で言った。「いきなりあんな姉さんを見せられて。あんなふうに——頭を殴られた姉さんを。あれから何度目を閉じても、そのたびに前より鮮明に姉さんのあのときの姿が瞼に浮かんでしまうの」

「そうだろうな」ヒックスは同意した。「見ずにすめばよかったんだが。それでぼくに何をしてもらいたいんだ?」

「誰かが姉さんにあんなことをしたの。そうでしょう?」

「ああ。誰かがきみの姉さんを殺した」

「ジョージは——義兄《にい》さんはやっていないわ」ヘザーは目を開いた。「義兄さんじゃない。やっていないと言ったもの。それにここに着いたばかりだった。ミセス・パウエルにたぶん姉さんはテラスにいると教えられて、行ってみたら姉さんが……」

「彼は屋敷に到着したばかりだったと言っているのか?」

「ええ。自分の車できたと」

「そうはいっても……」ヒックスは首を振った。「きみはぼくと取引をしたくないか? ぼくは取引してもいい。じつはさっきダンディと決めたんだ。あのオフィスでぼくがダンディと会ったときのことで嘘をつこうと。だからきみもあのときのことを訊かれたら、ダンディがぼくに出て行けと言ったことは忘れて、ダンディはブラガーと秘密の話があるから、ぼくには外で待つように言ったと証言して欲しいんだ。難しいことじゃないだろう。だが、そうしてくれたら、初めて会ったときにきみが泣いていたことは忘れよう。それに橋のところできみが言ったことも。きみがぼくにしてもらいたかったのはそれじゃないのか？」

ヘザーはまっすぐ彼の目を見つめた。「どうしてわかったの？」

「訊くまでもないことだからさ。ほかにも何かあったのか？」

「いいえ」

「あったはずだ」ヒックスは咎めるような表情で彼女を見返した。「もちろん、きみの心は粉々に打ち砕かれた。だが、ジョージが陥った感情のもつれを隠そうとするなら、それは事態を悪くするだけだ。たとえば橋の上で、きみは彼が月曜の夜にしたことについて話そうとした。彼は何をした？　きみに電話したのか？」

「いいえ」ヘザーは唾を飲み込もうとした。「義兄さんはここへやってきて、わたしと話したの」

「ほかにも彼を見た人はいる？」

「ええ。ミセス・パウェルとロス・ダンディが。それにたぶんミスター・ブラガーも。わからないわ」

「だったらきみはジョージがここへやってきたという事実を隠すことはできない。そのことでもう嘘をついたのか?」

ヘザーは首を振った。「そういったことは質問されなかったわ。警察はわたしにはほとんど何も訊かなかったのよ」

「そのうち訊かれるだろう、警察がすべての片をつけるまでには。ジョージとは話し合ったのか? 月曜の夜に彼がやってきたことについて、きみが何と答えるかを相談したのか?」

「もちろん、していないわ。どうしてできるの? だって――あなたも見たでしょう、義兄さんがどんなに動揺していたかを。それからばたばたと人がやってきた。医者やら警察やらがね……」

「だったら馬鹿なことはするな。これはありふれた事件とは違うんだ。自分の姉さんが殺されたということがわかっているんだろうな?」

「わかっているわ。わたしが馬鹿だったばっかりに……わたしが馬鹿だったばっかりに……」ふいにヘザーは立ち上がり、顔を上げた。「ごめんなさい」そう言って歩きだす。

二歩進んだところでヒックスが腕を摑み、彼女を振り向かせた。「きみはここに座ってこれからどうするかを決めるんだ」ヒックスは強い口調で言った。「もしくはきみに代わって決めてくれる相手を決めるんだ。きみには弁護士の知り合いはいるのか?」

「いいえ」

「きみの父上と母上は?」

「二人とも死んだの」

「兄弟は?」

「いないわ」

「婚約者は?」

「いない」

「金はあるのか?」

「郵便貯金で三百十二ドルあるわ」

「それだけか」ヒックスは彼女を睨みつけた。「きみは屋敷で何をした? こっそり抜け出して、森へ飛び込んだのか?」

「こっそり抜け出したりはしていないわ」ヘザーの声は、もはや喉を絞められたような声ではなかった。「警察はテラスにはいさせてくれなかったのよ。屋敷の中に入るようにと言われたわ。警官の一人はジョージと話していて、もう一人はミセス・パウェルとロス・ダンディと話していた。そこにミスター・ブラガーがやってきてわたしに訊きたいことがあると言ったの。でもわたしは話せる状態じゃなくて、自分の部屋に上がったわ。でもしばらくすると決心したの。あなたに会おうって。それで階下に降り、裏のドアから出てきたの……」

ヘザーは言葉を切り、振り向いて耳をそばだてた。研究所の方角からやってくる車のエンジン音が聞こえた。その音は次第に小さくなり、それから再び大きくなって最大になると、タイヤが砂利を跳ね散らかす騒々しい音が聞こえた。どうやら彼らの車は森を抜けるすぐ近くの道を通り過ぎたらしい。一瞬二人にも車の姿が見えた。

「さっきの警官はダンディとぼくを探しにきたのかもしれないが」ヒックスは言った。「彼が探していたのがきみなら、たちまち大捜索が始まるだろう。もちろん、きみはショックから立ち直れないと言い訳すれば、少なくとも今日だけはそっとしておいてもらえるかもしれない。だが、遅かれ早かれ、警察には話さなくてはならなくなるはずだ」

ヘザーは舌で唇を濡らした。唇からのぞいた赤い先端が震えていた。彼女は舌を引っ込め、言った。「姉さんは殺された」

「そうだ」

「殺された!」

「そうだ。さっききみが橋で話したことだが、あの話に嘘はないのか? つまりジョージの恋愛感情についてだ。きみが彼を愛してはいなかったのは確かなのか?」

「もちろんよ。あれは違うのよ」

「あれって?」

「義兄さんは姉さんを殺していないわ。わたしにはわかるの。でも今わたしが考えているのはマーサのことよ」その名前を口にすると唇が震え、ヘザーは言葉を切って震えを抑えた。「わたしは自分のことも考えているのかもしれないけれど、でもとにかくマーサが生きていたらそんなことは望まないと……」

ヘザーは両手に顔を埋めた。

ヒックスは黙って彼女を見つめていたが、やがて首を振った。「一つだけ確かなことがある」

彼は言った。「ジョージがいつ屋敷に到着したのだとしても、警官たちはジョージに一番関心を寄せるだろう。こう考えることもできる——おい、ぼくの話を聞いているか?」

ヘザーは顔を覆ったままうなずいた。

「彼は二度やってくることもできたはずだ。一度目はノックせずに。とにかく、きみは屋敷の自分の部屋に戻り、休むんだ。きみは参っている。実はぼくは優秀な法律家でね。たぶん弁護士資格を剥奪された弁護士としては国で一番だ。いいかい、警察にはどんなことについても、きみから情報を聞き出す法的権利はない。だが、黙秘するのは賢明な考えとはいえない。明日の朝になれば、きみも落ち着き、彼らの取り調べに耐えられるようになるだろう。警察はすでにジョージが月曜の夜にやってきたことを知っていると考えた方がいい。ロス・ダンディとミセス・パウェルが彼を見ているからだ。そこで警察に彼が何をしにやってきたのかと尋ねられたら、警察には話したくないと答えるんだ。すると警察はきみに飛びつくだろう。だが、きみは動揺せず、丁寧に対応するんだ。そして何より、作り話をするな。さもないと警察はきみを苦しい立場に立たせるだろう。たとえジョージと二人きりになる機会があったとしても、話をでっちあげるな。間違いなくほころびが出るはずだ。ところできみの姉さんがヴェイルという名前の男を知っていたかどうかを知らないか? ジェームズ・ヴェイル? あるいはジミー・ヴェイルを?」

ヘザーは首を振った。

「確かか?」ヒックスは念を押した。「姉さんが彼の名を口にしたのを聞いたことはないか?

それは重要なことかもしれないんだ」

ヘザーが顔を上げた。その顔は前よりも青ざめていた。「なぜそれが重要になるの?」

「なるかどうかはわからないが、姉さんがその名前を口にしたのを聞いたことはないか、ヴェイルだ?」

「いいえ」

「ブラガー、あるいはダンディ親子はきみの姉さんを知っている?」

「いいえ、知っているわけないわ。姉さんはヨーロッパにいたのよ」

「姉さんがヨーロッパにいたのは一年だけだろう。きみに会いにここへきたことはないのか?」

「一度——いいえ、二度きただけよ。わたしがここで働くようになってからまだ一年ちょっとだし、姉さんがニューヨークにいた頃は、わたしが会いにときどきニューヨークへ通っていたから」

「姉さんは二度きた。そのときブラガーかロス・ダンディと会った?」

「ロス・ダンディはここにいなかったわ。彼がやってきたのは今年の六月。ほんの三ヵ月前よ。それにミスター・ブラガー——彼は二度とも間違いなくいなかった。夜はときどきミスター・ダンディ・シニアと打ち合わせをしにニューヨークへ行くのよ」

「きみはミセス・シニア・ダンディと会ったことはある?　ダンディ・シニアの奥さんと?」

「いいえ」

「電話で話したことは？」

「いいえ、ないわ。それにあなたが何をしようと考えているのか、わたしにはわからないわ。わたしに質問に答える練習が必要だと考えているのでなければね。それにそんなこと必要なのかしら……」

「練習だと思ってくれていい。だが、クーパーは姉さんを殺していないときみは確信しているようだ。それなら誰がやった？　屋敷にはミセス・クーパーとダンディ親子しかいなかった。きみとぼくとブラガーは除外するしかない。ずっと研究所にいたのだから。もっともこっそり抜け出して戻ってきたなら話は別だが。きみの姉さんはクーパーと結婚する前は何をしていた？」

「姉さんは女優だったの。あなたもきっと名前を聞いたことがあるはずよ」

「女優についてはくわしくないんだ」

「姉さんは実力があったのよ。スターではなかったけれど、続けていればスターになっていたかもしれない。そのこともあるのよ——姉さんはジョージのためにキャリアも捨てたのに……」

唇がわなわなと震えだし、ヘザーは口を閉じようとした。

「姉さんはダンディの会社の関係者の誰かと知り合いだった？　あるいは『リパブリック・プロダクツ』の関係者と？　そんな知り合いはいなかった？」

「わたしの知るかぎり、知り合いはいないわ。ええ、間違いない。だって姉さんの知り合いはみんな知っているもの。あの頃はわたしもニューヨークで仕事をしていた。あの当時から、ジョージは馬鹿なまねをしようとしたのよ。だからわたしはニューヨークから離れた場所で仕事を見つけたの。その方がいいと思ったからよ。わたしはここが気に入ったわ。お給料もよかったし……」

「そうか」ヒックスは立ち上がった。「ぼくたちは姿を見せた方がよさそうだ。少なくともぼくは。きみも部屋に戻りなさい」

彼女の全身に震えが走った。「今はあの屋敷が大嫌いなの。しばらくここにいるわ」

ヒックスは彼女に鋭い一瞥を送った。「きみ自身も嫌いになった?」

「それは大丈夫」

「ここから逃げ出すなんて子どもじみたことは考えていないね?」

「もちろんよ」

「わかった。こちらへ行けば小径に出られるのか?」

「私道を行った方がいいわ」

ヒックスは藪に飛び込み、すぐに姿が見えなくなった。ヘザーの耳には、彼が藪を払いながら進む音が次第に小さくなっていくのが聞こえていた。その音はしばらくするとふいに消え、代わりに砂利道を踏みしめるジャリジャリというかすかな音になり、それもすぐに消えた。ヘザーは身じろぎせず岩に座っていたが、やがて頭を下げすぎて顎が膝につくと、目を閉じ、再び動かなくなった。

ふいにヘザーははっと顔を上げ、目を見開いた。音が聞こえる——藪の中に何かいるわ——

いいえ、わたしったら馬鹿ね。彼が戻ってきただけよ。しかし音が大きくなるにつれて彼が立ち去った方角からではないことに気づき、ヘザーは勢いよく立ち上がり、体を強張らせて音の方角を見つめた。わたしは恐がっていない。そんなの馬鹿げているもの。恐がることなんて何一つない。でもわたしは恐い。神経が参っているからかしら。わたしは……。それからふいに彼女の強張りが解けた。相手の姿を遮るものが彼の肩より低い藪だけになったとたん、誰だかわかったのだ。

ロス・ダンディが空き地に現れ、岩を回ってこちらに向かってきた。汚れた白のつなぎを脱ぎ、ほんの少しだけエレガントな服——ゆったりしたグレーのスラックスに着古したグレーのセーターに着替えていた。帽子はかぶっておらず、柔らかな茶色い髪のひと房が目の端に斜めに落ちていたが、彼は払おうとはしなかった。そしてヘザーの六歩手前で止まると、じっと彼女を見つめた。

「わたしはここで一人よ」ヘザーは言った。

二人共その言葉の愚かさに気づいていなかったようだ。実際、ロスは当たり前のように答えた。

「失礼」彼は言った。そしてもう一歩前に出ると再び止まった。「きみを探していたんだ。きみは屋敷に戻ったと父さんに言われてね。そうしたら声が聞こえて、きみたちが見えた。だが邪魔したくなかった。それで待っていた、彼が立ち去るのを……。あいつは誰?」

「邪魔するつもりがないなら邪魔しないで」

青年は頬を紅潮させた。だがそれが怒りによるものかといえば、彼の真面目な目に怒りは浮かんでいなかった。「ねえ、いいかい」ロスは言った。「きみはぼくを嫌いなことを忘れた方がいい。少なくとも今だけは。こんな場合にはそんなささいなことは忘れた方がいいんだ。きみはあのヒックスというやつの何を知っている？　彼と会ったことはないんだろう。彼かもしれないじゃないか……」

「わたし、あなたを嫌いだと言った覚えはないわ。ああ、いいからどこかへ行って！」

ロスはヒックスと同じ角度に腰を下ろし、きっぱり言った。「ぼくはどこへも行かない」

「だったらわたしが行くわ」

「そうか、きみが行くならぼくも行こう」

滑稽な沈黙が続いた。ヘザーは目を閉じた。ロスは腕を組んで彼女を見つめた。頬の赤味が次第に消えると、やがて沈黙を破った。

「だからといってこんな状況で、そんなことを重要だと言ってるわけじゃない」彼は断固として言った。「とにかく、きみがぼくを好きではないと言ったことは確かだ。ミセス・パウエルに言っているのをこの耳で聞いたのだから。それにしても、きみの姉さんのことは残念だったと言う権利はぼくにだってある。つまり、ぼくはとてもとても残念だ。そしてぼくに何かできることがあるなら、そしてぼくにそれをさせてくれるのなら……」

ロスはそこで口籠もった。ヘザーは目を開き、言った。

「ありがとう」

「どういたしまして。それに会社の同僚として、さらには同じ屋根の下に住む同居人として、きみの身に姉さんと同じことが起こらないよう見守る権利がぼくにはある。あいつが犯人ではないとは言いきれないだろう？　とにかく、きみを森の中にひとり残すことはできないし、きみがどこかへ行くというのなら、ぼくはついていく。そんなことは不愉快なだけと言うなら謝ろう。それにしても、きみはミセス・パウェルにぼくを嫌いだと言ったことを忘れているのかもしれない。一ヵ月ほど前のある晩、正面のテラスでのことだ」彼は組んでいた腕を解き、手振りで払うまねをした。「とにかく、口に出さなくても、きみの態度でわかっているさ」

ヘザーには言うべき言葉がなかった。彼女は肩を落とし、ぐったりしていた。目は青年ではなく、丸太の端で立ち止まったシマリスをぼんやり見ていた。ロスは彼女を見つめた。

再び沈黙を破ったのはロスだった。「せっかくここまでやってきたのだし、それにきみの問題にぼくができることは何もないし、あるいはあったとしてもきみがさせてくれないなら、ぼくは自分の問題についてあることをしようと思う。こんなことは訊きたくないんだが、訊かないわけにはいかない。まったく面目ない話なんだけど、とにかく訊かないと。ぼくはソノシートをなくしたんだ」

ロスは答えを待ったが、ヘザーは何も言わず、身じろぎもしなかった。

「ぼくはそのことをきみに訊かなくてはならない」彼は続けた。「というのもとても重要なことだからだ。たぶんきみはそのソノシートのありかを知っている。ぼくが研究所からきみのところへ運んだラックの一つに、紛れ込んでいるのかもしれないんだ。きみがそのソノシートを再生したとき、なかったかな——妙なものが？」

ヘザーは彼に顔を向けた。「何の話だかさっぱりわからないわ」

彼女の視線が彼の視線と合うと、ロスは再びぱっと顔を赤らめた。うろたえて顔の赤さがいっそう増していた。「これは説明が難しいんだけれど」半分しどろもどろになりながら言う。「というのもそれはほかのソノシートとごっちゃになったんだ。あのソノシートのうちの一枚、という意味じゃなくて。あのソノシートをきみが全部再生してみたかどうか、ぼくはそれすら知らないし。ぼくが探しているソノシートには何も記入していなくて。たぶんぼくがうっかりラックに入れてしまったんじゃないかと思うんだ。そしてきみはそれを別の記入のないソノシートと同じものだと思い込んで、だけどきみはそれをまったく再生せず、だからそれが違うものだと気づかなかったんだ。わかるかな?」

「まったくわからないわ」

「とにかくわかってもらわないと」ロスは食い下がった。「その記入のないソノシートがどこにあるかということが問題なんだ。その中にきっとあるとほぼ確信しているからだ。もしもきみに訊く必要がないなら、こんなことはぜったいに質問しなかっただろう。きみが口にしないかぎり、ぼくはその件について話すつもりはなかった。ぼくが今望んでいるのは、それを取り戻したいということだけで、そうすればそれを全部再生して、目指す一枚を見つけられるはずなんだ。きみがそれを取っておいているとは思っていない。だが、破壊することもできなかったはずだ。ソノシートは割れないし、燃やすこともできないから。きみがそれをごみ箱に捨てていないことは知っている。覗いてみたからね。だからきみはそれをただどこかに投げ捨てたと思っている。どこに捨てたのかを教えてくれないか？」

「あなたが何を言っているのか、わたしにはわからないわ」

ロスは彼女をじっと見つめた。「きみにはわかっているはずだ」

「いいえ」

「だが、ああ、ぼくは記入のないソノシートについて話しているんだ。ぼくが——きみがほかのソノシートといっしょにラックに入っているのを見つけたソノシートだ！　ぼくは自分が馬鹿だと認めよう！　きみがぼくを嫌いで、けっしてぼくを好きにならないことは知っている！　だがソノシートをどうしたかぐらい話してくれたっていいじゃないか……」

ロスはふいに言葉を切った。ヘザーが顔を両手に埋め、全身を——頭のてっぺんからつま先まで震わせていたからだ。

ロスはぽかんと口を開けた。立ち上がって、彼女に近づこうとする。だが、再びあとずさり、岩に腰を下ろして、体の脇でこぶしを握りしめた。

「そんなことはしないでくれ！」彼は嘆願した。「頼むから……」

「どこかへ行って」ヘザーは両手で顔を覆ったまま言った。「ああ、どこかへ行って……」

「ぼくはどこへも行かない」ロスは頑なに言い張った。「ぼくはこれ以上話さない。もう何も言わない。だが、どこへも行かない」

しばらくすると丸太の端にまたリスが現れた。リスは丸太の中央まで走ると、その特等席に腰を落ち着けて二人を観察した。沈みゆく太陽の最後の木漏れ日が、彼のセーターに金色の炎を燃え立たせていた。

屋敷ではヒックスが予想どおりのものを見つけていた。

ガレージの前の広い砂利敷きのスペースがさまざまな車で埋め尽くされていたのだ。裏口の窓越しに覗くと、キッチンにはミセス・パウェルの赤ら顔と大きな体が見えた。それから屋敷の森に面している側に回り、潅木の生け垣のあるサイド・テラスに向かった。一日でヘザー・グラッドの姉の死体がなくなっていることはわかったが、それがあった場所を示すチョークの粗い線は残っていた。パームビーチ製のスーツとよれよれのパナマ帽の男がテラスの端に立ち、天気でも読むかのように物思わしげに空を見上げていた。壁際に置かれた椅子には二人の男が座っていた。一人は州警察の制服を着ており、もう一人はジョージ・クーパーだった。レストラン「ジョイス」の仕切り席で初めて見たときには、鋭く尖った鼻の顔は青ざめて苦悩の皺が刻まれていたが、今や表情はなかった。破壊的な惨劇によってあらゆる表情が失われたのだろう。

ヒックスは居間へ続くドアへ向かった。

「おい」警官が怒鳴った。「戻ってこい！　おまえは誰だ？」

「名前はヒックス」

「おお、どこへ行っていたんだ？」

「岩に座っていた。ミスター・ダンディに会えないかな」

「彼は警部補と中にいる。そこには入れない。ここで待っていろ」

「だったらミスター・ブラガーに会わせてもらえないかな」

「彼は中で地方検事と話し中だ」

「誰もぼくに興味がないのかな?」

警官はうなずいた。「おまえはあとだ。さあ、座って。おい、どこへ行く?」

歩きだしていたヒックスは振り向き、母音を省略せずにはっきり言った。「水を飲みにキッチンへ」そして彼は書面の許可書を待たずに屋敷の裏へ回り、ドアを開けて中へ入った。

ミセス・パウェルの手からシチュー鍋が落ち、床でがらがらと音をたてた。

ヒックスは歩み寄ってそれを拾ったが、ミセス・パウェルに差し出そうと腰を上げると、壁際まで下がった彼女が、読み違うことのない恐怖の表情で自分を見ていることに気づいた。彼女は恐怖に身をすくませていた。

「叫んでください」ヒックスは励ますように言った。「さあ、叫んで」

彼女は壁に背中を押しつけたまま声を出せずにいた。

ヒックスはシチュー鍋をテーブルに置いた。「それはこういうことですか」と説明する。「たとえぼくが殺人犯だとあなたが結論したことが正しいのだとしても、あなたの振るまいは不適切です。たとえぼくがミセス・クーパーを殺したのだとしても、それでぼくがあなたを殺したいと思っていることにはなりません。事実、ぼくが欲しいのは水です」彼はシンクに歩み寄り、蛇口を捻ると、棚からグラスを取り出し、水を注いで飲んだ。「おいしい水ですね。それにしても、とにかく、あなたは叫ぶべきですよ。もしもぼくが暴力を振るうつもりなら、あなたは叫びそこなったことで事実上の共犯者になってしまいますからね」彼はもう一度グラスに水を注ぎ、もう一口飲んだ。「一九三四年のブルックリンの暴行事件で、判事は次のように……」

「出て行って！」ミセス・パウェルは金切り声をあげた。

「ぼくに質問させてください。あなたは今までに……」

「出て行って！」

「しかしぼくは知りたいんです。あなたはミセス・ダンディ・シニアに会ったことはありますか？」

「出て行って！　叫ぶわよ！　叫ぼうと思えば叫べるんだから！」

「やれやれ」ヒックスは小声で毒づいた。入ってきたドアを除くと、彼には選択肢として二つのドアがあった。彼が選んだのは左の両開きドアだった。ドアの向こうは居間で、誰もいなかった。さらにドアが二つあった。右手のドアは閉まっていたが、反対側のドアは開いていて、その先に階段があるのが見えた。それこそ彼が探しているものだった。階段を目指して廊下へ出ると、彼は別の制服姿の警官と出くわした。

「どこへ行く？」

「洗面所へ」ヒックスはそう言うと警官を回り込み、階段を昇りだした。

一番上の踊り場でも休むことなく、彼は自信に満ちた足取りで廊下を進んだ。もっとも、取りたてて自信のあることなど一つもなかったのだが。ミセス・ダンディとジミー・ヴェイルの間に交わされた会話のソノシートが屋敷の中に隠されているという確信はなかったが、隠されている可能性はあったし、万が一隠されているなら、ヒックスはそれを手に入れたかった。さっと見渡すとドアは七つあった。彼はでたらめに一つ選び、ノブを回して開いた。ひと目内部を見ただけで誰の部屋なのかわかった。ドレッサーの上にずらりと並んだ化粧品がすべてを語っていた。そこはヘザー・グラッドの部屋だった。彼女の匂いがした。ヒックスはあとずさってドアを閉め、別のドアを試した。そのドアも鍵はかけられていなかった。彼はそのドアを開き、とくに警戒することもなく中へ入った。

7

さっと見渡したところ、部屋には誰もいなかった。ヒックスは最初にロス・ダンディの部屋にぶつかればと期待していた。目指すものがもっとも見つかりそうだったからだ。しかし慌しく調べた結果、空振りだったことを示す点が次々に現れた。たとえば、壁一面にしつらえられた棚の本は半分以上がドイツ語で書かれたものだったし、表面の平らな大きな机の文鎮の下の手紙は、宛名がすべてミスター・ヘルマン・ブラガーだったのだ。

とにかくヒックスは音をたてずに素早く捜索を開始した。机の引き出しはどれも鍵がかかっておらず、ソノシートも入っていなかった。西洋簞笥の引き出しも、大型のクローゼットの棚も同じだった。部屋の棚にきちんと並べられた大量の科学雑誌の間に、何か挟まってはしないかと端から覗いてみたが、何も見つからなかった。ヒックスはベッドを見て、首を振った。それから本棚に歩み寄り、一冊ずつ前に引き出して、奥を覗いてみた。ふいに彼は手を止め、小声でぶつぶつ言いながら机に向かい椅子に腰を下ろした。

自分は馬鹿なことをしている、とヒックスは考えた。第一に、ブラガーが自分の部屋にソノシートを隠していると推測する理由は一つもない。第二に、探すなら手よりも頭を使うべきだ。

たとえば、この部屋で薄くて平らで丸い物を隠そうと思ったら、ブラガーはどうするだろう？　ヒックスは部屋を見回した。そして少し考えてから答えがすぐそこ、自分の手の下にあることに気づいた。手の下の机上用の敷物は上部が三層の吸い取り紙になっていて、一番上の吸い取り紙を取り除いて下の二層にソノシートと同じサイズの穴をくり抜き、そこにソノシートを収め、最後に一番上の吸い取り紙を元に戻す。そしてミセス・パウェルに机の上のものは決して触らないよう言いつける。完璧だ。ソノシートは必要なときにすぐに取り出せる上、偶然見つけられるようなこともない。それはあまりによくできた考えで、ブラガーにソノシートを盗んでそれを隠す理由など一つもないことが、残念に思えるほどだった。

一番上の吸い取り紙の端をつまみ、角を引っ張って剝がしたヒックスは茫然として見つめた。「なんてことだ」ヒックスは言った。「本当にブラガーはそうしていたんだ！」

ただし、ソノシートがあったわけではなかった。二層の吸い取り紙にくり抜かれた穴は、丸ではなく矩形で、そこに収められていたのは厚紙の台紙に張られた一枚の写真。写っていたのはジュディス・ダンディで、それは今朝「リパブリック・プロダクツ」のオフィスで、彼が受付嬢との実験で使った写真と同じものだった。厚紙のへりの下の部分には、きちょうめんな筆跡の文字がインクで書かれていた。

あなたのために命を捧げる？　そんなだいそれた夢はみない。
あなたは微笑んでくれた。ああ、愛しい女《ひと》。

わたしはそれだけで誇らしい。あなたが身震いした虫の餌となって
この命を投げ出しても、わたしは誇りに思うだろう。

「なんとまあ」ヒックスは信じられなくて眩暈《めまい》がするといった口ぶりで言った。

そしてもう一度読んだ。驚きだった。少し気分が悪くなったが、それも一瞬だった。それが意味することを考えなくてはならなかったからだ。そして一番上の吸い取り紙を戻し、四つの角を内側に押し込んで表面を整えながら、ヒックスは考えた。たとえどんなに突拍子のないことだとしても、おどおどした、目の飛び出したブラガーがジュディス・ダンディにそのような恋心を抱いているのだとしたら、彼女の愚行が招いた結果の尻拭いをしようと、おせっかいを焼いた可能性はある。つまりソノシートがこの部屋に隠されていてもおかしくはないということだ。もちろん、ブラガーはそれを壊してしまったかもしれない……だが、壊していないかも……。


ヒックスは立ち上がり、部屋を眺め渡した。本の後ろ？　マットレス？　そのとき彼はいきなり腰を下ろした。部屋の外の廊下を小走りでやってきた足音がドアの前で止まったのだ。そしてドアが開いてヘルマン・ブラガーが入ってきたときには、ヒックスは椅子の背にもたれ、両腕を伸ばして大きなあくびをしていた。

ブラガーははっと立ち止まり、目を丸くしてヒックスを見た。

「失礼」ヒックスは愛想よく言った。「ぼくがここにいるんで驚いたでしょうね」

「ここはわたしの部屋です」ブラガーは語気を荒らげて言った。

「ええ、知っています」

「ですが、わたしは驚いていません。もはや何が起こっても驚けないんです」ブラガーはベッドに歩み寄り、端に腰を下ろすと、突然吐き捨てるように言った。「わたしはあんな工場で働きたくありませんでした！　そう、嫌だったんです！　だから仕事をするのにふさわしい、平和で静かな場所を欲しいと思いました。それなのにこんなことになるなんて！　夜にはテラスに座って小川のせせらぎを聞いていたのに！」

ヒックスはうなずいた。「それなのに今、テラスには血が流れました。だが、どうでしょう。テラスはあなたを苛立たせるためだけに血塗られたのでしょうか」

「そんなことを言うつもりはありません。それにしてもきみはわたしの部屋で何をしていたんです？」

「あなたを待っていました。お訊きしたいことがあって」

「わたしは答えたくありません。下であの警官の何千という馬鹿げた質問に答えてきたところですから」

「ぼくの質問は馬鹿げていません。しかも簡単なものです。ダンディのアパートメントにブリーフケースを忘れた夜、中には何が入っていたのです？」

ブラガーは顔をしかめた。「わたしのブリーフケース？」

「そう。一ヵ月ほど前です。翌朝、ロスがわざわざ車でニューヨークまで取りに戻ったんですよね」

「その中に何が入っていたのかと訊いているんですか?」

「ええ」

「それをわたしに訊くよう言ったのは誰です?」

「ミセス・ダンディです」

「きみは嘘つきです」

ヒックスは眉を上げた。「たぶん、それは当たっています」と素直に認める。「昨日彼女がそのことを話してくれて、ぼくたちはその問題について話し合ったんです。しかしその中に何が入っていたかをあなたに訊くように、彼女から勧められたわけではなかったような気がします。それでも尋ねたい。ぼくはミセス・ダンディのために仕事をしているんですよ」

「それは違いますね」ブラガーは言った。

「何が違うんです?」

「きみはミセス・ダンディのために働いていません。ミスター・ダンディのために働いているんです」

「そしてあなたもミスター・ダンディのために働いている。けっきょくは身内の間のトラブルなんですよ、これは。ぼくがしているのは、ちょっとした誤解を解くことだけで、そのことはご存知なんでしょう」

「知りません!」ブラガーは飛び上がり、両腕をばたつかせた。「まったく、どうしてこんなことに。わたしが頼んだのは、仕事をするための静けさだけだったのに！　わたしが期待したのは、ほんの少しの優しさだけだったのに！　人から人へのほんの少しの優しさですよ！」憤慨して彼の目は飛び出していた。「何より、わたしは働かなくてはなりません！　それなのにわたしが働いている場所で何が起こりました？　邪悪なこと、そしておそらく醜いこと！　そして疑惑の数々！」彼は小声で吐き捨てた。「疑惑だらけだ！　しかもあの女性が死んでしまったからには……わたしが夜座って小川のせせらぎを聞いた場所で死んでしまったからには……そこで小川のせせらぎを聞けると思いますか？　しかたなく自分の部屋に戻ってみれば、きみがいて……」

ドアが開き、警官が入り口に立っていた。ヒックスが下の廊下で会った警官だった。彼はヒックスを見るとそっけなく言った。

「下でお呼びがかかったぞ」

外はまだ暮れ始めたばかりだったが、居間にはすでに明かりが灯されていた。その広々とした気持ちのよい部屋には、色鮮やかな夏用のカバーがいまだにかけられたままの、座り心地のよい数脚の椅子とソファが置かれていた。ヒックスを迎えにきた警官と、州警察の制服姿の男二人はそこに腰を下ろし、読書用ランプの載った大きなテーブルの周りには私服の男三人が座っていた。その中の一人、髪をポマードでオールバックにした浅黒い肌の男は、速記者用のノートを開いていた。あとの二人はヒックスの知り合いだった。灰色の小さい目をした、額よりも顎の幅の広い男はマニー・ベック、ウェストチェスター郡の刑事部長で、もう一人のぽっちゃりした丸顔に、あるかなしかの唇をした男は地区検事のラルフ・コルベットだ。ラルフは腰を浮かせてテーブル越しに手を差し出した。

「やあ、久しぶりだな、ヒックス！ どうしてた？ 顔を合わせるのはアサトン事件でおまえにとんでもない目に遭わされて以来じゃないか。元気だったか？」

コルベットは心からの笑顔を見せた。マニー・ベックはうなずき、もごもごと挨拶の言葉を述べた。

「元気ですよ、ありがとう」ヒックスはそう言って腰を下ろした。

「そのようだな」コルベットは力強く言った。「タクシーの運転が性に合っているらしい」

ヒックスの目がきらりと光ったのは、むっとしたからかもしれない。あるいはただ、読書用ランプの明かりを反射しただけなのかもしれない。「あなたがたはぼくの仕事を監視しているんですか？」

「いいや、とんでもない」コルベットは笑った。「はっはっはっ。だが、わたしたちの管轄で殺人が起こり、おまえが現場に居合わせたとなれば、当然ニューヨークに電話して、自分たちの好奇心を満足させようとするだろう。タクシーの運転！ はっはっはっ。まったくおまえは変わり者だ。今日は仕事を休んできたのか？」

「いいえ。ちょっとした仕事で」

「おお、もちろん、そうだろうとも」コルベットはにっこり笑った。

「おまえにからめ手を使うほどわたしも馬鹿じゃない。だから率直に訊くつもりだ。なぜあのミセス・クーパーを追いかけていた？」

ヒックスは首を振った。「その前に、許可書もなしになぜ探偵仕事をしているのか、訊かないのですか」

コルベットは笑った。「それはあと回しだ。だが、とにかくおまえが彼女を尾行してきたことはわかっている。彼女と同じ列車できたんだろう」

「公共の乗り物ですよ」

「それに駅でタクシーの運転手に彼女の乗ったタクシーを追いかけるように言った」

「そうでしたっけ？　運転手を連れてきたんですか？　だったら、ここに連れてきてください。ぼくの記憶によると、彼女が運転手にロング・ヒル・ロードのダンディのところへ行くと言っているのをたまたま耳にしたものですから、自分の運転手にも同じところへやってくれと言っただけですよ」

「おい、いい加減にした方がいいぞ」コルベットは優しい口調で諭した。「しらばっくれても時間の無駄だからな。尾行していたんだろう？　ええ？」

「していません」

「これは記録に残す。わかってるな」

「ええ、わかっています」

「わたしと二人きりで話したいか？」

ヒックスは首を振った。「話したいことなんてありません」

マニー・ベックがふいにうなり声をあげた。愛想のかけらもないうなり声だった。「彼女を尾行していなかったのだとしたら、ここへは何のためにきた？」

「おまえはマニー・ベックを覚えているだろう」コルベットは言った。「彼はわたしがお人よしの間抜けにすぎないことを知っているから業を煮やしているんだ」

「ベックは二つの点で間違っていますね」ヒックスは言った。「あなたはお人よしでもないし、間抜けでもありません」

「それは、どうも！」コルベットは頭をのけぞらせて笑い、ふいに笑うのをやめた。「だが、そうはいっても、ベックの質問は的を射ている」

「ああ」ベックは顔をしかめた。「おまえはここへ何をしにきた？」

「仕事をしに」

「どんな仕事だ？」

「ミスター・ダンディに頼まれて。内密な仕事です。彼に訊いてください」

「訊いてある。今はおまえの番だ」

「ミスター・ダンディの許可がないと話せません」

「ヒックスは弁護士だ」コルベットが割って入り、ヒックスをからかうように言った。「というか弁護士だった、と言うべきか？」

「お好きなように」

「とにかく、おまえは法律を知っている。マニーとわたしは軽蔑にも値しないということか。はっはっはっ。ダンディがおまえをここへ呼んだ理由は話したくないんだな?」

「ええ」

「しかしダンディがおまえを呼び寄せたのは間違いない?」

「ええ」

「ダンディはおまえに何かをしてもらうためにこの屋敷——彼の所有する屋敷に呼んだ?」

「そうです」

「だったら、ここに屋敷があることさえ知らなかったのはなぜだ?」

「そうでしたっけ?」ヒックスの両眉が上がった。「それはおかしいですね」

「非常にな。タクシーの運転手は、屋敷と研究所のどちらにやるかと尋ねたら、おまえが驚いた顔をして『なんだって、屋敷もあるのか』と訊いたと言っている」

「そうでしたっけ?」

「そう、おまえは訊いたんだ。ダンディのための秘密の仕事でやってきたのに、ここに屋敷があることさえ知らなかったとしたら作り話に聞こえないか?」

「そんなことはありません」ヒックスはきっぱり言った。「作り話だなんてとんでもない。となるとぼくがダンディに頼まれた仕事でここへやってきたことで嘘をついているとしたら——これはかなり不自然ですよね——あるいはぼくがタクシー運転手をからかったかですね。たぶんそれですよ」ヒックスは身を乗り出した。「いいですか、要約してみましょう。ぼくはここの誰とも知り合いではありません。知っているのはミスター・ダンディだけで。ミセス・クーパーを含めて今日まで誰とも会ってません。ぼくに話せることは、引き受けた仕事についてだけです。そしてそれはダンディの許可がないかぎり話せません。ただしもちろん、ぼくがどこにいたか、何をしていたか、何を見て、何を聞いたかは話せます。ぼくはここに今日の午後三時十分前に着いたからです。当然、訊かれればそれは答えます」

「まずはそれから聞くことにしよう。話してくれ」

ヒックスはそうした。幸運にも、彼は自分の行動について嘘をついたり、込み入った作り話をする必要もなかった。研究所への最初の訪問については、ヘザー・グラッドの涙についての詳しいくだりと、自分を見つけたときのダンディの反応についてを省略した。そしてヘザーと橋で少しだけたわいもない話をしたことも話した。ヘザーのことで彼が強調したのは、自分以上に彼女のアリバイが信頼しうるということだった。というのもスピーカーから数分おきに流れるブラガーの声をタイプしていたし、彼女がそれをタイプしたことは、はっきりしているからだ。クーパーの叫び声を聞いてテラスへ向かい、ミセス・クーパーが死んだと確信して警察に知らせてからは屋敷にいたが、警察の車が私道に入ってくるのを見て屋敷を出てから、ダンディに事態を伝えるために研究所へ戻った。やがてミス・グラッドが研究所へやってくると、混乱しているのが明らかだったので、彼女を送って屋敷に戻ることにした。途中彼女が落ち着くのを待とうと、森でひと休みした。彼女は一人になりたいと言い、自分はそこに彼女を残して帰った。

コルベットとベックは次々に質問した。一つひとつの話を繰り返しては厳しく追及するうちに、外は夜の帳が降り、窓は黒ずんでいた。ヒックスはコルベットもベックも過小評価していなかった。ベックはとりたてて頭がいいわけではなかったが、人をむやみに疑う才能は天下一品だったし、無邪気な陽気さを装っているが、実は頭のいいコルベットは、危険に備えてひそかに牙を磨いているような男だった。ダンディと嘘をつく約束をし、しかもこの残忍な殺人事件を解決する大事な手がかりかもしれないとひそかに思っている事実を、いっときとはいえ隠そうとしていたヒックスは、口を噤むことは最小限にして、あとは残らず正直に話した。彼がバランスを失ったのは一度だけ、コルベットにふいに質問されたときだった。

「きみはミセス・ダンディを知っているか?」

それはまったく予想していなかった質問で、即答すべき答えがすぐに出てこなかった。避けられなかった一瞬の逡巡を誤魔化そうと彼は尋ねた。「ミセス・ダンディ? なぜ?」

「とくに理由はない。夫人を知っているのか?」

「少しだけ。会えば彼女だとわかります」

「今日は夫人に会った?」

「いいえ」

「今日は夫人を見てもいないし、声も聞いていない。それは確かだな?」

「それをしたのが居眠りしている間でないかぎりは。それに居眠りはしませんでした」

今やヒックスは警戒していた。全身で。彼らがミセス・ダンディに興味を持つとは夢にも思っていなかったからだ。ダンディが自分でうっかり口をすべらせたのだろうか？　もしもそうなら、彼らは自分に襲いかかってくるだろう……。

ところが彼らは襲ってはこず、夫人の話を持ち出したときと同じように、唐突に何の前触れもなくその話を打ち切った。コルベットはヘザー・グラッドに関してさらに二、三の質問をし、それでどうやら質問もほぼ終わったと思われたとき、閉まっていたドアの反対側から騒々しい音と声があがり、全員がその方角に視線を向けた。

ドアがばたんと開き、パームビーチ・スーツとよれよれのパナマ帽の男が入ってきて、さっと部屋を見回すと、肩越しに別の部屋にいる誰かに怒鳴った。

「やつはここにもいないぞ！」

マニー・ベックがうなり声をあげた。「誰がいないって？」

「被害者の夫ですよ。クーパーです」

「彼は外だ。警官の一人が張りついている」

男は悲しそうに首を振った。「ところが」陰鬱な満足感の漂う口調で言う。「クーパーはいなくなりました。誰もやつを見ていないんです」

「そんな馬鹿な！」ベックはひと声吠えると椅子から飛び上がり、走って部屋を出ていった。全員があとに続いた。

8

ジョージ・クーパーが消えた。

八時半、ヒックスは食堂のテーブルに座ってハムエッグを食べていた。右側にはブラガーとヘザー・グラッド。向かいにはダンディ親子。話をしているのはもっぱらR・I・ダンディで、ヒックスは片耳でダンディの話を聞きながら、この信じがたい新展開に考えを巡らせていた。

クーパーが森へ向かったのは明らかだった。ヒックスが自分でかき集めて繋ぎ合わせた情報によると、日が暮れて間もなく、テラスにいたクーパーは激しく動揺していた。そして少し気持ちが落ち着くと、ウィスキーをもらえないかと申し出た。警官はコーヒーではどうかと答え、二人はキッチンへ行った。ミセス・パウェルにコーヒーを用意してもらう間、警官はクーパーを椅子に座らせ、自分は立ち去った。そこへ警部補のストーズがよこした別の警官がやってきて、ミセス・パウェルを図書室へ連れていった。それから間もなく最初の警官が戻ってみると、キッチンには誰もいなかった。それが顚末のすべてだった。クーパーは消えていた。出て行く彼を見たものはいなかったし、屋敷の外に停められた車はすべて残っていた。私道を警備していた警官も誰も見なかったと言う。今や全員が逃亡者捜しに駆り出され、尋問はしばらく棚上げされることになった。

ヒックスは何もかもが気に入らなかった。たとえば、ジョージ・クーパーとはできるだけ早く話をしたかった。そもそもヒックスがレストランからマーサ・クーパーを尾行してカトウナまでやってきたのは、彼女とミセス・ダンディの声が驚くほど似ていたからだ。ヒックスはその事実に直感を感じていた。そしてミセス・ダンディの裏切りの証拠が録音レコードの彼女の声だということを知ってから、それは直感以上のものになっていた。しかしヒックスがその事実を知る前にマーサ・クーパーが死に、新たな、もっと深刻な疑惑が――これが直感によるものかどうかはわからなかった――が湧いていた。それからこの急展開だ。クーパーの逃亡は、彼が妻を殺したことを意味するのか？　妻が邪魔だったからなのか？　ヒックスにはそのように見えた。そしてそれが途方もなく気に入らなかった。

ヒックスは一同の顔を見回した。ほかの男たちも彼と同じくらい食欲があったが、ヘザーだけは、ミセス・パウエルにもっと食べるよう勧められても、トーストを半分食べるのがやっとだった。ヒックスは非難がましい目で彼女を見た。彼女がなぜここにいるのかがわからなかった。そして彼は自分が理解できないことには何にでも腹が立った。食事が喉を通らないなら、なぜこんな陰鬱な食事の席にしがみついている？　なぜ自分の部屋に上がって、横になるか、部屋を行ったり来たりするか、泣くか、窓辺に座って闇を見つめないんだ？

R・I・ダンディはアップルパイを食べながら、今夜は屋敷に留まると宣言した。もちろん、彼が屋敷を離れるのは自由だった。逃亡したことによって、犯人が自分であることをクーパーが告白したからだ。だが、ダンディは残っていた。そしてコーヒーを飲み次第、ブラガーと息子のロスにいっしょに研究所へ行ってくれと言った。

ロスは自分のカップを置くと、行きたくない、屋敷にいたいと答えた。ダンディは研究所で用があるからと説得した。しかしロスは悪いけれど、どうしても行きたくないと言い張った。

「なぜだ?」ダンディは引き下がらなかった。

青年は父親を見つめた。「まったく」と思わず口に出す。「父さんには感情というものがないんですか。この屋敷にミス・グラッドを一人にする? こんなことになって、心細い思いをしている彼女を置いて?」

「馬鹿な」ダンディはそっけなく言った。「おまえに何がしてやれると言うんだ? ここにはミセス・パウェルがいるし、警察の人間も、このヒックスもいる。もちろん、わたしにだって感情はある。ミス・グラッド、わたしたちに何かできることがあるかな?」

「いいえ」ヘザーは言った。

「そうだろうとも」ダンディは彼女に顔をしかめてみせた。「いいかね、わたしはあなたに同情している。心からだ。わたしの屋敷でこんなことが起こって本当に残念だ。残念だなんて言わずにすんだらと思う。こういったことは苦手でね。だが、わたしたちにできることがあるなら、そう言ってくれたまえ。たぶん一日か二日は休暇を取りたいんだろうね」

ロスは憤慨を意味すると思われる声を出した。

ヒックスは尋ねた。「ニューヨークへ向かう次の列車は何時です?」

全員が彼を見た。「帰るのか?」ダンディが訊いた。

ヒックスはそうだと答えた。ブラガーが九時二十分にあると答えた。ヘザーはふいに立ち上がって言った。

「わたしが駅まで車で送るわ」

「電話でタクシーを呼べばいい」ロスは言った。「まだ時間もあるし」

「いいえ、わたしに送らせて」ヘザーは言い張った。

そういうことか、とヒックスは思った。それで彼女はうろうろしていたのだ。自分の弁護士と打ち合わせしたくて。彼は椅子を後ろに押して立ち上がった。

ロスとブラガーは、車の運転なんて考えずに寝た方がいいと彼女を説得した。ダンディはヒックスに話があると言って立ち上がり、キッチンへ向かって歩きだした。キッチンではミセス・パウエルが皿を洗っていたので、二人はドアの外に出た。ダンディは闇に目を凝らしてあたりを窺ってからヒックスと向き合い、訊いた。

「どうだった?」

「打ち合わせどおりに」ヒックスは言った。「ぼくがどうしてここへやってきたかを知りたいのなら、あなたに訊くようにと言いました」

ダンディは罰当たりな言葉を発した。「そしてあの男は妻を殺して逃げた。これで警察が彼を捕まえれば一件落着だ。きみの口車に乗るなんてわたしが馬鹿だった。まんまと騙されたわけだ。だがわたしは泣き言は口にしない主義でね。この件はわたしなりのやり方で片をつけたいと思う。例のソノシートを見つけるまで、ヴェイルのオフィスの盗聴を続けるつもりだ。だがきみがわたしの妻にそのことを報告するなら、妻はヴェイルにしゃべるだろう。きみが黙っていてくれるなら、千ドルの価値がある。現金で取引しよう。明日支払うからわたしのオフィスにきて……」

「いいえ」ヒックスは言った。「ぼくには先約があります」

「馬鹿な。わたしは報告を待ってくれと頼んでいるだけだ……」

「そのことは忘れてください」ヒックスはぴしゃりと言った。「取引はなしです。いつ、何をあなたの奥さんに伝えるかは秘密投票で決めさせてもらいます。たった一人の投票で。それにあなただって馬鹿じゃない。ぼくがなぜここへやってきたかを警察に話していたら、かなり不愉快なことになっていたのはおわかりでしょう。ところで奥さんのことは警察に何と言ったのです?」

「誰に?」

「警察あるいは地区検事にです」

「何も。言うはずないだろう。とにかく、いいか、きみが待ってくれるのなら……」

「いいえ。忘れてください。誰かが言ったに違いないのです。警察はぼくにミセス・ダンディを知っているか、今日ここで奥さんを見なかったかと訊きました。ぼくは見なかったと答えました。するとそれは確かかと警察は訊きました。ミセス・ダンディという女性の存在を彼らはどうして知ったのでしょう?」

「わからない」ダンディは信じられないという顔をしていた。「警察はきみに今日妻と会ったかと訊いたのか?」

「そうです。あなたは奥さんのことをひと言も話していないのですね?」

「もちろんだ。それにわたしには信じられない……」

ダンディはふいに口を噤んだ。キッチンのドアが開いたのだ。ヘザー・グラッドは一瞬、まばゆい正方形の光の中に立っていたが、すぐに背中でドアを閉め、前に進み出て呼びかけた。

「ミスター・ヒックス?」

「わたしと話しているところだ」ダンディが鋭い口調で言った。

「ぼくたちの話は終わりましたよ」ヒックスは答えた。「列車に乗り遅れそうだ」

「何とかするわ」ヘザーは言った。「九時を過ぎたけれど、たったの五キロだから」

「だったらきみが送ってくれるの?」

「ええ」

ヒックスは急いで屋敷の中に戻り、玄関ホールのクローゼットにかけておいた帽子を掴んだ。居間には誰もおらず、パームビーチ・スーツに古いパナマ帽――膠《にかわ》で貼りつけているに違いない――の男がいるだけだった。彼は雑誌を読んでいた。

「ぼくはニューヨークへ帰る」ヒックスは言った。

「わかった」男は好奇心など感じていない振りをしながら、ヒックスを眺めた。「おまえがアルファベット・ヒックスか。例の名刺を持っているんだろう? 一枚欲しいんだが」

ヒックスは札入れから一枚抜き、手渡した。

男は名刺に目を落とした。「L・O・P・U・S・S・A・F。どういう意味だ?」

「誰かが喧嘩を始めないかぎり平和を愛するもの《ラバー・オブ・ピース・アンレス・サムボディ・スターツ・ア・ファイト》。ぼくは急いでる。ミス・グラッドが列車に間に合うよう送ってくれるので。構わないだろう?」

「もちろん。ということは、本当にこんな名刺を持ち歩いているんだな。こいつは驚いた。頭がおかしいということか。おまえの住所はわかっている。私道の『ベルボーイ』は通してくれるはずだ。通してくれなかったら、大声で呼んでくれ」

男は再び雑誌を読みだした。

ガレージ正面の砂利敷きの空き地の端に、中型のセダンが停められていた。ヒックスはその運転席に座っているヘザー・グラッドを見つけた。残っている車は三台だけで、そのうちの一台はR・I・ダンディのものだった。すでにエンジンはかかっていて、ヒックスが助手席に乗り込んでドアを閉めたとたん、ヘザーはギアを入れ、車を発進させた。出口の手前で警官が二人を停めたが、二、三質問して室内をちらりと覗くと、行ってもいいとうなずいた。

一般道路に入ってから一キロほど、二人は押し黙っていた。

ヒックスは首を回し、彼女の横顔を真っすぐに見た。「話をする時間はあまりない」彼は言った。

彼女はしばらく黙ったままだったが、やがて、「わたしは……話す気分じゃないの」とだけ答えた。

「そうだろう。だが、ぼくに話したいことはないのか?」

「いいえ」カーブにさしかかり、ヘザーはハンドルを切った。「ただ……警察にはあまり質問されなかったわ。ほんの二、三訊かれただけで。だけど何かを知らないか、つまりマーサとジョージの間に何かトラブルはなかったかということは訊かれたわ。だから何もなかったと答えたの。そう、だからあなたにはお礼を言わないとね。心から感謝しているのよ。だって警察に話さないという約束を守ってくれたから。守ってくれたんでしょう?」

「ああ」ヒックスは彼女の横顔を見つめ続けた。「ほかに何か言いたいことは?」

「いいえ。それだけよ」

「だったらなぜ、真っすぐ立ってもいられないような状況でぼくを駅まで送ると言い張ったんだ?」

「あら、わたしなら大丈夫。運転するのが好きなのよ」

「たしかに運転は楽しいが」ヒックスはふいに断固とした口調で言った。「路肩に車を寄せなさい」

「何?」車がふらつき、彼女は慌てて立て直した。「何のために?」

「もうすぐ村に着く。路肩に車を停めるんだ。さもないとぼくが止めるぞ」

彼女は従った。車は速度を落とし、草の生えた路肩にどんと乗り上げて停まった。

「いったい何……」ヘザーが言いかけた。

「エンジンはかけておくんだ」ヒックスはそっけなく言った。「彼はどこだ?」

「何を言っているのかわからないわ。列車に間に合わないわよ」

「そんなことはどうでもいい。明日になれば列車なんていくらでもある」ダッシュボードからのぼんやりした光の中で、ヘザーが唇を引き結び、目を見開くのがわかった。「ぼくはジョージ・クーパーのことを言っているんだ。彼がどこにいるか知っているんだろう。きみは屋敷を離れる口実が欲しかった。彼に電話するか、会いに行くつもりで……」

ヒックスははっと言葉を呑み、彼女を見つめた。彼女はひと言も発しなかった。彼は静かに言った。「まったく、そういうことか」ヒックスは自分の側のドアを開け、車を降りかけたものの、ふいに振り向き、彼女に命じた。

「車から降りて」

ヘザーは動かなかった。

「用心のためだ」彼は言った。「きみはぼくなしでも行ってしまうかもしれない」

「お願い、やめて」ヘザーは口籠もった。「ああ、お願い！　あなたに迷惑をかけるわけじゃないでしょう？　もしもあなたが……」

ヒックスはエンジンを切ってキーを抜き、ポケットに滑り込ませてから車を降りた。車の後ろへ回り、トランクのドアの取っ手を摑む。取っ手は回らなかった。ヘザーが駆け寄り、彼の腕を摑んだ。

「やめて……」ヘザーは懇願し、腕を引っ張った。

ヒックスは彼女を振り払い、ポケットからキーを取り出してドアの鍵を開け、さっと開いた。

「あなたは頭がよすぎるわ」ヘザーは苦々しげに言った。

暗闇の中で、瓶の中の胎児のようにコンパートメントに押し込まれた男の姿はあまりよく見えず、唯一白くぽっかり浮かんでいたのは彼の顔だった。だが、ヒックスは男の目がまばたきし、体が身じろぎしたことに気づいた。

「おい、生きているか？」ヒックスは声をかけた。

「わたしが彼に話したんじゃないのよ」ヘザーは言った。

「出てくるんだ」ヒックスは命じた。「ゆっくりと——ちょっと待て——出るな——頭を引っ込めろ！」

車のライトがふいに村の方角からカーブを曲がってきた。ヒックスはトランクのドアの端に手を伸ばし、ばたんと閉め、慌ててヘザーに指示した。

「しゃがみ込んで吐くんだ！」

ヘザーは彼を見つめた。彼がさっと彼女の肩を抱いた。「しゃがみ込んで、吐くんだ！」

次の瞬間、ヘッドライトが二人に当たり、三メートルも離れていない場所で車が停まると声が呼びかけた。

「何かあったのか？」

「大したことじゃない」ヒックスは言った。

男が車から降りて近づいてきた。ヘッドライトの中に入ってきた男は、ヒックスが屋敷に戻ったときにテラスでジョージ・クーパーと座っていた警官だった。

「ああ、きみか」警官は言ってヘザーを見た。もっとも吐いている演技中の彼女を取りたてて見たいわけではなかったが。「どうした?」

「急に吐き気をもよおして」ヒックスはヘザーの肩を抱いたまま言った。「駅まで送ってもらったんだが、彼女が気持ち悪くなって」

「ずいぶんよくなったわ」ヘザーはあえぎながら言った。

警官は彼らの車へ行き、中を覗いた。前を見て、後ろを見て、それから戻ってきた。「屋敷から真っすぐやってきたのか?」

「ああ」

「次の列車には間に合わないぞ」

「だったらホワイトプレーンズに先回りしよう。そこまで送ってもらえないか? ミス・グラッドは屋敷に戻って寝た方がいい」

「わたしは大丈夫よ」ヘザーは言った。「すぐによくなるわ」

「警官にきみを屋敷まで送ってもらい、ぼくがこの車を使わせてもらってもいい」

「いいえ、ありがとう。大丈夫よ、本当に」

警官は地面を見回した。「あまり吐かなかったようだ」

「それが問題なんだ」ヒックスは言った。「彼女はトーストを半分しか食べられなかったのさ。疑っているなら屋敷に連絡して確認してもらってもいい。ミセス・パウェルに訊くんだな」

「冗談を言っている場合じゃないだろう」

「それを言うなら、どんなこともしている場合じゃない」

警官は彼を見てためらい、それからヘザーを見ると自分の車へ戻り、乗り込んだ。車は速度を上げて去っていった。

車の音が消え、ヘッドライトが見えなくなると、ヘザーは突然くすくす笑いだした。

「笑うんじゃない！」ヒックスはぴしゃりと言った。「笑っている場合じゃないだろう！　車に戻るんだ。ぼくが運転する」

「でもあなたは……」

「とにかくこの道路を離れるんだ。さあ、乗って」

ヘザーが助手席に座ると、ヒックスは後ろに回ってトランクのばね式錠がかかっているのを確認した。そして運転席に乗り込むと、ポケットからキーを取り出し、エンジンをかけた。村までは二キロもなかった。ヒックスはヘザーにルート22への道を尋ね、村へ入ると、ヘザーの指示に従って角を曲がっていった。やがて二人は再び街灯のない暗い幹線道路へ戻った。ヘザーはどこへ行くつもりかとヒックスに尋ねたが、彼は答えなかった。カトウナの南三キロあたりでヒックスはいきなり舗装道路を外れ、右に曲がって狭い土の道へ入った。まもなく道が曲がりながら森へ入ってゆき、少し先で幅が広くなると、ヒックスは路肩に寄せて車を停め、エンジンとライトを切った。

「真っ暗だわ」ヘザーが小さな声で言った。

確かに暗すぎてあまりよく見えなかったが、ヒックスは体を捻って彼女と向き合い、尋ねた。

「いずれにしても、きみほどの大馬鹿者はいないな」

「わたしは馬鹿じゃないわ」彼女は小声のまま答えた。

「違う？　きみはどうするつもりだったんだ？　ぼくを列車に乗せたら彼と逃げるつもりだった？」

「いいえ、そんなつもりはなかったわ」

「だったらどうするつもりだった？」

「わからない。でもそうするしかなかったのよ……」ヘザーは言葉を呑み込んだ。

「どうやって彼を車に乗せた？」

「わたしが乗せたんじゃないわ。義兄さんが自分で乗ったのよ。屋敷に戻ったとき、キッチンのドアまでくると、ちょうど義兄さんが出てきたの。手に大きなナイフを持っていたわ。頭がおかしくなっていたのね――つまり、行動や話し方がおかしかったという意味よ。義兄さんは言ったわ。警察はマーサを殺した容疑で自分を捕まえようとしている。でも自分はやっていないし、捕まりたくないと。そしてわたしの腕を摑み、車の停められているところまで行かせようとした。義兄さんはナイフを持っていたから助けを呼べなかったの。ナイフで何かしでかすんじゃないかと恐くて。わたしにではなくて、義兄さん自身によ。義兄さんはトランクを開けた。今考えると、自分が乗ってきた車だと勘違いしていたのね。でもそれは屋敷の車だった。そして中に入ると、わたしに運転してニューヨークへやってくれと言ったわ。義兄さんは正気を失っているだけだった。それでわたしは言ったわ。私道にいる警官が通してくれないって。

だったらチャンスを待てば通れるだろう、それまで待っていると言ってドアを閉め、中に入ってしまったの。わたしはドアを開けてナイフをよこすように頼んだわ。でも義兄さんは頑として聞いてくれなかった。それでわたしはダッシュボードからキーを取り出し、ドアの鍵をかけ、キーを自分で保管したの。それからはどうしていいかわからなくて。誰かに話そうかとも思ったけれど、義兄さんはまだナイフを持っていたし。それに義兄さんを逃がして二人っきりになれたら、説得できるかもしれないと思ったのよ」

ヘザーはそこで言葉を切った。ヒックスはうなり声を発した。

ヘザーは言った。「わたしは自分が馬鹿だとは思わない。あなたは自分をどう思っているの？」

「自分をどう思っているかだって？」

「車がやってきて、あなたが吐けと言ったときのことよ」

「ああ」ヒックスはうめいた。「そのことか。ぼくはただ、相手が誰であっても、警官に引き渡したくなかったんだ。きみも知っての通り、解決法を考える時間はなかった。だからぼくは直感に従った。どうやらぼくの精神か道徳観念には欠陥があるらしい。実はクーパーが殺人犯でないとは思っていないんだ。それどころか彼が殺人犯じゃないかと疑っている」

「義兄さんは違うわ」

「きみは確信しているように聞こえるが」

「確信しているわよ」ヘザーはヒックスの腕に手を置いた。「わたしは義兄さんのことを昔から知っている。人を殺せるような人じゃないわ。相手が誰でもね。だからもちろん、マーサを殺すはずはない。でも万が一殺したのだとしても、義兄さんの身に何かが起こって本当に殺してしまったのだとしても、自分がやっていないとは絶対に言わないわ。それは確信を持って言えることよ。だから義兄さんが本当にやったのなら、どんなに頭がおかしくなっていようとも、それを否定しないことを確信できるの。とにかくわたしに嘘はつかないはずよ。もしも実際に義兄さんがやったのなら、確かにやったのかもしれない。でもそのときはそれを認めるはずなの。そして義兄さんはやっていないとわたしに誓った。ということは、義兄さんはやっていないということなのよ」

ヒックスは自分の側のドアを開いた。「その件に関してはクーパーの意見が聞きたい」

ヘザーはヒックスの腕を摑んだ。「義兄さんは例のナイフを持っているわ……」

ヒックスは彼女の腕を振り払い、車から降りて後ろに回り、トランクのドアを開けた。暗すぎて何も見えなかったが、やがて動くものが見え、脚のようなものが一本突き出てきて、続いてもう一本出てきた。ヒックスは手を伸ばし、肘を摑んだ。胴体と頭が現れ、それから上半身が起き上がったが、次の瞬間にはトランクの床にくずおれていた。

彼の口からしわがれ声が漏れた。「畜生《ジーザス》！　ああ、畜生《ジーザス》！」それは冒瀆というより祈りの声だった。

「ナイフがあるのよ」ヘザーは息をあえがせた。「義兄さんは大丈夫なの……」

「ぼくに任せろ」ヒックスは怒ったように言うとマッチを点け、男の顔と喉と胸を調べ、それからもう一本点けてトランクに頭を突っ込み、次に頭を出して体を起こしたときには、手に何かを持っていた。三本目のマッチの光に浮かび上がったのは、ナイフの長く鋭い刃だった。彼は親指と人指し指で刃の端を挟み、森の奥に投げ捨てた。

男は何とか体を起こそうとした。

「すぐに立とうとするな」ヒックスは言った。「まずは脚を動かすんだ」

「動かない」男はしわがれ声をあげた。

「動かないだろうな。痺れているんだ」ヒックスはヘザーを振り向いた。「車の後部のドアを開けておいてくれ」

彼女はフェンダーによりかかって言った。「だけど、あなたはこれから何をするつもり……」

「なんだ、その偉そうな態度は。きみは自分を何様だと思っているんだ？　社長？　いいからさっさとドアを開けろ」

ヘザーは指示に従い、左側のドアを開けて押さえた。ヒックスは屈み込み、片方の腕をクーパーの肩の下に差し入れ、もう片方の腕を腰の下に入れて抱きかかえると、軽々と車の脇まで運び、ステップに片足を載せてから床に押し込んだ。邪魔になっていた痺れた脚を中に押し込み、ドアをバタンと閉めて、運転席に座り、それから助手席に座っていたヘザーに言った。

「ぼくは彼と話がしたい。ぼくが彼を警察に渡さなかった理由はそれだけだ。現実的な理由だな。明日の朝、クーパーは腹に何か入れたら、そして彼に何らかの分別があるなら、ホワイトプレーンズの地区検事のところに出頭し、取り調べに応じるだろう。この車は誰のものだ？」

「ジョージは頭がおかしいのよ」ヘザーは言った。「わたしたちが誰かさえもわからないんだわ」

「ぼくがあとで話しておこう。この車は誰のものだ?」

「会社のよ。『R・I・ダンディ&カンパニー』。わたしたち社員は誰でもこの車を使えるわ」

「よかった。ぼくも会社のために働いているんだ。ベッドフォード・ヒルズで降ろすから、きみはハイヤーを頼んで屋敷に戻るんだ。警察にぼくたちは列車に間に合わなかった、ベッドフォードで追いつこうとしたがそれもだめだった、だからぼくは車でニューヨークへ帰ったと伝えるんだ。きみは金を持っているか?」

「屋敷に帰ればあるわ」

ヒックスは後ろの座席を振り返り、クーパーが押し込んだままの場所で、身じろぎ一つしていないことを確認した。「体を起こすなよ」彼はそう命じるとエンジンをかけ、車をUターンさせて、再びルート22を目指した。

計画に障害はなかった。ヘザーが社長になるのをあきらめたのは間違いなく、唯一口を開いたのは、ヒックスに彼のニューヨークの住所を教えてもらったときだった。電話番号は教えてもらえなかった。電話を持っていなかったからだ。ベッドフォード・ヒルズのガソリンスタンドで、ヒックスはヘザーを屋敷に送り返す車を手配し、十キロ分の料金の二ドルを渡して、自分はニューヨークの自宅へ向かった。後部の乗客は音もたてなかったし、動きもしなかった。車は快調だし、南下する道路は空いていて、ヒックスは予想より早く帰ることができた。

東二十九丁目の住所の前に車を寄せたとき、彼の腕時計は十一時五分を指していた。一階のイタリアンレストランの窓にはぼんやりした明かりがついているだけだった。ヒックスは車を降り、後ろのドアを開けて横たわっている男を見て、ぶっきらぼうに尋ねた。

「歩けるか?」

動かずにクーパーは言った。「歩きたくない」

「たわけたことを」ヒックスは彼の脇に手を差し入れ、起こした。「いいか、兄弟。ぼくのベッドは三階にあるんだ。きみはそこまで自力で歩いて行ってもいいし、『ベルビュー』病院に連れていってもらってもいい。ほんの三ブロック先だから、病院の人に運んでもらうんだな」

クーパーは上半身を起こした。「『ベルビュー』には行きたくない」

「だったら、せいの。力を出して」

「ぼくは寝たくない」

「寝なくてもいい。椅子に座っていても構わないぞ。さあ、降りろ」

クーパーは何かもごもご言っていたが、動くそぶりをみせた。そしてヒックスに抱き起こされると、手を借りながら車を降りた。脚が何とか持ち主を支えたので、ヒックスに腕を摑まれていれば歩道を歩くことができた。二人は入り口をくぐり、二階分の階段を上がった。

ヒックスが彼を連れ込んだ中ぐらいの広さの部屋は、きちんと片づいていた。がらんとした部屋だった。ベッドにも、化粧簞笥にも、テーブルと二脚の椅子にも、装飾のたぐいはいっさいなく、飾りといえるのは、壁に貼られたエイブラハム・リンカーンの写真と、筋肉や血管を示す人体図と、雑誌から切り抜かれた飛行機の絵だけで、それらはすべて額に入っていなかった。唯一額に入っているのは、赤と黄が鮮やかに踊る大きな油絵だった。かつてそのゴッホの絵をどこで手に入れたのかと訊かれたとき、ヒックスは何かのお礼に誰かから貰ったのだと答えている。

ヒックスはドアを閉めた。クーパーは部屋の中を見回し、それからベッドに視線を止めると、よろよろと歩み寄り、ヒックスが止める間もなく倒れ込んだ。ヒックスは立ったまま彼を睨みつけた。屈み込んで近くで見てから、再び体を起こす。

「言語に絶するだめ男だな」ヒックスは不愉快きわまりないといった口ぶりで言った。「もう意識がない。眠っている。ベッドはこれしかないというのに。ぼくにできるのは二つに一つ。彼の服を脱がせるか、窓から放り投げるかだ」

ヒックスが前者に決めたのは明らかだった。というのもクーパーの靴を脱がせにかかったからだ。それは茶色の重いオックスフォードシューズで、片方を脱がせて床に置いたそのとき、外階段で声と足音がした。ヒックスは誰かが四階へ向かっているのだろうと考えながらもう片方の靴にとりかかったが、手に取ったところで自分の部屋のドアが高らかにノックされた。彼はさっと振り向き、大声で応えた。

「誰?」

帰ってきた答えは「ＡＢＣＤＸＹＺ！　開けてくれ！」だった。

ヒックスはにやりとした。「クーリエ」社のビル・プラットだった。十杯から十五杯はきこしめている。

「ぼくは今いない！」

「何を言ってるんだ、いるじゃないか！　ぜったいにいるぞ。窓に明かりがついているしな。きみの友人のこのお嬢さんを待たせないでくれよ。この障害物を開けてくれ」

「どのお嬢さん？」

「古い、古い友人だよ。ここでぼくにしがみついている。十数えたらドアを押し破るぞ。一、二……」

ヒックスは靴を置き、テーブルに乗って明かりを消してドアまで行った。そして体の幅だけドアを開けて廊下に出ると、背中でドアを閉め、スプリング・ロックをかけた。

「今外出しようと思っていたところなんだ」ヒックスは説明した。

背が高くて、酔った体をぐんにゃりさせたビル・プラットは、気軽な服装に気楽な顔をして、憤然と言った。「だったらもう一度中に入ればいい。ぼくたちは仕事の話でここへきたんだ」

「やはり彼に間違いないわ」娘は言った。

「きみは否定するのか？」プラットは尋ねた。「このお嬢さんに『ムービー・ガゼット』誌の年間購読を約束し、その上ハリウッド旅行もできるかもしれないと言ったことを？　待て！話がすむまで待つんだ。ぼくは今晩彼女と『フラミンゴ』で会った。彼女はいい子だし、ダンスの名手だ」

プラットは娘を見た。「まったく、きみはすばらしいダンサーだよ」

「きみは彼女と『フラミンゴ』で会ったんだ」ヒックスは言った。

「そうだ、何か文句があるのか?」

「いいや」

「よし。彼女の話によると、A・ヒックスという名前と数珠つなぎの文字の書かれた名刺を持った頭のおかしな男が、今朝会社の受付にきて言ったそうだ。数枚の写真を見て誰かわかったら、『ムービー・ガゼット』誌の年間購読をプレゼントすると。さあ、中に入って座ろう」

「ちょっと待て。それがどうしたと言うんだ?」

「それでもちろん、それはおまえのことだとぼくにはわかった。ぼくは二つのことが知りたい。これはどんな冗談なのか、ということを。少なくともコラムが一つ書けるほどのことを。それから彼女の『ムービー・ガゼット』誌の年間購読がいつから始まるのかもだ。彼女はニューヨークで一番の踊りの名手なんだ。だから年間購読がいつから始まるのか知りたい、それに……」

娘が口を挟んだ「あなた、彼にまだあの写真のことを話していないわ」

「どの写真?」

「わたしがわからなかった写真よ。話したでしょう」

「忘れてた。もう一度言ってくれ」

「わたしがわからない写真が一枚あったでしょう。でも、今はわかったの。彼女が今日、ミスター・ヴェイルに会いにきたからよ。でも名前はわからないけれど」

ヒックスは娘を凝視した。「今日ヴェイルに会いにきた？　何時頃？」

「正午頃よ。ちょうど昼食に出ようとしていたの」

「どれくらいいた？」

「わからないわ。でもわたしがお昼から戻ったら帰ったあとだった」

「どうして名前がわからない？」

「教えてくれなかったからよ。約束があってきたと彼女が言うと、ミスター・ヴェイルは中に通すよう言ったの」

「それでおもしろい話だとぼくにはわかったんだ」プラットは言った。「さあ、中に入って座ろう。いいかい、あの写真を持ってオフィスへ行ったということは、きみはその女性がやってくることを知っていたに違いない……」

「確かにおもしろい話だ」ヒックスは認めた。「だが、ぼくは一杯やりたい。きみたちもそうだろう。ぼくたちは三人とも酒が必要だ。さあ、行こう」

「彼はあなたの部屋を見せてくれるつもりだったのよ」娘が抵抗した。「有名人がどんなところに住んでいるのかをね。あなたは頭がおかしいと彼は言っているわ」

「また次の機会に」ヒックスは先に立って彼らを階段へ連れていき、いっしょに降りていった。「ぼくたちはこのことを話し合わなくてはならないし、それにきみの年間購読のことも手配しないと」

「一杯やるのはいい考えだ」プラットは嬉しそうに言った。「それにダンスができる音楽。ああ、彼女の踊りは最高さ」

　ヒックスは歩道に出ると、近くに踊れる店はないが、酒の飲める店ならたくさんあると説明し、二番街の一ブロック北へ行って、「バー&グリル」に入った。彼らを仕切り席に座らせ、ヒックスは言った。

「ちょっと失礼。先に注文しておいてくれ。ぼくにも同じ物を」

　正面に続く仕切りの隙間を通り抜けるとヒックスは振り向き、彼らに見られていないことを確かめてから外に出た。一ブロック北に歩き、ドラッグストアに入る。そして電話帳でジュディス・ダンディの番号を調べて、電話ボックスに入り、ダイヤルを回した。三分後、外に出ると、「バー&グリル」の前を通らずにすむよう、きたときとは別の道を使って二十九丁目の家に戻った。それから停めておいた車に乗り、マンハッタンの北を目指した。

9

パーク・アヴェニューのダンディのアパートメント。少しばかり荘厳な雰囲気の漂う居間には明かりがぼんやりともされ、静かで、聞こえる音といえばかすかに聞こえる深夜の都会の騒音だけだった。ソファもそこに置かれたクッションも濃い深紅色で、ジュディス・ダンディの金色のドレッシング・ガウンをいっそう引き立てている。彼女はガウンと揃いの色のミュールを履き、ストッキングは履いていなかった。

ヒックスは視界を変えようと椅子を動かした。長いスカートからのぞく素足が嫌いなのだ。

「できるかぎり目を開けているわ」ミセス・ダンディは言った。「睡眠薬を飲むことなんてめったにないんだけど、今日は飲んでしまったの。あなたから電話がかかってきたときには、もうベッドに入っていたのよ」

「すみません」ヒックスはぶっきらぼうに言った。

「構わないわ。あなたがニュースを知らせてくれるなら」

「大喜びしてもらえるようなニュースはありません。ちょっとした進展がいくつかあっただけなので」夫人の重い瞼から覗くどんよりした目とは対照的に、彼の目は鋭い光を放っていた。

「あなたから何か役立つ情報を提供していただけるんじゃないかと思いましてね。何かお聞きになりましたか?」

夫人は顔をしかめた。「何か聞いた? わたしの夫からということ? いいえ。情報に関しては、昨日あなたに話したのがすべてだけれど……」

「昨日のことを言っているのではありません。今日です」

「ないわ」夫人の顔はさらにしかめられた。「これは話したと思うけれど、夫はその件をわたしと話し合おうとしないのよ。とにかくわたしは夫と会っていないし……」

「ぼくは会いました。それにほかの何人かとも。殺人があったんです」

「殺人?」ジュディスの口があんぐりと開けられた。「殺人ですって!」唖然とした口調で繰り返す。「誰が……」夫人が体を乗り出してヒックスの腕を摑んだ拍子に、クッションが一つ床に転がり落ちた。「ロス? ディック? わたしの息子? わたしの夫?」彼女は摑んだ腕を振り回した。「のんびり座っていないで教えて……」

「あなたの息子さんでもご主人でもありませんよ。マーサ・クーパーという女性です」

「息子と夫は無事なのね?」

「ぼくの知るかぎりは。マーサ・クーパーをご存知ですか?」

「いいえ。いったい何が……」

「今からお話ししますから、余計な口を挟まないでください。カトウナの研究所で働いているヘザー・グラッドという娘を知っていますか?」

「いいえ」

「その研究所へ行ったことはあります？」

「いいえ」

「ミセス・クーパーはヘザー・グラッドの姉さんです。彼女は今日、妹に会いに研究所を訪ねました。午後の二時五十分から四時四十分の間です。そして屋敷のテラスで真鍮製の蠟燭立てで誰かに頭を殴られ、殺されました」

ミセス・ダンディはまじまじとヒックスの顔を見つめた。「なんて恐ろしい！　カトウナの屋敷で？　息子が住んでいる場所で？」彼女はわずかに身震いした。「誰が犯人なの？」

「まだわかっていません。ブラガーとミス・グラッドとぼくは屋敷にいませんでした。ぼくたちは研究所にいましたから。一方、彼女の夫のクーパーとミセス・パウェルとダンディ親子は、その時間屋敷にいて……」

「夫のディックがそこにいた？」

ヒックスはうなずいた。「今もいますよ。息子さんも。二人とも自発的に残っているのであって、警察に拘束されているのではありません、今はまだ……」

「馬鹿馬鹿しい」ミセス・ダンディはぴしゃりと言った。「夫も息子も女性を蠟燭立てで殴ったりしないわ。だけどそれにしても何があったのかしら？　あなたはそこで何をしていたの？　どうして、どうやって行ったの？」

「ぼくですか？　列車で行きました。どうして、いつ行くことになったのかはすべてお話しします。あなたが二、三の質問に答えてくれれば。たとえばあなたが今日どこで何をしていたかを」

「今日どこにいたか?」

「そうです」

ミセス・ダンディは彼の目を見つめた。睡眠薬を飲んだにせよ、飲まなかったにせよ、その目はきらめきを失っていなかったし、瞼は垂れていなかった。「まったく」彼女は言った。「わたしにはあなたの無礼さに文句を言う権利はないんでしょうね……」

「いい加減にしてください」ヒックスは乱暴に彼女の言葉を遮った。「あなたはぼくに仕事を依頼し、ぼくはその仕事に取りかかった。新しいスーツが欲しくてたまらなかったとはいえ、もう少し分別を持っていたらと後悔していますよ。ぼくは殺人のあった時刻にあなたにアリバイがあるかどうかを調べようとしているわけじゃありません。今日の正午から午後の五時までどこにいたのかと訊いているだけで、それ自体は無礼な質問ではないはずです。ぼくの質問を終わらせたいなら、さっさと答えるのが一番ですよ」

「そうは言っても、この状況ではそれは無礼な質問だわ」

「わかりました。これは無礼な質問です。それであなたはどこにいました? ここですか? 家にいたんですか?」

「いいえ。正午少し前に外出したわ。買い物に。それから近代美術館へ行ったわ」

「運転手つきの車で?」

「いいえ、タクシーで」

「買い物と美術館のほかには?」

「美術館を出ると、お友だちとレストラン『ラスターマンズ』へ行ったわ」

「美術館へ行く前は? 買い物だけ?」

「ええ」

ヒックスは札入れを取り出し、そこから数枚の札を抜いた。そして数えてからソファのクッションの上に置き、腰を上げた。

「よくわかりました」彼は言った。「これはあなたからいただいた二百ドルの残りです。十七ドルあります。契約は終了しました。あなたには何の借りもないと思います。なぜならぼくはあなたの操り人形ではないからです。いえ、口を挟まないでください。あなたが誰か別の人を雇うなら——事態がこうなった以上、その方がいいと思いますが——その人に隠しごとはやめた方がいいと、忠告しておきましょう。今日ヴェイルのオフィスを訪ねたことを話すのをお忘れなく。しかし、あなたが嘘つきだとしても、ぼくが使ったあなたの料金に見合うものは提供しなくてはなりませんね。あなたのご主人は『ソノテル』を持っています。それは電気式の盗聴器でヴェイルのオフィスに仕掛けられています。ご主人が持っている証拠というのは、九月五日の火曜にヴェイルのオフィスであなたとヴェイルが交わした会話を録音したものです。たぶんご主人は明日には、あなたがたの今日の録音を手に入れるでしょう」

ミセス・ダンディは驚いて目をむいた。「ああ、神様!」愕然として言う。

「女神様」ヒックスはそっけなく返した。「今やあなたは八方塞りだ。幸運を祈っていますよ」ヒックスは背を向け、歩きだした。

夫人がソファから立ち上がるのをヒックスは見ていたわけではなかったが、彼女の行動は素早かったようだ。というのも三歩進んだだけで袖を摑まれたからだ。彼がさっと振り向くと、袖を摑んだ彼女はバランスを崩し、もう一方の手で思わず彼のコートの襞を摑んでいた。夫人はヒックスに抱きつき、彼の顔を見上げた。

「わたしの話を聞いて」彼女はかすれた声で言った。「たぶんあなたは自分が鮮やかに仕事を片づけたと思っているんでしょう。でもこんなふうに、わたしの仕事を終了してもらうわけにはいかないのよ。ヴェイルのオフィスでのわたしたちの会話の録音なんて、夫は手に入れていないわ。わたしは一度だって彼のオフィスに行っていないんですもの」

「今日は行きました」

「わかったわ。確かに今日は行ったわ。でも今日が初めてよ。わたしはこの件について話しに行ったの。そしてヴェイルに言ったわ。これからはダンディの製法を盗まずにやっていってもらえないかしら、少なくともわたしを巻き込こまずに、とね」

「それはいい考えでしたね」ヒックスの黄色がかった茶色の目は下からの彼女の視線を受け止めた。「どうやって製法を手に入れたかをヴェイルからご主人に説明してもらえれば、あなたは無罪放免だ。彼はそれを何かに書いてくれましたか?」

ミセス・ダンディは彼のコートから手を放した。「自分が馬鹿なまねをしたことはわかっているわ。ヴェイルはダンディの製法なんて盗んだことはないと答えただけだった。でもあなたの嫌味も鮮やかとは言えないわね。今日のわたしの外出先を訊いて、ジミー・ヴェイルのところへ言って懇願するほどの馬鹿でしたとわたしが認めたからといって、何の役に立つというの」

夫人はソファに歩み寄り、十七ドル取り上げ、彼のコートのポケットに押し込んで尋ねた。

「これが残金のすべて？　だったらもっと必要ね。小切手を切るわ」そしてソファの自分の座っていたところに戻ると、額に両手を当てた。「あのいまいましい薬のせいで頭が痛くなってきたわ。座ってわたしに説明してくれる？　交わされたはずのない会話の録音のことを。あなたはそれを見たか聞いたかしたの？」

ヒックスは腰を下ろした。「あなたはとてつもなくすばらしい。あなたが今日ヴェイルのオフィスを訪ねたことを、ぼくがどうして知っているか訊かなかった」

「そんなこと問題じゃないもの。どうせ誰かを買収したんでしょう。わたしのお金でね。わたしが知りたいのはその録音のことよ。そんなものが録音されるはずはないのよ。それにはどんな会話が残っていたの？」

「ぼくは聞いていないんです。あなたのご主人から聞いた話によると……」

物音がしてヒックスははっと口を噤んだ。

「ドアの呼び鈴よ」ミセス・ダンディはそう言って身じろぎすると再びソファに腰を深く埋めた。「メイドたちは休んでしまったわね」と腕時計をちらりと見る。「こんな時刻では当然よね」

「ぼくが出ましょうか?」

「お願い」

ヒックスは居間を横切り、アーチの下を通って広い玄関ホールを横切り、ドアを開けた。だが相手を歓迎するほど広くは開けず、肩が入る程度にした。そして一目玄関を見たとたん、彼は肩を差し入れた。

ヒックスは言った。「こんばんは」

玄関に立った男は言った。「こんばんは」

ヒックスはエレベーターボーイに「すべて問題なしだ、ありがとう」と声をかけた。個人のエレベーター・ロビーを備えたアパートメントの習慣に従って、エレベーターボーイは呼び鈴に応えて住人が出てくるまでドアを開けて待っていたのだ。ボーイが一瞬ためらってからドアを閉めると、下降するエレベーターの箱のぶーんという音が続いた。

ヒックスはドアを遮ったまま、訪問者の小さなグレーの瞳が放つ冷たい視線を見返した。

「これは鬼ごっこですか?」ヒックスは尋ねた。

男は首を振った。「わたしもおまえと同じように驚いているんだ。いや、おまえ以上だな。それに興味深く思っている。わたしはミセス・R・I・ダンディに会いにやってきた」

「夫人は頭が痛くて。伝言ならぼくが伝えますよ」

「わたしは夫人と話がしたい」

「こんな深夜に?」

「時間など関係ない」

「ちょっと待ってください」

ヒックスは男の目の前でドアを閉めると、鍵がかかっているのを確かめ、それから居間に戻ってソファのミセス・ダンディに伝えた。

「ミスター・マニー・ベックでした。ウェストチェスター郡警察の刑事部長です」

「いったい何が……」夫人は口をぽかんと開けた。

「彼は今日の午後、あそこにいたんです。殺人の捜査で。あなたとあなたのご主人とのトラブルについては何も知らないと思います。彼が言うには、ぼくをここまで尾行してきたわけではないそうです。あなたに会いにきただけだと。しかしなぜかはぼくにもわかりません。彼を部屋に通してもいいし、通さなくてもいい。あなたのお好きなように。通さないなら、彼はまた朝やってくるでしょう。だったらぼくがここにいる間に相手をした方が鮮やかな対応かもしれません。とにかくぼくはあなたと秘密の問題について話し合うためにここにやってきた。その秘密の問題は彼には何の関係もありません。それにもちろん、ぼくは殺人についてはあなたに報告した」

ミセス・ダンディは背筋を伸ばし、膝に手を置いて指を絡み合わせた。「でも、わたしは何も知らないわ。いったいわたしから何を……」

「ぼくだって何も知りませんよ。二人でそれを聞いてみませんか?」

「そうね」

「それでこそあなただ」ヒックスは夫人の肩を軽く叩いた。「もしも刑事がいきなりびっくりするようなことを言ったら、目を閉じ、うめき声をあげるんです。頭痛のせいだというようにあなたは頭が痛いと彼には言っておきましたから」

ヒックスは玄関ホールに戻り、ドアを開け、マニー・ベックに言った。

「彼女は本当に頭痛がするんです。それからあなたの好奇心を満足させておきますが、彼女はご主人のためにだけ差し上げます。しかしぼくがタイムキーパーとして同席するなら十分間ぼくがしている仕事に興味を持っているんです。それでぼくはそのことを報告しにきました。当然、殺人のことは彼女に報告ずみです」

「当然、か」ベックはうなり、それから敷居を跨いだ。

たとえベックが運んできた知らせがこちらをびっくりさせるようなものだったとしても、彼にはその自覚はないようだった。なぜならベックはその知らせを話すにあたりもったいつけることもしなかったし、しごくさりげなく質問したからだ。紹介が終わり、ヒックスに勧められた椅子に座ると、ベックはスマートにとは言いがたかったが、少なくとも礼儀正しく、深夜の訪問を詫びた。そしてミセス・ダンディの頭痛を思いやる言葉までかけ、それから今日の午後カトウナの屋敷で起こったことをすでにヒックスから聞いているそうですね、と切り出した。

ミセス・ダンディはうなずき、掌を額に当てた。

ベックは尋ねた。「あなたはジョージ・クーパーを知っていますか?」

「いいえ」

「彼の妻を知っていますか？　マーサ・クーパーを？」

「いいえ。彼らの名前すら知らなかったわ。ほんの少し前にミスター・ヒックスから聞くまでは」

「そうですか」ベックは一瞬顔をしかめたが、すぐに元に戻した。「ヒックスから聞いた、ということですね。ですが、あなたはすでにそのことを知っているだろうとわたしは考えていました」

「何について？」

「あそこであったことを。殺人です」

「なぜわたしに知ることができるんです？」

「おそらくあなたが帰る前に起こったと考えたからです。あなたは何時にあちらに到着しました？」

ミセス・ダンディは目を見開いた。「あなたは何の話をしているの？　どこに到着したと？」

「カトウナ、つまりあの屋敷にです。今日の午後」

彼女の目は見開いたままだった。「わたしはあの屋敷に行ったことはないわ」

「今日までは？」

「いい加減にして！　今日だって行ってないわ」

「行ってない！」

ベックはうなり声をあげた。疑っているのがありありとわかる口調だった。嘲りさえ感じられた。「あなたの息子さんは、今日の午後六時五分前にあなたに電話していますね？」

夫人は目を閉じた。「息子は……」再び目を開く。「息子から電話がかかってきたのが何時だったかはわからないわ」

「あれは五時五十五分でした。息子さんは二階の廊下の内線電話から電話しました。彼はあなたがいつどうやって今日の午後屋敷にきたのかと尋ねました。そして何時に帰ったのかと。あなたは答えるのを拒否しました」

「待ってください」ヒックスが遮った。「これは……」

「馬鹿馬鹿しい。答えるのを拒否してなんていないわ。わたしは息子に夢でも見たに違いないと言ったのよ。だってわたしは行っていないんですもの」

「そして息子さんは言った」ベックは声を低くした。「あなたがきたのはわかっている。なぜならあなたが話しているのを聞いたからだと」

「ああ」ヒックスは言った。

「何だ？」

「ぼくは『ああ』と言ったんです」

「ああ、がどうしたって？」

「なんでもありません。さあ、続けて。あと二分です」

「こんなこと」ミセス・ダンディは断固として言った。「まったく馬鹿げているわ。わたしは息子に言ったわ。わたしの話し声なんて聞いたはずないって。だってわたしは屋敷に行っていないのだから。すると息子はきっと聞き間違えだ、そのことは忘れてくれと言って電話を切ったわ」

「そうでしょうね」ベックはうなずいた。「なぜなら息子さんは自分が盗聴されているのを知っていたんですよ。それで電話を切った。当然息子さんは殺人捜査に母親を巻き込みたくないし、あなただって当然巻き込まれたくない。ということは、それに巻き込まれずにすむ最善の方法は、わたしに話すことです。あなたが何時に屋敷に到着したのかを。そしてあなたがしたことを、何時間屋敷にいたかを」

ミセス・ダンディはヒックスに視線を向け、それから痛烈な口調で言った。「この男は馬鹿よ」

「いいえ」ヒックスはきっぱり否定した。「彼の頭脳は平均より少し上です。彼はただ誤った情報を手に入れてしまっただけです。覚えていますか、ベック。アサトンの事件でぼくは証言しました。あなたが池で見つけた自転車は事件に関係ないと。ぼくは今証言しましょう。ミセス・ダンディは今日、あそこへは行っていません。これは好意で言うのです。あなたの手間を省くために」

「ありがとう」ベックはありがたさのみじんも感じられない声で言った。「これで問題は片づいた。たぶん、おまえはそう思っているんだろう。だが魔法の絨毯に乗ってニューヨークからカトウナへ行って戻ってくるなんて誰にもできないんだ。おまえはそのことを考えたのか?」

「もちろん。あなたの手間を省くといったのはそういう意味です。あなたがぼくの言葉を信じないなら……」ヒックスは肩をすくめた。「十分経ちましたよ。ほかに何か知りたいことがあるなら、手短かに」

ベックは立ち上がった。彼の小さなグレーの瞳はうんざりしたようにミセス・ダンディを見下ろした。「ミセス・ダンディ、あなたがあちらの事件に関係していないなら、あなたの行動に分別はありませんね。いいですか、あなたの行動に分別はありません」彼は踵を返すと、腰を屈め、ヒックスの膝を人指し指で叩いた。「いいか、ぼうや。おまえはかつてわたしを笑いものにした。それで充分だ。一度だけでな」

ベックは背を向け、出ていった。ヒックスは彼についてドアまで見送り、エレベーターがくるのを待った。ベックは箱に入ると振り向き、人指し指をしっかり立てた。

「一度だ」彼はうなり声をあげた。「それで十二分だ」

ドアはするすると閉まった。

ヒックスが居間に戻ると、ミセス・ダンディが膝に肘をついて屈み込み、掌のつけ根で目を押していた。腰を下ろし、腕を組んで唇の片端を捻り上げて彼女を見つめていたヒックスは、しばらくするとぶっきらぼうに言った。

「ぼくは帰ります。睡眠薬をもう一錠飲んで休んでください」

夫人は首を振り、やがて顔を上げた。「ぞっとするような話だわ。ただもうぞっとするわ」彼女の声はかすれ、今までとはまるで違っていた。「その女性は殺されたんでしょう——屋敷で——今日——ああ、もうなんて恐ろしい！」彼女は身振りをつけた。「話して。その録音のことを。話して……」

ヒックスが一時に暇《いとま》を告げたとき、ポケットには新しい小切手が入っていたが、手がかりになるような新しい情報は何一つ得られていなかった。ミセス・ダンディの話によると、正午少し過ぎにヴェイルのオフィスに着き、そこで二十分間過ごしたものの、慇懃な冷たい応対を受け、あげくにどんな手段にせよ、ダンディの企業秘密を盗んだ覚えはないと、にべもなく追い返された。息子からの電話はほんの一分ほどで、ベックが話していた通り。それから二度息子に電話をかけてみたが、話し中だったと言う。ヴェイルのオフィスには今日まで一度も行っていないという点では夫人は決して譲らず、盗聴器についてはよく知っている、実際、実験目的で自宅のアパートメントに取りつけたことがあり、一ヵ月後に頼んで外してもらった。ほぼ一年ほど前のことだと語った。

ヒックスが腰を上げると、夫人は戸口まで送ってきた。彼はいったんエレベーターのボタンに伸ばした指を引っ込めて言った。

「ところでぼくが昨日いただいた写真ですが。あのあなたの肖像写真、あれはそこら中にばら撒かれました?」

「むやみやたらに、ということはないけれど。なぜ?」

「ちょっと不思議に思ったんです。屋敷の二階のブラガーの部屋で見つけたので」

「まあ」夫人は顔をしかめた。「これだけおかしなことが続いたら、そんなことはおかしくもないでしょうけど、ブラガーに頼まれてプレゼントしたのよ」夫人はしかめっつらを笑顔にしようとして失敗した。「彼はそれを目につくところにおいていたの?　だったらもうわたしを崇拝していないのね。悲惨なできごとがまた一つ増えたわ。崇拝してくれているなら、秘密の引き出しにしまっておくものよ。もしかしたらあなたが聞きたいのは、わたしがミスター・ブラガーを愛しているかどうかということ？」

「いや、とんでもない」ヒックスは慌てて否定した。

「それはないと保証するわ。わたしぐらいの歳になると、崇拝してくれる人なんてめったにいなくなるし、写真のようなものは気安くプレゼントするようになるのよ」

「ぼくにだって下さいましたものね」ヒックスは同意し、それからエレベーターのボタンを押した。

ヒックスは通りに出ると角を曲がり、車を停めておいた場所へ向かった。ダウンタウンを走りながら、彼は一番街のガソリンスタンドに車を停めようかと考えていたが、結局、路上に停めて一ドル節約することにした。そしてその金で、自分の部屋の上の階の、もうすぐ空くはずの部屋を借りようと思った。そうなったら、ジョージ・クーパーを上の階へ追い出すつもりだった。必要なら彼を担いででも。あのマットレスはヒックスが自分で金を出して買ったものだった。彼の人生哲学によると、寝心地のよいマットレスというのは、自由な独身男が足手まといになると知りつつ、背負い込む価値のある、数少ない品々の一つだった。

しかしヒックスはその夜、そのマットレスに横になれなかった。

縁石に寄せて車を停め、二階分の階段を上がり、自分の鍵で中に入って明かりのスイッチを入れたヒックスが目にしたのは、空のベッドだった。彼は一瞬ベッドを見つめた。それから部屋を飛び出し、階下へ降りた。洗面所にもジョージ・クーパーの姿はなかった。彼は階上へ戻り、ベッドに向かってしかめっつらを作り、立ち尽くした。そしてこれはチョコレートを食べるべき事態だと結論し、衣装箪笥に行って引き出しを開けた。とたんにしかめっつらは恐ろしい形相に変わった。

「なんてことだ」ヒックスは狼狽の声をあげた。「あのしらみ野郎はぼくのチョコを盗みやがった！」

ヒックスはベッドの端に腰を下ろし、この状況を考えた。今回の事件はすでに充分複雑で混乱した様相を呈している。ミセス・ダンディのトラブルに関しては妥当と思われる推測が三つ浮かんでいるし、殺人に関しては少なくとも四つの推測が浮かんでいる。そして今や事態は混沌となった。クーパーがショックと悲しみによって頭がおかしくなってしまっただけの男なら、チョコレートのことは別にしても、この新しい展開によって何も変わってはいない。しかし殺人における四番目の推測が真実なら、話は変わってくる。今日の夜が明ける前に第二の殺人が起こるかもしれない。

もしかしたらもう起こっているのかもしれない……今この瞬間にも……。

ヒックスは部屋の外に出て階段を降り、通りに停めた車に乗り込んだ。ダッシュボードの時計は一時半を示していた。彼は車を北に向け、一番街を目指した。

10

遠く離れた田舎の地では、九月の夜は涼しく、コオロギとキリギリスのオーケストラは複雑で美しい交響曲――聞く人によっては頭の痛くなるような騒音――の演奏に精を出していた。その切羽詰った音色は、音楽隊を沈黙させる早霜が間近に迫っていることを予感させた。

研究所のオフィスの窓は夜の冷気を締め出すために一つ残らず閉じられ、コオロギのコンサートは、深夜その部屋に集まった三人の男たちの耳にかすかに届くだけだったが、いずれにしても、男たちが虫の音に耳を傾けそうもないことは表情から見て取れた。ヘルマン・ブラガーは不機嫌で苛立っているようだし、ロス・ダンディは引きつった険しい顔をし、R・I・ダンディは今にも怒りを爆発させそうだった。

そして実際、ダンディは怒りを爆発させた。彼はレコード・プレイヤーを押しやると、ソノシートの山を脇に押しのけ、それから拳で机を叩いた。

「なんたる茶番だ！　わたしは自分の事業を、この国でもっとも堅実で成功した事業の一つに育ててあげるのに、人生の二十年を費やしてきた。その結果がこれか！　誰がこんなことを望む？　ああ、わたしだって望んではいない！　いいか、わたしは許さないぞ！　一生忘れない！　自分の妻が裏切り、その上おまえたちのどちらかが共謀したとは！　黙れ！　しかもわたしが手に入れた証拠まで盗んだ！　おまえたちが二人ともぐるだったとしても、わたしは少しも驚かないぞ。ああ、少しもだ！　こうなったらこの屋敷も工場もオフィスもまとめて処分してしまおう。一から出直すんだ！」

ダンディは震えていた。

「わたしは辞めても構いません」ブラガーは強張った声で言った。「威厳を損なわずにわたしにできることはそれだけです。わたしは辞めても構いません。辞めましょう」

「ぼくも辞めます」ロスは言った。顔は青ざめ、目は真っすぐに父親を見ていた。「今になってみると、母さんは正しかったんだと思う。ぼくは父さんの下で働くべきじゃなかったんだ。父さんもぼくも、お互いをもっと理解すべきだった。あり得ないようなことが起こるかもしれないと予想すべきだった。それでも今日の午後——すでに父さんには言ったけれど——父さんは癇癪を起こしていたとはいえ、あんなことを言うべきじゃなかった。あんな突拍子もないことを」

ダンディは立ち上がり、窓辺まで歩くと、彼らに背を向けたまま立ち尽くした。

「好きで癇癪を起こす人はいませんよ」とブラガーは言った。「わたしには癇癪を起こすだけの勇気はありませんが。この三十年、一度も起こしていないんです。わたしにできることは自尊心を守ることだけで。とにかく、わたしは辞めても構いません」

長い沈黙が落ちた。聞こえるのは外のオーケストラだけだったが、誰も聞いてはいなかった。

やがてダンディは振り向き、彼らと向き合った。

「だが、事実は事実だ」と荒々しい口調で言う。

ブラガーは首を振った。「科学の世界では違います。事実というのは、不完全な道具によって観察された、あるいは記録された現象です」

「馬鹿馬鹿しい！　盗聴は完璧ではないかもしれないが、嘘はつかない。きみか、あるいは息子か、あるいはきみたち二人のようには、だ。わたしはその録音を聞いた。あれはわたしの妻の声だった。それは事実だ」

ブラガーは唇を引き結んだ。「わたしは癇癪を起こすつもりはありません。念のためもう一度言いますが、わたしはその録音のことは知りません。あなたの息子さんは、その件で嘘をつくかもしれません――わたしにはわかりませんが。とにかく男の子というものは母親のためならいろいろなことをするものです。しかしディック、その件に関しては道理をわきまえてもらえませんか。わたしと息子さんとは立場が違います。どうしてわたしがそんなことをします？」

「わたしにはわからない。だが、想像はできる。きみがわたしの妻と話しているのを聞いたことがある」

「あなたの奥さんとは何度も話していますよ」

「そのことも知っている。今回わたしが偶然いたことをきみは知らなかった。わたしは立ち聞きした。おもしろかったからだ。あのときはおもしろかったんだ。わたしはそのことに腹を立ててもいなかった。そういったことに腹を立てたことはないんでね。ほかの男がわたしの妻を魅力的で望ましいと思ったからといって、なぜわたしが腹を立てなくてはならない？　しかし妻のためになぜきみが嘘をつかなくてはならないのかと訊くなら、あるいはなぜわたしを売るために妻と共謀したりするのかと訊くのなら、理由は想像がつくとだけ言っておこう。率直に言わせてもらうが、ヘルマン――おい、どこへ行く？」

席を立って歩きだしたのはブラガーではなくロスだった。彼はドアに向かっていた。そしてノブに手をかけ、振り向いた。

「ぼくは帰ります」

「解決するまでここにいなさい」

「いいえ。ぼくは帰ります。何も言わずに帰ります」ロスは唇を震わせながら小声で続けた。「ぼくは今日の午後、このことは言いませんでした。ですが今、言わせてもらいます。あなたはぼくの父親だ。そしてぼくは生まれてからずっとあなたを知っている。あなたはずっと母さんを厄介払いしようとしてきたと思う。そしてその録音は偽物ででっちあげたのだとも思っている。ぼくはこんなこと言いたくなかったんだ！」

ロスは出ていき、ドアが閉まった。ダンディはドアに向かって歩きだしたものの、驚くほどのすばやさでやってきたブラガーに遮ぎられ、腕を摑まれた。

「ディック、息子さんを行かせてやりなさい」ブラガーは言った。「外に出て頭を冷やさせるんです」

ロスは文字どおり、冷やしていた。だが、冷やしていたのは頭というより体だったかもしれない。星空の下、大気は冷えびえとしていた。暗い森に入ると、ロスは小川にかかる橋で足を止め、寒さに体を震わせた。そこで立ち止まったのは小川のせせらぎを聞くためのように見えたが、実際にはまったく聞いていなかった。彼は父親と母親のことを考えていた。物心ついてからずっと、彼は母親の味方だった。そのことに彼自身気づいていたし、正しくて当然のことだと思っていた。しかしだからこそ、このような状況では、自分の心を自由にし、理性を曇らせないことが重要だった。もっともこれ以上事実をあれこれ考えることが、どれほど役に立つかはわからなかった。この数日、彼はすでに能力の限界まで考えていたからだ。もっとも彼の心は集中できず、すぐに別のことを考えてしまうのだが。

彼女はこの小川を愛している。ロスは再び小川のせせらぎに耳をすました。

彼女は今ごろ目を開けたままベッドに横になっているのだろう。あるいは椅子に座るか、自分の部屋を行ったり来たりしているのかもしれない。いずれにしても亡くなった姉さんのことを考えながら。

ロスは再び歩きだした。森を抜け、芝地を通って屋敷に戻った彼は、ヘザーがそのいずれもしていなかったことを知った。彼女はサイド・テラスに座っていた。座っている椅子は、姉の死体が横たわっていた場所を示す図形から三メートルも離れておらず、白いチョークの線が星明かりを浴びてくっきり浮かび上がっていた。

ロスはドアへ続く道を外れ、彼女のもとへ向かった。彼が近づくと、ヘザーは顔を向けたが、すぐに逸らし、声をかけようとはしなかった。

「きみと話したいんだ」ロスは言った。

ヘザーは答えなかった。

彼女と直角になるように椅子を動かし、ロスは腰を下ろした。弱々しい星明かりの下、たいていの人には彼女の横顔がどのような形かはわからないだろうが、彼にはわかった。

「例の連中はそのあたりにいるのか?」ロスは尋ねた。

「いないと思うわ」ヘザーは身じろぎしたが、また動かなくなった。「屋敷には。彼らの車が全部消えているから」

「総出でジョージを探しにいったんだろう。そのことをどう感じたらいいのかぼくにはわからない。きみがどう感じているかわからないからだ。ぼくはきみと同じように感じたい。もちろん、やったのが彼なら――きみの姉さんに……」

「義兄さんはやっていないわ」

ロスは驚いて見返した。「だが、犯人は彼だ。間違いない!」と叫んでから、慌ててつけ加えた。「すまない。ただそのことには疑問の余地はないと思っているんだ。ほかに誰もいなかった。誰がいる?」

「この屋敷にはあなたがいたわ。それにあなたのお父さんとミセス・パウェルも」

ロスは彼女を見つめ続けた。「何を言ってるんだ。きみの口からそんな馬鹿げたことを聞いたのは初めてだ。ぼくが? ぼくの父さんが?」

「わたしはときどき馬鹿になるのよ」へザーは椅子の中で身じろぎした。「あなたがここにほかの誰がいたかと尋ねたから、答えただけよ。あなたはミセス・パウェルが村に買い物に出かけたとき、二階にいた。彼女は一時間以上戻ってこなかった。誰かが道路から入ってきたかもしれないじゃない」

「だがそんなことが……」ロスの口調は困惑しているようだった。

「わたし、そのことについては話したくないわ」へザーは言った。「考えられないのよ。頭の中がぐるぐる回るばかりで」

「きみが馬鹿だなんて言ってすまない。ぼくには悪い癖があって……」

「そんなこと気にしてないわ。実際、わたしは馬鹿だもの。以前にもあなたに言われたように」

「そんなことは言っていない」

「こんなこと問題じゃないけれど、あなたは確かに言ったわ」

「言ってないさ。そんなことを言うなんてきみはフェアじゃない。きみがあのときのことを言っているのなら、ぼくは科学技術を論じる素人についての一般的な意見を述べただけだ」

「そんなことは問題じゃないのよ。わたしはとっくの昔に忘れたわ」

ロスは口を開け、ふいに閉じた。開きかけた口を閉じるというその取るに足らない行動は、彼にとって一つの時代が終わり、新しい時代が幕を開けたことを示していた。それは彼の心を支配する物体――五十四キログラムの肉と骨からなる、科学方式によってではなく、まったく非科学的な名称「ヘザー・グラッド」によってほかの粒子と区別される物体にとっては大いなる勝利だった。若い男性の心は論理をたやすく手放すものだ。そして彼はすでに手放していた。彼が口を開いて反論しようとしたことは合理的なことだった。つまり彼がかつて言った何かを彼女は持ち出し、それを曲解したあげく、ふいにそんなことはとっくに忘れたと言ったのだ。だが彼は開きかけた口を閉じた。

しかしロスはそのことを分析し、過去の時代にさようならを言っていたわけではなかった。時代などという気の長いことを考えられるような精神状態ではなかった。

「ぼくはきみと話すときはいつも、出だしを間違えてしまう」しばらく黙っていたロスはやがて口を開いた。「初めて会った日にも間違えた。ぼくが初めてきみを見た日ではなく。だが、きみは知っている、あの日だ。ぼくがきみに映画に行こうと誘った日だ」

「あなたは映画に行くよう命じたのよ」

「何だって！　命じた！　ぼくがきみに！　ぼくは何と言ったかはっきり覚えている。一言一句ね。ぼくはこう言ったんだ。『ぼくが服を着替えている間に車を出してくれ。ぼくたちは映画に行く』と。そうだろう？」

「そんなようなことだったわ。そんなことはどうでもいいけど、だいたいそんなことだったわ」

「するときみは行きたくないと答えた。だからぼくはブラガーとミセス・パウェルと出かけた。そしてぼくたちが家を出てから三分後にきみはステーション・ワゴンに乗って、一人で出かけた。ぼくの誘い方に腹が立ったからというそれだけの理由で……」

「わたしは腹なんて立てなかったわ。ただ一人で行きたかっただけよ」

「つまり、きみはぼくたちと行きたくなかった。そうなんだね？」

「もちろん、そうよ」ヘザーは彼を見つめた。「でも、わたしはそれほど怒りっぽいわけじゃないわ。ただあなたが、ミスター・ダンディの息子であるあなたが、わたしを自分の好きにできるという妄想に取り憑かれていることは間違いないというだけよ。でもわたしにはそんなふうに思えなかった」

「何だって！　きみはまさか本気でそんなことを言ってるんじゃないだろうね！」

「もちろん、本気よ。だって間違いないもの。お願いだからわたしが愚痴をこぼしていると は思わないで。とにかくわたしはそんなこと気にしていないから。それにいずれにしても、あなたのような思い上がった子どもは、ときとして自分が何をしているかわかっていないこともわかっているから」

「思い上がった！　どうしてそんな！」

「あなたは自分が思い上がっていることさえ気づいていないの？　あなたは典型よ。完璧なね。社長の息子。どんな優良企業にもそういったどら息子はいるものよ。ときどきそういうことはルールブックで決められていて、あなたたちはそれに従っているに違いないと思うわ」

「よりによって……」ロスは茫然としていた。

コオロギとキリギリスの声は次第に弱々しくなってきた。

「いいかい」ロスは真剣そのものの口調で言った。「こんなこと馬鹿げているよ。きみはきっとぼくをからかっているんだ。もしかしたらぼくは、自分の仕事に関しては多少うぬぼれているかもしれない。いや、違う。ぼくは仕事にだってうぬぼれてはいない。ただ仕事に適正があると思っているだけだ。もしもぼくが女の子に関してうぬぼれているときみが考えているのなら――まったく、しっかり聞いてくれよ。ぼくは女の子にほとんど興味を持ったことがないんだ。学校では友だちにからかわれたもんさ。奥手だと思われてね。だが、そうじゃなかった。四年ほど前、ぼくはそのことについてじっくり考えたことがある。どんな形にしても、女の子に興味を惹かれないのはなぜだろうって。そしてほかのことに興味があるからにすぎない、という結論に達したんだ。そう、ときには女の子とダンスを踊ったこともある。ほかのこともした。キスしたりそういったことを。何度か試してみたさ。それでもぼくは心から熱中できなかった。自分はマザコンかもしれないと思った。だがそれを打ち明けた唯一の友達はそうは思わない、マザコンならもっと感情的になるはずだって言ったんだ。彼は別の言葉を使ったかもしれないが、とにかく感情的、というようなことを言っていた。いずれにしてもぼくは女の子にキスしたいという衝動にかられたことはなかった。ほかの友だちみたいに、その子にキスしないと自分が爆発してしまいそうだと感じたことはなかった。そう、あの日オフィスで屈み込んできみの頬にキスするまでは。あのときぼくは知ったんだ。自分が間違っていたことを……」

ロスはふいに言葉を切った。

「なんてことだ」彼の口調は茫然としていた。「きみはぼくがうぬぼれていると思っていたんだ！」

ヘザーは何も答えなかった。

「再びこんなひどい仕打ちを受けるなんて」ロスは言った。「最初は、ぼくがきみにキスした日のきみの行動だ。ぼくは今告白するが、あれには傷ついたんだ。あの頬のキスはやましいものではなかったからだ。ぼくがうぬぼれていて、きみがそうされたいと思い込んでそうしたのだときみが考えたなら、それは大きな誤解だ。ぼくがきみにキスしたのは、キスしたい衝動にかられ、抑えられなかったからなんだ。とにかくぼくは二度としなかったし、あれ以来きみに話しかけることもできなくなった。きみが話しかけさせてくれなかったからね。きみはぼくに一度もチャンスを与えてくれなかった。だからぼくは自分で名案だと思えるアイディアを考え出した。しかし、ぼくは今わかった。きみはたぶん、ぼくがただのうぬぼれ屋で、あれもうぬぼれたアイディアにすぎないと考えたんだね」

ロスはそこで口を閉じた。

ヘザーは尋ねた。「どのアイディア?」

「あのソノシートだ」

「どのソノシート?」

「とぼけないでくれ」ロスは懇願した。「頼むからそんなことは言わないでくれ。ぼくはきみを責めない。そんな権利はぼくにはないからね。そんなことはわかっている。だがぼくがきみと話したかったのはそのことなんだ。そうでければ、こんな話を持ち出したりは……」

「まあ! あなたが話していたのはそのことなの」

「いや、まだ話してはいない。これから話すところだ。きみに間違って渡した別のソノシート、とにかくぼくが取り返したいソノシートのことだ」

「ファイリング・ケースは見たの？」

「あそこにはなかった。そのソノシートには記入がないんだ。きみに渡したものと、いっしょになってしまったんだろう。もしもきみがそれを再生しているなら……」

「あなたは」ヘザーは遮った。「記入のないソノシートという貴重で秘密の宝物を、わたしが持っているという妄想にかられているみたい。わたしにはわからないわ。どうしてそんな……」

「それが貴重なものだなんてぼくは言っていない。それが宝物だとも言っていない。だが、とにかくきみはそれをどうにかしたはずだ。いいか、きみがそれを食べたはずはないんだ！どうかぼくの頼みをきいてくれ！　こんなことを話すのがぼくにとってどれほど恥ずかしいことか、きみにはわからないのか？　あまりうまく説明できていないな……」

「誰かきたわ。あなたのお父さんとミスター・ブラガーよ」

姿は藪に隠れて見えなかったが、二人の男の声はかなり近くに聞こえた。ヘザーはふいに立ち上がり、おやすみと言って屋敷に入っていった。父親と話したくないロスはつま先立ちで素早くテラスの端まで行き、二人の男の足音が敷き石のあたりに差しかかるまでには生垣の中に身を隠していた。後ろでドアが開き、閉まる音がした。十五分後、ロスは中に入り、階段の下で耳をそばだてた。そして二階から物音が聞こえないのを確認すると、自分の部屋に上がった。彼がベッドに入る前にねじを巻いたとき、腕時計は一時五分過ぎを指していた。

疲れを知らないオーケストラは、それから一時間四十分後、ヘッドライトをロービームにした一台の車が、屋敷の前の道路にそろそろと侵入してきて、入り口に停まらずに通り過ぎたときも、まだ演奏をやめていなかった。車はさらに四百メートルほど行ってから停まり、細道にバックで入ってUターンすると、きた道を戻ってもう一度入り口を通り過ぎた。それから百メートル先で道路脇に寄り、ようやく停まった。

運転手はヘッドライトを消し、エンジンを切り、車から降りて入り口まで歩いた。木々の隙間からぼんやり見える屋敷には、明かりが一つもついていなかった。

「ぼくは馬鹿だ」ヒックスはつぶやいた。「ひなびた平和な光景じゃないか」

ヒックスは曲線を描く私道の先を見やった。今にも警官に誰何《すいか》されるのではないかとびくびくしていたのだ。だが、呼び止められることなく屋敷に到着した。私道を回ってサイド・テラスを仕切っている低木の生け垣に向かい、その芝生に佇むと彼は胸の内で苦々しく思った。ぼくはいったい何をしようとしているんだ？　車に戻って家に帰り、ベッドにもぐる？　それとも懐中電灯を手に、屋敷の中で死体を探す？　みんなを起こして、無事かどうか確認しにきましたと告げる？

「だが、これがぼくなんだ」ヒックスは闇に向かってつぶやいた。「等身大のぼく。いったいぜんたいなぜ……」

ふいにヒックスは振り向き、息を止めた。ドアがキーと音をたてたのだ。それは彼自身が八時間ほど前に、キッチンに入ってミセス・パウェルを震え上がらせたときにたてた音だった。キーという音がまた鳴った。ヒックスは敷き石の歩道を避け、芝生を静かに走って屋敷の裏の角に回り、蔦の葉に身を隠してから、葉の隙間越しに覗いた。と、次の瞬間、はっと体を引いて壁に押しつけ、強張らせた。

その人物は誰かわかるほど近くを通り過ぎた。それは暗い色の長いコートを着たヘザー・グラッドだった。彼女は速足で歩いていたが、人目を気にしておらず、一度も振り返ることなく森の小径の入り口に向かって芝地を真っすぐ歩いていった。

ヒックスは彼女の姿が森に呑み込まれるのを待ってから、あとを追った。万が一、森の中の彼女が振り向いたら、星明かりの開けた芝地にいる自分はもちろん見つかってしまうだろう。しかし彼女は振り向く素振りをまったく見せなかった。彼が森に入ると、道の前方三十メートルほどのところで上下に動く懐中電灯の光線が見えた。彼女の行き先が研究所だとわかったので、彼は距離を広げ、森の真っ暗な闇の中で道を踏み外さないよう、歩くことに専念した。

ふいにヒックスは足を止めた。懐中電灯の光線が上下運動を止め、向きを変えていた。彼は道を外れ、木の幹に身を隠した。彼女が彼の足音に気づき、後ろを確認しているのではないかと考えたからだ。しかし、懐中電灯の光線は右方向を払っただけで、再び上下に動きだした。どうやら彼女は橋のあたりで、小径を外れたらしい。ヒックスは速度を上げ、警戒心を解いて進んだ。はっきり聞こえるせせらぎの音に遮られ、足音を聞かれる心配はないと判断したのだ。しかし少しばかり警戒心を解きすぎたようだ。予想より早く橋にたどり着いたヒックスは、橋につまずいてあやうく転ぶところだった。

ヒックスは道を外れて木の幹に身を隠し、二十歩も離れていないところで繰り広げられた奇妙な光景に目を凝らした。彼女は川辺の岩に懐中電灯を置き、コートを脱いでいた。懐中電灯の光線は彼女ではなく、小川の流れに向けられていた。しかし彼女が靴だかミュールだかを脱ぎ、パジャマのズボンをめくり上げるのは見て取れた。彼は茫然と考えた。夜の闇の中をはるばる八十キロも車を走らせてきたのは、脚の長いきれいな娘をこっそりつけて、川の浅瀬を歩くのを見るためだったのかと。

そのときへザーがあるものを持ってきていることにヒックスは気づいた。それが何かまではわからなかったが、彼女が懐中電灯を置いた岩から持ち上げたものが、かなり大きなものだということだけはわかった。彼女はそれを片手に、もう片方の手には懐中電灯を持ち、しずしずと小川に入り、数歩歩くと体を二つに折って屈み込んだ。背中を彼に向けていたので、彼女が手で何をしているのかはわからなかった。彼女はようやく体を起こすと、土手に戻ってきた。彼女の片方の手にあったものはなくなっていた。そして彼女は岩に電灯を置き、パジャマのズボンの裾を下ろした。

ヒックスは自分の位置がまずいことに気づいた。完全に隠れられるほど木は太くないし、彼女が小径に戻るとき、懐中電灯の光線は真っすぐ彼を照らすだろう。一番の逃げ道は橋を渡ることだった。忍び足で歩き、橋に足をかけようとしたそのとき、彼はふいに振り向いた。

彼をはっとさせたのは、小川がせせらぎをたてているにもかかわらず聞こえてきた音ではなかった。しかし何かが彼を振り向かせた。彼は殴られる前に完全に振り向いていた。そして目の前を何かが動くのを見て、倒れた。

11

頭の横を棒で殴られたら、人は確実に命の危険に晒される。少なくとも、頭蓋骨にひびが入るはずだ。だが大枝に止まった梟《ふくろう》にとって、陰鬱な夜の森の中で、ヒックスが頭を殴られたあとに繰り広げられた光景は、悲劇というよりは喜劇に見えたことだろう。悲鳴は一切、聞こえなかった。岩の上に立って、薄い夏用のパジャマ姿で懐中電灯を操っている娘でさえも叫ばなかった。その震える光線が最初に照らし出したのは、その姿勢から祈っているように見える男、そして次に照らし出したのは、顔を必死の形相に歪め、振り上げた手に、腐った若枝の折れた残りを握っている男だった。娘は場違いな深刻さで、梟をがっかりさせまいとするかのように、素っ頓狂な声をあげた。

「ジョージ！　なんて行儀の悪い！」

立ち上がったヒックスが束の間茫然としたのは、バランスを崩すほどの力で殴られたからではなく、驚いたからだ。たとえしゃがみ込むときに自分を襲った相手を推測する時間があったとしても、よもやジョージ・クーパーだとは思わなかっただろう。

クーパーの振り上げられた手がゆっくりと下りてきて、若枝の残りが手から落ちた。懐中電灯の明かりはクーパーから再びヒックスに向けられた。

「あなたまでおかしくなったの?」ヘザーは甲高い声で訊いた。

「ぼくはおかしくない」クーパーは手が汚れていることを叱られた少年のようにすねた口調で言った。その口調がふいに変わった。「おい、おまえ! 彼女に近づくんじゃない!」

暗闇の中、小石だらけの不安定な岸辺を歩きだしていたヒックスは、彼の言葉に耳を貸さなかった。そしてパジャマ姿で白い柱に見えるヘザーの所までたどり着くと、乱暴な口調で言った。

「その電灯をよこすんだ」

「電灯はわたしが持っているわ」彼女は断固として言った。「わたしは知りたいの……」

「ぼくだって知りたい」ヒックスは言った。「しかもぼくは知るつもりだ」彼はヘザーの手から電灯を奪い、小川に入っていった。

ヒックスが一歩、小川に足を踏み入れたときだった。ヘザーが摑みかかってきた。それは正確に言えば、攻撃というほどのものではなかった。彼女は叩いたわけでも、蹴ったわけでも、引っ掻いたわけでもなかったからだ。だが彼女が両手で彼のコートを摑み、思いきり引っ張ったものだから、足元の悪さも手伝って、二人はもろともにひっくり返りそうになった。

「放さないか」ヒックスは命じた。「きみが何をしようとしていたのか見るんだ」

「だめよ!」ヘザーはコートを摑んだまま強く引いた。「懐中電灯を渡して――もしもあなたが無理に……」

何か固くて重いものが飛んできて肩に当たり、ヒックスはよろめいた。懐中電灯の光線を薙《な》ぎ払うとクーパーが見えた。クーパーは三メートルも離れていないところで、二個目の大きな石を摑んで、体を起こしたところだった。ヒックスはヘザーを引き離すと、全身の筋肉を使って横に飛びのき、光線を再びクーパーに向けた。ちょうどそのときクーパーが石を投げた。今度のミサイルは胸にまともに当たり、ヒックスは息ができなくなった。一瞬ひるんだが、すぐに気を取り直し、前に飛び出した。そしてクーパーが別の石を拾って腰を上げようとしたそのとき、顎を殴った。石はばしゃんと音をたてて川に落ち、クーパーは声もたてずに川に沈んだ。

ヒックスは振り向き、懐中電灯をヘザーに向けた。彼女は裂けたパジャマの肩口を押さえながら立ち尽くしていた。明かりを向けてもまばたきもせず、森に棲む野生動物のように荒い息を吐いていた。

「彼に怪我をさせたわね」ヘザーはかすれた声で言った。「どれくらいの怪我をさせたの?」

「ぼくはもったいないことをした」ヒックスは皮肉るように言うと、自分の胸を触り、それから深く息を吸い込んで、肋骨が無傷であるのを確認した。「彼は助かるさ。ぼくはロマンチストであるがゆえにあやうく殺されるところだった。きみを胸に抱いて盾にすれば、次の一撃はきみに当たっただろう」彼は歩いて彼女のコートを手に取り、彼女にかけてやった。「さあ、これを着るんだ。くしゃみが出る前に」

コートに腕を通すヘザーを手伝ってからヒックスは彼女の足元を照らし、靴を履いているのを確認した。

「その懐中電灯を返して」ヘザーは言った。

「調べがついてからだ。これからきみが小川の中に隠したものが何かを見る。だからどんなに抵抗しても……」

「わたしは小川に何も隠していないわ」

「きみは手に何か持っていた。だがそれを投げ込まず、パジャマのズボンの裾をめくって川に入っていった。きみが一番しそうなことは……」

「聞いて」ヘザーは彼の袖を摑み、体を寄せて顔を見上げた。「お願い、聞いて！　わたしの話を聞いてよ！」

「一晩中はできない」

「それは――わたしが小川に隠したのは――まったく馬鹿げたものなの！　それはどんなことにも何の関係もないものなのよ！」彼女は腕を振り回した。「あなたはわたしを信じなくてはだめよ！　本当に絶対に何でもないのよ！」

「わかった。実際に小川を歩いて、何も見つからないかどうか確かめてみよう。どうせ片方の靴は水に浸してしまったんだ。それからぼくに石を投げるようなまねをしたら、きみのパジャマを引き裂いて紐にし、それで縛り上げるぞ。本当にそうするからな」

「あなたって申し分ないロマンチストだわ。あなたは……」

ヒックスは彼女の手を振り払い、小川に入っていった。足の下で石が一つ、転がった。ヒックスはよろけた体を立て直しながら肩越しに振り返ってみたが、彼女には後ろから攻撃する意図はなさそうだった。そこで前に進んだ。ふくらはぎを洗う膝近くまでの水が、氷のように冷たく感じる。ヒックスは上流の方角に、川底が見えるように懐中電灯を向けて探しはじめた。見えるのは様々な形と大きさの茶色の石ばかりだった。しばらく歩くと彼女が先ほど懐中電灯を置いた、土手の大きな平らな岩からどこまできたかを確認した。それから下流に向かって数メートル進むと、少し右へ寄り、腰を屈めてもう一度探してみた。やがて川底にほかの石とは色も形も違う石を発見した。いいや、それは石ではなかった。彼は手を水中に差し入れ、触れてみた。とたんに、なめらかで丸い端から、それが何なのか——それらが何なのかがわかった。ヒックスは中央に重石《おもし》代わりに載せられた石を取り除き、丸い端をしっかり摑んで引き揚げた。

ヘザーが叫び声をあげた。

ヒックスは土手に戻った。

「わかったでしょう？」ヘザーは小声で言った。「言った通り、何でもなかったでしょう。ねえ、わかった？」

「一ダースものソノシートが何でもないとは言えないな」ヒックスは淡々と答えた。

「一ダースもないわ。八枚だけ」ヘザーは一歩前に出た。「聞いて、ミスター・ヒックス。あなたはわたしに優しくしてくれたわ。わたしが好きなんだと思ったわ。今は好きじゃないの？」

「もちろん、きみに首ったけだよ」

「ふざけないで。お願いだから、それをわたしに返して。それがだめならあったところに戻して。ただ川底に沈めてくれればいいわ。わたしを信じられない？　わたしが嘘つきだと思っているの？　誓ってもいい……」

「その話はあとだ」ヒックスはそっけなく言った。「こんなことをしていたら二人とも肺炎になってしまう。さあ、ぼくはここに計画《プログラム》を用意した。コンサートにはもってこいの素敵な夜だろう――その前に少し待ってくれ」

ヒックスは懐中電灯をクーパーに向けた。クーパーは地面に座り込み、ぼんやりあたりを見回していた。

「きみだ、クーパー！」ヒックスは叫んだ。「ジョージ・クーパー。その名前が誰のものかわかるか？」

「地獄へ落ちろ」クーパーはつぶやいた。「きみは誰だ？」

「彼は大丈夫だ」ヒックスは断言した。「計画《プログラム》はこうだ。ぼくは彼を研究所へ連れてゆく。懐中電灯がなくても問題はないだろう。きみは懐中電灯を持って屋敷に帰るんだ、そしてオフィスの鍵を取って研究所まで持ってくる。それから屋敷に取って返して寝る」

「あなたは何をするつもり？」

「コンサートを開くのさ。このソノシートを聞くんだ」

「だめよ！」

「それでもぼくは聞く」

「オフィスの鍵なんて持ってこないわよ」

「だったらブラガーを起こし、彼から貰うことにしよう」ヒックスは彼女の肩を軽く叩いた。

「頭を使うんだ、お嬢さん。きみは何のことだがさっぱりわからないと言う。だが、これはきみが欲しいと思っているものだ。たぶんぼくも小川の川底の石の下に隠してあったソノシートを欲しいかもしれないが、それを聞けば元に戻すかもしれない。あるいは戻さないかもしれないが、たぶん戻すだろう。一つ確かなことは、ぼくはソノシートに何が録音されているか聞かないうちは、ぜったいに手放さない、ということだ。同じくらい確かなのは、ぼくがきみを好きだということだ。それからきみはもっと暖かいストッキングを履くように。さあ、この懐中電灯を持って、鍵を取ってきてくれ」

ヘザーは懐中電灯を受け取った。「一つ、言っておくわ」ヘザーはきつい口調で言った。「わたしはあなたが好きじゃないわ。ジョージはどうかって？　どうして彼をここへ連れ戻したの？　もう連れてこないと約束したのはいつだったかしら？」

「連れてこないなんて約束はしてない。だが、ぼくが連れ戻したわけじゃない。彼が勝手にぼくから逃げ出したんだ」

「あなたは嘘をついているわ！」

「わかった。ぼくは嘘つきだ。だが、そのことについては嘘をついていない。彼に訊いてみろ。ただし、今はだめだ。さあ、鍵を取ってきて」

ヘザーは歩きだした。ヒックスは小径に沿って上下する明かりをしばらく見送ってから、真っ暗な闇の中をぼんやりと白い輪郭——クーパーの顔を目指して慎重に歩いた。

「あのチョコレートをどうした？」

「ぼくが食べた」

「全部?」

「ああ」

「信じられない。気分が悪くなるぞ」

「すでに気分は最悪だ」

「それはよかった。さあ、腰を上げるんだ。自分で立ち上がれるか?」

「わからない」クーパーは動こうとしなかった。「ところできみは誰なんだ?」

「名前はヒックス」

「ヒックス?」一瞬の間。「彼女から引き離して、あの家に連れていったやつか?」

「違う」

「そいつの名前は何だ?」

「知らないね。さあ、立って。いいか、ぼくの手に掴まるんだ」

「もう少し経てば、立ち上がれるだろう」クーパーはうなり声をあげた。「自分のどこがおかしいかがわからないんだ。頭はときどきすっきりすることもあるが。今はまるで——わからない。ぼくなんて死なせてくれたらよかったのに。ぼくは自分が死んだと思った。きみは自分が死んだと思ったことはあるか?」

「たまにね」ヒックスは言った。

「たまに? ぼくは一度だけだ。ぼくは死んだと思った。だが次に気づいたときはベッドに寝ていて腹が減っていた。そんなふうに腹が減ったと感じるのは初めてだった。ぼくはベッドから出て部屋を見回し、箪笥の引き出しの中に箱入りのチョコレートを見つけた。ぼくは座ってそれを食べた。そのとき、ぼくの頭ははっきりしていた。すべてを思い出していた。すべてを！　ぼくは飲みすぎた。レストランでマーサがぼくを残して立ち去ってしまうと、ぼくは飲みだした。どうして飲んだかというと、勇気を奮い起こしていたんだ。あの屋敷に出かけ、マーサとヘザーと決着をつけるための。あの屋敷とはここのことだ。ぼくたちは今そこにいるんだった。そうだろう？」

「もちろん、そうだ」ヒックスは言った。

「もちろん、そうだ。確かにぼくたちはここにいる。実際、ぼくはあの車を借りてここにやってきたときには酔っぱらっていた。それが問題だった。そう、目がよく見えないほどぐでんぐでんに酔っていたことが。それでぼくは道に迷い、気づいたらクロトンにいたからだ。それでここへくるにはどの道をいったらいいか、尋ねないわけにはいかなくなった。ああ、思い出してきた。それからこの屋敷に到着すると、マーサが死んでいた。つまりぼくが言いたいのは、ぼくが酔っぱらっていなければ、もっと遅く着いていれば……ぼくはなにか変なことを言ってないか……」

ジョージはそこでふいに言葉を止めた。

「わかった」ヒックスは言った。「きみは混乱しているようだが、きみの言いたいことはわかった」

「わかるはずない。あのチョコレートを食べると、頭がはっきりしたんだ。ぼくはすべてを思い出した。きみがぼくにあの階段を昇らせてくれたことだって思い出した。ぼくを部屋まで連れていってくれたのはきみだろう？」

「ああ」

「そうだと思った。ぼくはマーサを殺したのがきみだと思い込んだ。そしてあの部屋にぼくを残してきみが出かけると、ヘザーを殺しに屋敷へ戻ったんだと思った。ぜったいにそうだと思った。きみはヘザーを殺しに戻ったんだと。それでぼくは外に出てタクシーを拾い、あの屋敷まで連れていってもらった。つまりこの屋敷へという意味だ。それなのに自分が屋敷に戻ってきたことを――今屋敷にいることを、ぼくは覚えていられないようだ。屋敷に着くとぼくはマーサのいたテラスへ行ってみた。だが、彼女はもうそこにはいなかった。そのとき芝地をやってくるきみの足音が聞こえ、きみが生け垣を通り抜けてくるのが見えた。するときみは屋敷の角に身を隠した。そこにヘザーが出てきてきみは彼女のあとをつけだした……」

ヒックスが咳の発作に襲われるとクーパーは話を中断した。

「その濡れた地面に座るのはやめたらどうだ」クーパーは再び話しだした。「あのナイフで何をしたのか、どうしても思い出せないんだ。あれは屋敷のキッチンにあった刃の長いナイフだった……」

ヒックスはクーパーの後ろに回り込み、脇の下から抱きかかえて持ち上げた。いったん体が真っすぐ立つと、彼の脚は機能しようとした。そして小径までの間ヒックスがしなくてはならなかったことは、ふらつく彼の肘を掴んで前に進ませることだけだった。二人は橋を渡った。

そこでクーパーは急に立ち止まった。

「きみはどこへ行くつもりだ?」

「ヘザーのオフィスへ」

「ヘザーはどこだ?」

「彼女もオフィスへ向かっている。そこでまた会える」

ヒックスは後ろから彼を追い立て続けた。夜の闇の中、二人は狭い道を一列になってゆっくり進んだ。ときどきクーパーがつまずくと、そのたびにヒックスが抱き止めた。森を抜け、星明かりの草地に出てからは歩くのが楽になった。研究所の建物の正面の入り口までくると、ヒックスはコンクリートの踏み段に腰を下ろし、靴とソックスを脱いだ。ズボンの裾からできるだけ水を搾り出そうとしていると、懐中電灯の明かりが森から現れ、それから間もなくヘザーが到着した。彼女は踏み段にもたれていたクーパーに明かりを向け、続いてヒックスに向けた。

「鍵をくれ」ヒックスは言った。「懐中電灯はきみが持って帰るといい」

「わたしは帰らないわ」

口調から察するに、彼女が本気なのは明らかだった。ヒックスが靴とソックスを手に取ったときには、彼女はドアの鍵を開け、中に入り、明かりを点けていた。クーパーはヒックスより先に入り、椅子にどさりと座ると、膝に肘をつき、まばたきもせずにヘザーを見据えた。ヘザーは一度だけ彼に鋭い視線を投げかけたが、それからは無視していた。彼女は茶色のウールのワンピースに着替えていた。素足のヒックスは椅子の背にソックスをかけ、ハンカチを取り出して、ソノシートを拭きだした。ヘザーがカップボードからペーパータオルを取ってきて、ソノシートに手を伸ばすと、ヒックスが遮ぎった。「遠慮しておくよ」彼は意味ありげに言った。

ヘザーは言い返そうと口を開けたものの、口を閉じ、彼から離れて腰を下ろした。クーパーは椅子の中で座り直した。

「そんな目でわたしを見るのはやめて！」ヘザーは突然クーパーに向かって叫んだ。「やめて！　耐えられないのよ！」

「すまない」クーパーはかすれてはいるが、ていねいな口調で答えた。「ぼくは何かを思い出そうとしていたんだ」

「あれは……」ヘザーは声を震わせ、息を呑んだ。「あれは悪夢よ」彼女は言った。

「そうだ」ヒックスは簡潔に同意した。そしてペーパータオルでソノシートを乾かすと、レコードプレイヤーの置いてある机に運び、机に座った。プレイヤーを引き寄せ、回転台にソノシートを一枚載せてスイッチを探す。

「内側の正面の右角よ」ヘザーは言った。

「ありがとう」ヒックスがスイッチを見つけて押すと、ソノシートは回りはじめた。アームが自動的に降りてきて針を落とし、まもなく声が聞こえてきた。

「ヘザー・グラッド！　ヘザー！　ぼくはきみを愛している。一万回だって言える。一生だって言い続けられる。きみを愛しているんだ、ヘザー！　いつかきみに直接伝えられるだろうか？　もちろん、伝えられるだろう。きみがそのチャンスを与えてくれれば。確かにぼくは底なしの馬鹿者だ。出会った最初の週にあんなことをしたのだから。それできみに嫌われた。そして今もきみはぼくを好きにならないと心を決めてしまっている……」

それはロス・ダンディの声だった。ヒックスは回転するソノシートを見つめた。

「なんということだ」クーパーは愕然とした声で言った。

「やめて！」ふいにヘザーが叫んだ。「こんなことして恥ずかしくないの？　やめて！」

「……それでも誓って言うが、ぼくは自分に起こっていることがわからなかったんだ。そんなふうになったのは初めてだったから。ぼくが吹き込んだソノシートの最初の一枚をきみは壊したかもしれない。あるいは壊していないかもしれない。できることならそれを返してほしいんだ。というのもあのときでさえ、ぼくは自分に起こっていることがわかっていなかった。完全には。だからぼくは気のきいたおもしろいものにしようと必死だった。ところが今、これが文字どおり生と死の問題になっていることをぼくは知っている。ぼくはきみなしでは生きられないからだ。きみを愛している、愛しているよ！　あの火曜の暑い夜、きみは部屋のドアを開け放していただろう。ぼくは廊下に立ってきみの寝息を聞くことができた……」

ヒックスはスイッチを切った。

「続けてくれ」クーパーが言った。「最後まで聞きたいんだ」

ヘザーが立ち上がり、机に歩み寄った。「まさかほかのソノシートを聞くつもりじゃないわよね。ぜったいにやめて！」

ヒックスはソノシートの山を守るように手をかざした。「ぼくは認めるが」そっけなく言う。「これにはかなり驚いた。きみはなぜ夜中の二時に屋敷を抜け出して、プラスチックのラブレターの束を小川に隠さなくてはならなかったんだ？」

「なぜかなんて、あなたには関係ないわ！　ほかのソノシートはかけないでよ！」

「きみが退屈なら」ヒックスは冷静に言った。「外に出ろ。あるいは屋敷に戻ってベッドに入れ。だがぼくが妥協してもいい。ぼくはソノシートをとりあえず八枚すべて聞くつもりだ。だが、最初の数行だけにしよう。さあ、椅子に戻って座るんだ。ぼくが望めば、きみを縛り上げられることはよくわかっているだろう」

ヘザーは一歩詰め寄ったが、ためらい、自分の椅子に戻って、荒々しく鼻で息をした。ヒックスは別のソノシートをスタートさせた。

「ヘザー、ぼくはきみを愛している。昨日の夜、このソノシートに吹き込むことを紙に書き留めた。ところが朝になって読み返したら、馬鹿馬鹿しくて、退屈で、だから破いてしまったんだ。ぼくはもう二度とできそうもない……」

「もう数行になったわ」ヘザーはぴしゃりと言った。

ヒックスはソノシートを取り出し、別のものをかけた。

「まったくもう、とにかく座って息を整えさせて！　わたしが遅れたのはわかっているわ。でもここにくるまでにとんでもない目に遭ったのよ。あんな渋滞見たことないわ……」

ヘザーが驚きの声をあげながら椅子を立つと、ヒックスはプレイヤーを止めた。クーパーは突然電流に貫かれたように棒立ちになり、口をあんぐり開けていた。

「マーサ！」ヘザーが叫んだ。「これはマーサよ！」

「そう？」ヒックスは静かに尋ねた。「それがなぜここに？　きみのラブレターの中に？」

「わからないわ！」ヘザーは机に駆け寄った。「わからない。それを見せて！　見せて……」

「だめだ、だめだ」ヒックスは触らせなかった。「きみの演技はみごとだ。だが……」

「演技なんてしていないわ！　これはトリックよ。あなたが持っていたんでしょう。あなたがここに……」

「いいから黙れ」ヒックスはそっけなく言った。「それによく考えろ。ソノシートは八枚あるときみは言った。ここには八枚ある。そしてこれはその中の一枚だ。きみはそれを全部持っていた。そこに何が吹き込まれているかは知りすぎるほど知っていた。きみはそれをすべて聞いたはずだ。それなのに今、きみは聞いてないふりをしている……」

「それは聞いていないわ！　一度もよ！　間違いなくマーサの声！　姉さんの声だわ！」

「きみはそれを、ほかのソノシートといっしょに小川に隠していた」

「違うわ！　それがそんなものだとは知らなかった——そんなもの持っていなかったわ——わたしはただあったものを……」

ヘザーはそこで口を噤み、ヒックスを見た。その目がさきほどまでと違っていることに彼は気づいた。

「ああ」ヘザーはあえぎ声を漏らした。

そして自分の脇にあった椅子にどさりと腰を下ろした。

「わたし……」ヘザーはごくりと息を呑み込んだ。「それは聞いたことがないのよ。何なのかも知らない。どうしてここにあるのかもわからないわ。お願い——それを聞かせて——最後まで」

ヒックスの目——ジュディス・ダンディが今までに見た中で一番賢いと表現した目——はヘザーの目を射るように見つめた。しばらくしても、ヘザーの目は揺らぐことなく彼の目を見返した。

「つまりきみは、それがここにあることを知らなかったんだね」ヒックスは優しく言った。

「ええ。知らなかったわ」

「ただし、まだ聞いていなかったのが一枚入っていたことは認めるんだね。それがどうしてここにある？」

「わたし……それは……」ヘザーは唇を噛んだ。

「きみは誤魔化すのがへただ」ヒックスは同情するように言った。「間違いなく、きみはそれがどうしてここにあるのか知っている。きみは今、頭を悩ませ始めているんだろう。きみの姉さんの声の吹き込まれたソノシートをなぜロス・ダンディが持っているのかと。そしてぼくも認めておこう。少しばかり考えないとわかりそうもないことを。少し推測させてくれ。ロスはこのソノシートをどうやってきみに渡していた？　ドアの下にそっと滑り込ませた？」

ヘザーは答えなかった。

「いずれにしてもぼくは答えを突き止めるつもりだ。ロスに尋ねようか？」

「やめて、そんな――」

「だったら話すんだ。包み隠さずにね。それはきみの枕の下に入っている？」

「いいえ。ラックに入っているの。オフィスのね。ほかのソノシートの間に」

「つまりきみがタイプすることになっている仕事用のソノシートの間に紛れているのを見つける、ということか？」

「ええ」

「そこに何が吹き込まれているかは、再生して初めてわかるということだね？」

「最初はわからなかったわ。最初の一、二回はね。でもロスのには記入がないの。それで記入がないのを見つけると、別によけておいてあとで聞くように――ただ興味があったから――誰もいないときに……」

「そうだろうとも。そしてこの一枚は一度も聞いていないと言うんだね?」

「それは最後の一枚よ。もらったばかりだった――ラックの中に」

「それはいつ? 今週?」

「水曜よ」ヘザーはためらった。「いいえ、火曜だわ。だって月曜の夜にジョージがきて、その翌日だった。だけどそんな気分じゃなくて――聞きたくなくて……それでそれをラックから抜くとほかのといっしょにしておいたの」

「どこに? きみの部屋に?」

「ええ。どこかに置かないわけにはいかないでしょう。壊すことのできないものだし、無造作に捨てるわけにもいかなかった」

「もちろん、そうだろう。だが、そうなると問題が起こる。ソノシートはずっときみの部屋にあった。小川もずっとここにある。なぜ急にそれを夜中の二時半に小川に隠そうと思い立ったんだ? それも今夜?」

「だって、思い立ってしまったから」

「なぜ?」

「だって、わたし――わたしがたまたまそう思い立ったから」

ヒックスは首を振った。「それは重要な点なんだ。ロスがヒントをくれるなら、彼に聞かないわけにはいかないかもしれない」

「だめよ」ヘザーは激しく抵抗した。「わたしが話せば、ロスには聞かないと約束したじゃない」

「ぼくは何も約束していない。だがとにかく、きみはぼくに何も話していない。たぶんこういうことじゃないか。ロスはきみにその中の一枚を返してくれと言った。そしてきみは持っていないふりをした。それを取っておいたことを認めたくなかったからだ。そして彼がそれをひどく欲しがっているのは確かだったので、返す方法を考えた。つまりそれを小川に隠してから、彼に自分がどこに捨てたかを教えるつもりだった。そうすれば彼は小川に行って取り戻せる。しかもきみがそれを取っておいたことをロスに知られずにすむ。そんなようなことだろう?」

「知ってたのね……」ヘザーは口をぽかんと開けて彼を見た。「ロスから聞いたのね。あなたはソノシートがあそこにあったことを知っていた……」

「いいや、知らなかった。一年に一度、ぼくの頭は働くんだ。ロスはどうしてその一枚を、それほど熱心に取り戻したがっているか説明したか?」

「いいえ」

「きみがそれを聞いたかどうか尋ねた?」

「いいえ。わたしは聞いていないわ。それにわたしは彼からもらったソノシートを一枚も聞いていないと言い張ったもの」

「そのソノシートに何が吹き込まれているかを、彼は教えてくれた?」

「いいえ。それにわたしには理解できないわ――マーサ! あれはマーサの声よ! それにあなたもそれを知っていた。知らなかったふりをする必要はないわ……」

ヘザーは立ち上がった。意を決したように唇を引き結んでいる。「一つだけ話しておくわ」彼女は言った。「わたしは真実を突き止めてみせる。あなたから何か教えてもらおうとは思わないわ。あなたはわたしのことを、せいぜい声の聞き取りをしてタイプを打つ程度のオツムしかないと思っているんだろうけど。でもロス・ダンディなら話してくれる。それも今すぐに！」

ヘザーはドアに向かって歩きだした。素足のヒックスが彼女を遮った。

「どいて！」

「少しだけ待つんだ」ヒックスはなだめるように言った。「頭が悪くないということは、きみが手に入れたものを使うということなんじゃないか。きみは本気でロスをベッドから引きずり出して、姉さんの声の吹き込まれたソノシートを、どこで手に入れたか説明させるつもりか？」

「もちろんよ！」

「ぼくは反対の理由を二つあげよう。一つ目は、きみはなぜこんな深夜に急にそれを発見したかをロスに言わなくてはならなくなる。それは少しばかり困ったことになるんじゃないか。きみは彼のラブレターを取っておいたことを今まで認めずにきたんだろう。二つ目は、そんなことをしたら、きみが自殺する可能性が五割を超える」

ヘザーは目を見張って彼を見た。「何をするですって？」

「自殺だ。そんなことをしたらきみはまもなく死ぬだろう」ヒックスは彼女と向き合い、両方の肘を摑んだ。「いいか、よく聞くんだ。ぼくはものすごく頭がいいというわけではないが、足したり、引いたりはできる。確かにぼくはそのソノシートについて、いくらか知っていた。

だが、それがどこにあるかは知らなかったし、それにほかにも曖昧にしか知らないことがいくつかあった。それは今もわかっていない。それをすべて知っているのはただ一人。そしてそいつがきみの姉さんを殺した犯人だ」

ヘザーは彼の顔を見つめた。その目に恐怖が浮かんでいることにヒックスは気づいた。

「いいや」ヒックスは言った。「それがロス・ダンディだとは言っていない。それが誰なのかはぼくにもわからない。それがジョージ・クーパーでないということではきみは正しかった。そしてもしもきみがそのソノシートのことを誰かに言ったら、きみが今週生き抜けるチャンスはわずかだと、ぼくが言ったことも正しいんだ。今ぼくに言えるのはそれだけだ。だが、これははっきり言っておく。そして同じことがクーパーにも言えるだろう」

ヘザーは言った。「そのことをもっと詳しく話してくれないと」

「話せるときがきたら話す。だが今はできないんだ」

「話して。ロス・ダンディがどうしてそれを手に入れたのか、わたしは知らなくてはならないのよ。それになぜそれを返してほしいのかも」

「きみは知ることになるさ」ヒックスは彼女の肘から手を放した。「それまでそのことを話すんじゃない。誰にも。それは危険だ」

「危険」ヘザーは言った。「危険ですって！」

「とても危険だ」ヒックスはうなずくと、濡れたソックスをかけておいた椅子へゆき、腰を下ろして片方のソックスを履いた。「クーパーもだ。できることならホワイトプレーンズの精神科で預かってくれるとありがたいんだが、ぼくといっしょにニューヨークに連れて帰ることになるだろう。ぼくは少し眠らないと。きみもだ。ソノシートもすべてぼくが預かった方がいい。またロスに訊かれたら、知らないと白《しら》を切り通すんだ。できるか？」

「ええ、たぶん……」

「たぶんではだめだ」ヒックスは二足目のソックスとの奮闘を中断して彼女を見た。「約束できるか？」

ヘザーは彼の目を見返した。

「約束するわ」彼女は言った。

12

ロサリオ・ガーシーは東二十九丁目八〇四の一階レストランの主であると同時にそのビル――といってもおそまつなビル――の所有者でもあった。八十七キロの体重に対して、身長は百六十八センチ。ディナープレートさながらの丸顔の持ち主で、友人や客からはたいていロージーと呼ばれている。金曜の午後一時、戸口に黒い人影が現れると、キッチンでパン生地をこねていたロージーは顔を上げた。

「おや、ミスター・ヒックス！　そいつはちゃんと動いたかい？」

「かなり快調だった」ヒックスは大きな木製のボックス型蓄音機をテーブルに下ろした。「ただ油は差しておいた方がいいな」

「調子はばっちりだと言っただろう」

「その通りだった、ありがとう。ところでロージー、これから出かけるんだが、ぼくの部屋にいる男は一日中寝ているかもしれない。ぼくたちが寝たのは六時だったんだ。彼が目を覚ましたら、何か食べさせてやってくれないか。ときどき上まで見にいけるなら……」

「わかった。贅肉を減らすとしよう」ロージーは一瞬天を見上げた。「マリアさま、どうか、わたしに食べるのをやめさせてください！　フランキーが学校から帰ったら、階段に座らせて様子を見させるよ」

「それはいい考えだ。だが、邪魔にならないように」

「誓うよ。ぜったいに邪魔させないと」ロージーは厳かな口調で言った。

ヒックスは歩道に出ると、「R・I・ダンディ&カンパニー」の所有する車に乗り込み、北に向かって車を発進させた。

蓄音機を下から借りてきたヒックスは、ロージーに出前してもらった仔牛のカツレツとスパゲッティとサラダを食べながら、ソノシートを何十回と聞いたあげく、その声がジュディス・ダンディのものか、マーサ・クーパーのものか決めるには、コインを投げるしかないという結論に達していた。

ソノシートを聞いていると、ジュディス・ダンディの声に思われた。だが、それは割り引いて考えざるを得ない。彼が聞いたマーサ・クーパーの声は、全部合わせても百語にも満たなかったからだ。しかもヘザーもクーパーも、即座に何のためらいもなく、マーサの声だと言ったのだ。

話の内容からも判断はつかなかった。会話の相手の声は間違いなくヴェイルのもので、ほとんどの声がはっきり聞き取れた。だが、女性の声は全体的に非常に低く、かすかに聞き取れる程度だった。それでも、自分が持参したものでヴェイルに喜んでもらえるなら嬉しいと彼女が言っているのは間違いなかった。そして彼はそれがカーボネイトのようなものだとわかればありがたいと答えてもいる。さらにヴェイルは二度〝ディック〟を話題にし、それはもちろんダンディのことだろう。それから最後に彼は金のことを口にし、彼女が持参したものを全部調べたら、もう一度会おうと言った。

その上ヴェイルは彼女をジュディスと呼んでいた。ということは、結論は出たのだろうか？いいや、ヒックスは断固として自分に言い聞かせた。自然の気まぐれによってジュディス・ダンディに驚くほど似ているもう一人の声を思い出してみると、今やもう二度と聞けないとしても、どんな結論も出せなかった。

ウェストサイド・ハイウェイを進み、ヘンリー・ハドソン・ブリッジを渡って広い大通りに出たとき、ヒックスはすべての結論を退けていた。

そしてホワイトプレーンズに到着すると、駐車スペースを見つけ、二ブロック歩いてウェストチェスター郡の裁判所へ向かった。地区検事オフィスの待合室には十人ほどの人が椅子に座っていたが、ここへくれば必ず出くわしそうなタイプの人々ばかりで、ヒックスは名前を伝えると、自分もその一人になった。それから十五分ほど、別の用事のことを考えながら出入りする人をぼんやり眺めていたヒックスは、ふいに立ち上がり、出て行こうとしていた男を摑まえた。

ヒックスは男の肘を摑んだ。

「ミスター・ブラガー。お急ぎでないなら、二、三分お時間をいただけませんか……」

「時間はありません」ブラガーはぴしゃりと言った。その目は怒りで飛び出していた。「この世界が馬鹿者で溢れていることを知っていますか？　もちろん、きみは知らないでしょう。きみもその一人ですからね！」

ブラガーは急ぎ足で立ち去った。

「天才か」ヒックスはつぶやいた。「だったら彼だけでも天才でいないと」

「A・ヒックス！」背中で声がした。それは裁判所以外ではけっして聞けない調子の声だった。振り向くと、自分のために扉が開けられているのが見え、ヒックスは扉を通り、中に足を踏み入れた。

廊下の端までくると、広々とした心地よいとさえいえる部屋に通された。それは一年半前に彼がたびたび訪れた部屋だった。中には男が三人いた。人を小馬鹿にしたような鼻をした青年は、テーブルに座り、ノートを開いていた。マニー・ベックは腰を上げず、灰色の小さな目をすがめて、挨拶とおぼしきうなり声を発した。地区検事のラルフ・コルベットは立ち上がり、自分の机越しに手を差し出して、ぽっちゃりした顔にいかにも人なつっこい笑顔を浮かべた。

「これは光栄だ！」彼は言った。「まったくもって光栄だ！　さあ、腰を下ろして！」

ヒックスは腰を下ろし、脚を組んで、きらりと光る目でコルベットの赤ん坊のような唇を見つめた。

「昨日はとんだ偶然だったな」コルベットは言った。

「何がです？」

「ミセス・ダンディの家でベックと鉢合わせしたことだ。ベックから話を聞いたときは、笑いが止まらなかったぞ。昨日、おまえは夫人を少ししか知らないと言っていた！　それなのに深夜ネグリジェ姿の夫人と密会していたとは！　まったく！　少しだけの知り合いでそれなら、懇意な仲だとどんなことになるんだ？　はっはっは」

「大したこと、ですかね」ヒックスは笑わずに言った。

「そうだろうとも。きみがそこにいた理由を何と説明したかはベックから聞いている。それにミセス・ダンディが昨日カトウナへは行っていないときみが保証したことも。きみはその言葉を撤回するためにここへきたんだろう？」

「いいえ、ぼくは取引をしにやってきました」

マニー・ベックはうなり声をあげ、椅子の中で身じろぎした。

「取引？」コルベットは尋ねた。

「ええ」

「誰の代理で？」

「ぼく自身の」

「しまった。おまえは何を手に入れた？」

「直感ですよ。何かを手に入れたかどうかはわかりません。ですが、クーパーを売ると言ったらいくらいただけます？」

ベックは声の調子を変えてうなった。

「クーパー？　被害者の夫の？　十セントだな」コルベットは言った。

「〝曲がった五セント〟に引き下げてくれ」ベックは歯をむきだして言った。

「どうしたんです？」ヒックスは驚いて尋ねた。「ぼくは遅すぎたんですか？　あなたがたはすでに彼を捕まえた？」

「いいや」コルベットは椅子を後ろに傾け、頭の後ろで両手を組んだ。「教えてやろう、ヒックス。昨日も言ったが、おまえとまわりくどい話をするほどわたしは馬鹿じゃない。クーパーが自分の妻を殺していないことを、おまえはわたしと同じくらい知っているんだな。わたしがどうして知ったかというと、まずクーパーがニューヨークで、三時四十五分にタクシーに乗ったことを突き止めた。それからクロトンで四時に、ここホワイトプレーンズへの道を尋ねたこともわかった。そして五時十分、医師はミセス・クーパーが死後一時間であると告げた。以上からクーパーが犯人でないことをわたしは知った。さあ、今度はおまえの番だ。どうして知ったかを話すんだ」

「ぼくがどうして知ったか、と言ってるんですか？」

「そうだ」

「クーパーが犯人でないことを？」

「そうだ」

「そんなことを知っていたら、はるばるこんなところまでクーパーを売りにやってくるでしょうか？」

ベックは、速記者が間違いなく記録しなかった言葉を発した。

「いや、おまえならきっとやってくるだろう」コルベットはくすくす笑った。「それがおまえだからな。つまりそこが問題なんだ。おまえが本当に取引をしたいなら、本当に価値あるものを——たとえばメイン・ストリートの日の当たる場所の年間借用契約のようなもの——を手に入れたいなら、こちらが飛びつきたくなるようなものを差し出してくれないか？　たとえば殺人犯を」

「喜んで。彼の名前と住所を紙に書いてください……」

「ふざけてる」ベックは吐き捨てた。「コルベット、きみはヒックスがここへやってきた目的がわかっているはずだ。ヒックスは我々が何を手に入れたかを知りたかった。そして我々がまだクーパーを容疑者と思っているかどうかを。よし、わかった。ヒックスは今やそれを知った。ヒックス、ほかにも何か欲しいか？　タイムテーブルはどうだ？　ここにあるぞ」

ベックは机の上の書類をあちらこちらに動かし、一枚の紙を探し出した。「ここにタイムテーブルがある。コピーが欲しいか？　『二時四十五分、マーサ・クーパー屋敷に到着。二時五十分、ヒックス到着。二時五十八分、ヒックス、ロス・ダンディと小川にかかる橋で出会う。三時五分、ヒックス研究所に到着。三時二分、ロス屋敷に到着。三時十五分、ミセス・パウエル村まで買い物に出かける。三時五十分、R・I・ダンディ屋敷に到着』などなどだ。コピーが欲しい？」

「いいえ、結構です。そういったことはぼくを混乱させるだけですから」

「わたしもだ」コルベットは非難するようにベックを見た。「マニー、きみの皮肉な態度はよくないぞ。まだヒックスが共犯者だと疑う理由は何一つないんだ。容疑があるとしたら司法妨害だけで。しかも今、我々が確信できるのは、彼が我々より事件の当事者たちのことをはるかに知っているということだけだ。彼はあの女性がなぜ殺されたのかもほぼ確信しているに違いない。そしてたぶん彼女を殺したのが誰なのかも」

コルベットは愛想よくヒックスに話しかけた。「当然ながら、今朝クーパーを犯人でないと容疑者リストから外すとすぐに、我々はほかの全員をリストに載せた。たとえば、おまえとあの娘とブラガーの三重のアリバイも考慮する」

「そのアリバイを信じるんですか?」ヒックスは微笑んだ。「ぼくはそのアリバイが大好きで、後生大事にしているんです。三つと言えば、ぼくが知っているとあなたがたが確信しているその三つのことですが、ぼくが知っている確率はゼロですよ。ぼくは何も知りません」

ベックは嘲るようにうなり声をあげた。コルベットははっはっはっはっと笑い、それから赤ん坊のような唇を引き結んだ。

「率直に言いますが」ヒックスは言った。「もちろん、ぼくはダンディのビジネスに関してはいろいろ知っています。彼に頼まれて秘密の仕事をしているのですから。しかし、ダンディを含めた彼の一家とマーサ・クーパーとの関係は、闇の中を手探りしている状態です。だからぼくはここへやってきました。この先事件が解決するまでに、ぼくが少しはお役に立てるかもしれないし、あなたがたにとってもマーサ・クーパーのことで突き止めた情報を、ぼくに教えるのは得策かもしれないと思ったんです」

「たわけたことを!」ベックは鼻を鳴らした。「厚かましいやつだ。だったらおまえも情報を出せ！　何としても出してみろ！」

「きみは気づいているな」コルベットは言った。「わたしがどんな情報もおまえに話せと強要していないことを」

「ええ。ありがとうございます」

「どういたしまして。わたしはエネルギーを無駄にしたくないんでね。だが、ひと言だけ言っておこう。おまえはすでに弁護士ではない。事態が悪化したら、弁護士のときのように秘密の会話をするわけにはいかなくなるぞ。それからわたしは、この国の検事としての義務を全うしておきたい。完璧に。だから記録に残せるよう、おまえに一つだけ質問しておいた方がよさそうだ。おまえはマーサ・クーパーの殺人に関して、まだわたしに話していない何らかの情報を持っているのか？　機会、動機、殺人者の名前、いずれに関してでも構わない」

「はい」ヒックスは言った。

コルベットは驚いた顔をした。「はい？　持っているのか？」

「もちろん」ヒックスは腰を上げ、机に置いてあった自分の帽子を摑んだ。「ぼくは知っています。マーサの声がコントラルトではなくソプラノだったら……」戸口に進んだ彼はドアのところで振り返った。「殺されていなかったことを」

ベックはコルベットに言った。「こいつのいまいましいアリバイを崩せるなら、わたしは一年分の給料を投げ打っても構わない」

もともとヒックスは、裁判所をあとにしたらカトウナへ向かうつもりでいた。とにかくヘザーが自分との約束を守っているかどうか確かめたかったのだ。だが、クーパーが犯人でないとわかった今、さっさと彼を追い出したかったし、追い出す前に話もしておきたかった。ヘザーの話によると、姉のマーサはブラガーともヴェイルともダンディ一家とも面識がなかったし、ダンディの会社や「リパブリック・プロダクツ」の関係者にも知り合いはいないということだった。だがそんなはずはない、とヒックスは思い至っていた。それは見逃していた手がかりで、その手がかりを探るにはまずジョージ・クーパーに当たるのが一番だと思ったのだ。

二十九丁目の住所の前で車を停めたとき、ダッシュボードの時計は四時数分前を指していた。ヒックスは部屋に上がる前にレストランに飛び込み、キッチンにいる主を見つけた。

「問題はなかったかい、ロージー？　まだ彼に食事は運んでいない？」

「万事間違いなしさ」ロージーは答えた。「あいつは王様みたいに給仕してもらったよ。自分の部屋で。コーヒーをよく飲む男だよ、あいつは。それから上にもう一人男の客がきている」

「何だって！　クーパーといっしょにいるのか？　あんたはそいつを上に……」

「まさか。あいつとはいっしょにしていないさ。その男はきみに会いにきたんだ。だからうちのレストランに招待した。悪くない場所だろう。汚くもないし。だが、彼は上で待つと言い張った。もしもあの男が、椅子を持ってきてもらえるとわたしに期待しているのだとしたら……」

ロージーはそこで言葉を切った。聞き手が消えたからだ。ヒックスは階段の入り口に駆け寄ると、階段を二階分上った。訪問者が誰かは心の中で予想していた。だが、予想は外れた。訪問者はロス・ダンディではなかったのだ。上の廊下、ヒックスの部屋の前で待っていた男はロス・ダンディよりも大柄で、年上で、肉付きがよかった。そしてヒックスが踊り場に近づくと、向こうもヒックスに気づいた。それはジェームズ・ヴェイル、「リパブリック・プロダクツ・コーポレーション」の社長だった。

13

「ぼくを待っていたんですか?」ヒックスは尋ねた。

ヴェイルはそうだ、と答えた。

ヒックスは彼の正面に立つと、全身にさっと目をやった。ヴェイルの肉体としての実体には、心打たれるものが何一つなかった。気品というものがかけらもないのだ。無神経そうな幅広の鼻と、狡猾そうな冷たい目と、身勝手そうな細い唇を見ていると全身に虫酸《むしず》が走った。面倒なことになる前に襟首を摑んで、階下に投げ捨てたい衝動にかられ、ヒックスはわなわなと指を震わせた。だが何とか自分を抑え、部屋のドアの鍵を開けてヴェイルを招じ入れ、居心地のよい椅子を勧め、自分は彼と向き合うようにぐるりと回した別の椅子に座った。

「きみに電話しようとした」ヴェイルは言った。「だが、きみは電話を持っていないようだ」

「ええ。持っていると電話がかかってきますからね。それにコストもかかりすぎます」

ヴェイルの唇が歪んだのは、微笑もうとしたかららしい。「わたしは今朝、友人のクラウチ警視にきみのことを訊きにいった。そしてきみがとてもおもしろい人間だということを教えてもらった」

「あなたは」ヒックスは答えた。「そんなことを言うためにわざわざ訪ねてきたわけではありませんよね」

「ああ、もちろんだ。昨日きみがわたしのオフィスを訪ねてきた目的を訊きたくてなってね」

「ミセス・ダンディがあなたのオフィスを訪ねたことがあるかどうかを知りたかったんです。もしも訪ねたことがあるなら、いつ、そして何度くらいかを。それだけですか?」

「わかった」ヴェイルは椅子の背にもたれ、両方の親指をベストのポケットに突っ込んだ。「だったらきみは彼女に頼まれたわけではなく、ダンディのために仕事をしているんだな」

ヒックスは答えなかった。

「そうなんだろう?」

「別の質問をしてください」ヒックスは提案した。「誰がぼくのソックスを繕っているのかとか」

ヴェイルは顔をしかめた。「今わたしがしようとしているのは」落ち着き払って言う。「お互いの信頼関係を築くことだ。わたしたちはお互いの利益のために話し合うことができるかもしれない。だが、まずは信頼関係を築くべきだ。わたしは率直に話し合う用意がある。たとえば、きみはこの話に興味を惹かれるだろうか? 昨日の午後、ミセス・ダンディはわたしのオフィスを訪ねてきた」

「あまり」

「興味を惹かれない?」

「あまり」ヒックスはもどかしげに手振りをつけた。「信頼関係のことは忘れて、お互いの利益を考えましょう。ぼくが持っているものであなたが欲しいものは何ですか？」

「きみには知能がある。わたしの友人の警視によると、たぐい稀《まれ》な知能だと」

「あなたには差し上げられません。手放す気はないので」

「きみの知能が欲しいわけじゃない。わたしは自分の知能で充分満足している。きみに、きみ自身の知能を使ってもらいたいだけだ」ヴェイルは親指をポケットから抜き、掌を膝に載せて身を乗り出した。「それからダンディにも、まだ残っているなら自分の知能を使うよう説得してもらいたい。残っているとは思えないがね。わたしは事実をありのままに述べようと思う。二年以上前になるが、ダンディはわたしによそよそしい態度を取るようになった。かなりの時間をかけて、ようやく理由がわかった。わたしがダンディの製法を盗んだと彼は思い込んでいたんだ。わたしは濡れ衣だと説明したが、彼は聞く耳を持たなかった。もちろん、科学研究の分野では、得てして偶然が続けざまに起こるものだ。そして我々が携わっているような特殊分野では、とりわけそういったことが起こりがちだ。ダンディもそのことを理解すべき、いや、じつは理解しているんだろう。だが、どういうわけかそんな妄想を抱いてしまったんだな。しかし、昨日まではその妄想が、強迫観念になっているとは気づきもしなかった。ダンディの奥さんの話によると、彼女が夫の秘密の製法をわたしに売ったという、途方もない考えに取り憑かれているらしい。馬鹿馬鹿しい話だ。馬鹿馬鹿しいとしか言いようがない」

ヒックスは鼻の脇を擦っただけで何ら意見を述べなかった。

「おい、聞いているのか?」ヴェイルは尋ねた。

「えっ、何でしたっけ」

「ダンディの奥さんからわたしが製法を買い取っていたというダンディの疑いは、馬鹿馬鹿しいと言っているんだ。ダンディはどうしてそんなことを考えた? 何か証拠でもあるのか?」

「ぼくは知りません」

「証拠なんてないんだ。あるはずがない」

「だったらダンディは証拠なんて持っていないんでしょう」

「昨日きみはそれを見つけようとわたしのオフィスを訪ねた。そうだろう?」

「馬鹿な」ヒックスは吐き捨てるように言った。「あなたは事務所に証拠を残すほど愚か者ですか? 確かにぼくたちには信頼関係が必要なようです。とにかくぼくから何か聞き出そうとここにやってきた振りをするのはやめてください。ここは幼稚園じゃないんです。ひょっとすると、あなたは次第に筋道の通った話に持っていこうとしているのかもしれません。ですが、あなたがここへやってきた理由をぼくはすでに知っています。あなたは心底恐くなったんでしょう」

微笑みに取って代わった表情がヴェイルの唇を歪めた。「恐い? これは驚いた。ディック・ダンディが? それともきみが?」

「誰を恐がっているのかはわかりません。ですが何についてかはわかります。殺人です」

ヴェイルの眉が吊り上がった。「殺人?」続いて彼があげた声は、明らかに鼻で笑おうとしたものだった。「わたしが殺されるのを恐れていると言いたいのか？　ダンディに？」

「いいえ。殺人はすでに起こっています」

「わたしの身には起こっていない。わたしはまったくの無傷だ」

「マーサ・クーパーは無傷ではありません」

「マーサ・クーパー？　何のことだ……」ヴェイルはそこで言葉を切り、唇を湿らせた。「ああ！　あの女性の名前か。カトウナ近くのダンディの屋敷で夫に殺された。そうだろう？　マーサ・クーパー？　そう、今朝の朝刊で見たんだ。教えてもらえるかな？　その事件とわたしが関係があるという妙な考えはどこで仕入れてきた？」

「ここに座ってあなたを見ているうちに、ちょっと思いついたんです。試してみたくなったんですよ。昨日からあなたを変える何かが起こったはずですからね。あのときあなたはぼくに出て行けと命じた。それなのに今は、わざわざ警察の友人を訪ねてぼくについて尋ね、住所を聞き出して、はるばるスラム街のぼくの部屋まで訪ねてきた。それも科学研究における偶然だと、おっしゃるつもりですか？」

ヒックスはヴェイルに微笑みかけた。

「わたしは」ヴェイルは辛辣な口調で言った。「クラウチ警視のきみの知能に関する意見に異議を唱えたくなった」

「あなたは賢い人だ。クラウチは大げさに言う癖があるんです」

「きみの知能が期待通りでなくて残念だ」ヴェイルは後ろにもたれ、再び親指をポケットに突っ込んだ。「なぜなら、これは保証してもいいが、わたしがここへやってきたのは恐怖からではない。昨日は癇癪を起こしてきみを追い返してしまった。後悔しているんだ。ダンディの抱いているくだらない疑いには悩まされてきたし、彼は話し合いにも応じようとしなかった。だからきみが話し合いの場を与えてくれるなら、そんなチャンスを逃す手はないと思った。それでわたしはきみに会いにきた。だが、きみが殺人がどうのこうのと馬鹿げたことを言いだす気なら……」

「そのことは忘れてください」ヒックスは手を振るしぐさをした。「ぼくはときどきそういった発作を起こすんです」

「だったら発作を起こさないよう気をつけるんだな。こういう状況では、わたしが言おうとしていた提案など役に立たないかもしれないが……」

「あなたのお好きなように」

「だが、それで誰かが傷つくわけではない。どうだろう、うちの研究部門の主任であるドクター・ロリンズに会ってみないか。彼は記録を開示し、過去二年間の新しい研究は、もちろん、カーボネイトも含めて——この名前を挙げたのは、ダンディが製法を盗まれたと騒いでいるのがこれのことだとわかっているからだ——すべてうちの研究所で独自に開発されたものであると説明するだろう。きみにはそれを残らず調べる許可を与えよう。そうすればわたしの主張の正しさをわかってもらえるだろうし、きみからダンディを説得してもらえるはずだ。まだダンディに正気が残っていれば、だが」

「それはいい考えかもしれませんね。もしもぼくが……」

「ちょっと待て」ヴェイルは掌をゆっくりとこすりあわせた。「わたしはこの件で誰にも迷惑をかけたくない。しかしこの申し出を受けると、きみは不利益を被ることになるはずだ。ダンディから請け負った調査を続ければ数カ月かかるかもしれないし、もちろん、料金も気前よく払ってもらっているのだろう。一方、きみがわたしの申し出を受ければ、調査は数日で終わってしまうはずだ。きみに犠牲になってくれとは言えない。この件が解決したら、きみが受けた損失の埋め合わせをしよう。いや、きみにもっとも満足してもらえる取り決めは、前金で一定の金額を払うことかもしれないな。たとえば現金で一万ドルでは?」

ヒックスは考えているようだった。「二十ドル紙幣で?」

「きみの好きなように」ヴェイルは唇を湿らせた。「この取引のことはもちろん、内密に」

「ぼくは警告しましたよね。クラウチは大げさに言う癖があると」

ヴェイルはその言葉を手で払いのけた。「それから早く終わらせるに越したことはない。昨日のミセス・ダンディの訪問は不愉快だった。じつに不愉快だった。明日の朝、工場で渡すということでどうだ? わたしが案内して、ドクター・ロリンズに引き合わせよう……」

ドアがさっと開き、ヒックスが立ち上がる間もなくジョージ・クーパーが三歩中に入っていた。クーパーは二人の男の顔を交互に見て、それからヒックスに視線を据えた。

「ぼくの帽子はどこだ?」彼は訊いた。

立ち上がったヒックスは、一目でジョージ・クーパーが別人になっていることに気づいた。

それは完全に自分を取り戻した正気のクーパーだった。その目は今も血走り、腫れてはいたが、完全に焦点が定まっていた。

「きみは帽子をかぶっていなかった」ヒックスは言った。「陛下のレストランでぼくを待っていてくれないか。数分で降りられるだろうから、そうしたら……」

「ぼくは帽子なしでやっていける」クーパーが遮った。友好的な口調ではなかった。「それにきみなしでもやっていける。だが、あのソノシートは欲しい。それも今すぐに」

「何のソノシートだ？」

「ぼくの妻の声が録音されているやつだ。出だしはこうだ。『まったくもう、とにかく座って息を整えさせて！　わたしが遅れたのはわかっているわ。でもここにくるまでにとんでもない目に遭ったのよ。あんな渋滞見たことないわ』そうなふうに始まるんだ……」

「きみは夢を見ているんだ」ヒックスはそっけなく言った。

「いや、もう夢は覚めた」

「だったら、頭がおかしいんだ。確かに帽子ならぼくがくすねた可能性はある。だが、きみの奥さんの声の入ったソノシートをぼくがくすねる理由があるのか？　どこで、どうやって盗んだ？」

「きみは嘘をついている」クーパーはそう言ったものの、確信はなさそうだった。

「今はついていない」ヒックスは彼に歩み寄り、腕を摑んだ。「いいか、きみは幻を見たんだ。忠告しておくが……」

「忠告なんていらない」クーパーは腕を振り解いた。「それから言っておくが、ぼくは何が起こったかわかっている。わかっていないとは思わないでくれ。事態はまだ解決していないが、ぼくが解決してみせる。これからあの屋敷に行って、解決するんだ」彼は思いつめたように顔をしかめた。「たとえそれがこの世でする最後のことになっても。おそらくそうなるだろう」

クーパーは踵を返し、出ていった。ヒックスは戸口で立ち止まり、階段を降りていく彼の頭が見えなくなるまで見送ってからドアを閉め、自分の椅子に戻った。ヴェイルに目を向けると、ぎゅっと狭められた瞼から覗く目が小さな無色のビーズ――警戒心の強い、悪意のある豚の目になっていた。

ヒックスは優しく尋ねた。「彼を知っているんですね?」

ヴェイルはほんの少しだけ首を横に振った。「いいや。だが、誰かはわかる。新聞で写真を見たからな」

「ああ、もちろん、そうでしたね」

「きみのところでは日常茶飯事なのか? 殺人犯が立ち寄って、自分の帽子はどこかと聞くことは?」

ヒックスは微笑んだ。「いまどきそんなジョークはやりませんよ。あのかわいそうな男は頭がおかしくなっているんです。妻の声が吹き込まれたソノシート! 頭のおかしいやつにはかないませんね」

「わたしも少しおかしくなっているようだ。彼は警察から追われているんだろう。それなのにきみは引き止めようとしなかった」

「あなたもですよ」ヒックスは微笑んだ。「ですがおそらく彼の下取り価格は大暴落していま す。苦労して引き止める価値はありません。彼が部屋に飛び込んできたときに、あなたから提示された申し出とは比べ物になりませんよ。わたしはその提案を受け入れられたらよかったのにと思います。ええ、本当に」

「受け入れるだけの分別が、きみにはあるとわたしは信じている」

「残念ながら、ぼくにはありません」ヒックスは微笑み続けた。「もしもあなたがぼくのことをもっとよく知っていたら、あなたはそろそろ帰り仕度をするはずです。じつはある考えがぼくの胸に落ちるまでにはしばらく時間がかかるんです。そして胸に落ちると、たとえばあと三十秒もすると、あなたがずうずうしくもたった一万ドルというはした金でぼくを買おうとしたという考えは、五臓六腑に染み渡ってゆくでしょう。そうなったら、ぼくはあなたを殺しますよ」微笑みは消え、ヒックスの目はぎらついていた。「ぼくのことをもっと知っていれば、あなたもそのことには気づいていたんでしょうが」

「わたしはただ申し出ているだけで……」

ヒックスは立ち上がった。

「ビジネスの取引をしようと……」

ヒックスは足を踏み出した。

公平に言えば、ヴェイルの辞去は逃走というよりは、秩序ある撤退だった。迅速ではあったものの、慌てふためくことなく、帽子を手に取り、ドアを開けて出ていった。

ヒックスは再びドアを閉めると、窓辺に歩み寄って頭を突き出し、通りの左右を見下ろした。クーパーの姿はどこにもなかった。まもなく歩道にヴェイルが現れ、二番街の方角に大股で歩いていった。決意に満ちた、目的を持った足取りだった。

「健康で幸せな男」ヒックスはつぶやいた。「彼には傷一つ負わせなかった。ぼくも成長したものだ。突然切れたりしなくなった」

ヒックスは窓を離れ、箪笥に行って一番下の引き出しを開けた。パジャマの山の下からソノシートを取り出し、枚数を数えると八枚あった。そのうちの一枚の中心近くの上部には、購入したてのポケットナイフでVの字が刻みつけられている。ヒックスは壁のホックにかけられた帽子を手にしてレストランへ降り、ロサリオに紙と紐を貰って小包を作った。

「あいつ、出て行ったぞ」ロサリオは言った。「知っているのか？」

「ああ、知っている。お代はいくらだ？」

「おまえさんに借りはないよ。あいつが払っていった」

「こしゃくなやつだ」

「それにあいつが受け取らなかったんで、釣りの八十セントが残っている」

「それはあんたのだ」

ロサリオは銀貨をポケットに落とすと、店を見回して誰もいないのを確認してからしわがれ声で囁いた。「新聞であいつの写真を見たぞ」

「そうか。だったらあいつはあまり遠くまで行けないな」ヒックスは紐を結び、小包に入れなかったソノシートにVの字があることをもう一度確認して、小包をロサリオに渡した。「これをどこか安全な場所に隠しておいてくれないか？」

「喜んで」

「あんたは大きな男だよ、ロージー。何一つ質問しない。大きな男だ」

「大きさは充分だが、太りすぎが玉に瑕《きず》だな。天にまします神さま、どうかわたしの大食いをやめさせてください！」

ヒックスはレストランをあとにし、縁石に寄せて停めておいたダンディの社用車に乗り込んだ。二番街の角で車を停め、ニューススタンドで夕刊を買い、それを折り畳んでその間にソノシートを滑り込ませる。それから三十一丁目まで行ってドラッグストアの前で車を停め、中に入り、電話ボックスを探した。カトウナのダンディの番号を回すとヘザー・グラッドが出た。

「ヒックスだ。大丈夫か？」

「あら、わたしなら元気よ」

「今、どこにいる。屋敷？」

「いいえ、オフィスよ。仕事でも片づけようと思って。じっとしていられないのよ。あなたはどこに……」

「周りに警官はいる？」

「いないと思うわ。警官のうち二人は一時間ほど前に帰っていったし……」

「そうか。だったら、これから少しきみに練習してもらいたいことがある。頭の体操だ。警官が屋敷で内線を聞いているかもしれないし、盗聴されている可能性もある。だとしたら、きみの個人的な話を聞かせる必要はない。あと一時間かそこらできみのところに訪問者がやってくる。きみのラブレターを読んだときにいっしょにいた紳士だ。彼はすでに霧を抜け出し、事態を解決しようとしている。そんな力量もないというのに、だ。何より、ラブレターでなかった例のものについて知りたがるだろう。彼には夢を見たんだろうと言っておいた。きみもそう言ってくれ。きみはぜったいに誰とも何も話してはいけない。ぼくとの約束は守っているだろうね？」

沈黙。

「守っているか？」

「ええ。でも返してほしいわ、あの……」

「だめだ。三級レベルの知能で理解できるような言葉を使っては。きみは今危険に晒されている。きみの命が危険に晒されているんだ。あとでぼくもそちらへ行く。あるいは電話をかけることになるかもしれない。一人で出歩くなよ。きみがニューヨークへきてもいいが……」

「馬鹿なこと言わないで。わたしを危険な目に遭わせる理由のある人なんて一人もいないわ」

ヘザーは嘲るように言った。「でも彼がきたら、警官が……」

「そのことは忘れていい。彼の疑いは晴れたんだ」

「どうして知っているの……」

「ぼくは何でも知っているってことさ。ある程度までは。ぼくから電話があるまではいい子にして、余計なことをするんじゃないぞ。それから水をたくさん飲んで、足を暖かくするようにに」

ヒックスは電話を切り、別の番号を回した。今度の会話はかなり短かった。彼が話したいとメイドに頼んだのはミセス・ダンディだった。しばらく待つと彼女の声が聞こえた。

「ヒックスです。今からおたくを訪ねます。あと十五分でそちらに……」

「あら、どうかしら……」彼女はためらった。「夫がここにきているのよ」

「なんですって！　ご主人を引き止めておいてください！　十五分で行きますから」

14

それはとうてい幸福な家族の光景とは呼べなかった。

生まれつき服装や身だしなみに無頓着な男が、それでもなお、かなり魅力的なことはありうるし、実際、そういった例はときどき見受けられるが、普段から髪をきちんと撫でつけ、髭をきれいに剃り、寸分の隙もない服装をしている男が一瞬でもだらしなくすると、その落差には目を覆いたくなるものだ。そのとき、妻の化粧室のルイ十五世様式の椅子に腰を下ろしたR・I・ダンディはまさにその典型――浮浪者とまでは言わないまでも、しばらく野外生活を送ってきた男のようだった。それとは対照的に妻の方は、目の下に隈を作り、肩を落としてはいたが、優雅さや撥剌さは失っておらず、上品な装飾や家具に囲まれても何の違和感もなかった。

ヒックスが部屋に通されると、夫人は立ち上がって握手を求め、ダンディは椅子に座ったままで握手しようとはしなかった。椅子を勧められたヒックスは、ミセス・ダンディが腰を下ろしてから自分も腰を下ろした。膝には二つ折りにしただけ――新聞を持ち歩くときの通常の折り方ではない――の新聞が載っていた。

「きみは昨晩、ここへやってきたそうだね」ダンディは苛立ちながら言った。

ヒックスはうなずいた。「ぼくはあなたの奥さんの依頼で仕事をしているので」

「きみは相手が誰でも、どんなにつまらない仕事でも引き受けるらしい」ダンディの口調は皮肉めいていた。「妻でもわたしでも、誰かれ構わずにな。わたしがここへやってきたのは、妻をこのごたごたに巻き込ませないようにするためだ。妻はわたしを裏切った上に、わたしが人生をかけて築いたビジネスを半ば台無しにした。だが、まだわたしの姓を名乗っている。とにかくわたしはあの馬鹿げた殺人事件に妻を巻き込みたくないんだ！」

「ぼくは奥さんを巻き込もうとなんてしていませんよ」ヒックスは穏やかな口調で言った。

「巻き込んでいるのも同然じゃないか！」ダンディの口から唾が飛び出した。「失礼」彼は苦々しく言った。「わたしは唾まで飛ばしている！　とにかくきみは妻に忠告したそうだな。昨日は屋敷へ行っていないと刑事に答えるようにと。そうだな！」

「ディック、あなたは頭がおかしいのよ」夫人は静かに言った。「わたしが行っていないと答えたのは、それが真実だからよ。これは本気で言うけれど、あなたは頭がおかしいのよ」

「わたしの頭がおかしい。ああ、おかしいとも！」ダンディの唇が震えた。「きみの言う通りだ！」

「たとえあなたの頭がおかしいのだとしても」ヒックスは割って入った。「あなたにはあることを解明する手助けをしてもらえるかもしれません。少し落ちついてください。あなたはどうしてそんなに確信しているんです？　奥さんが昨日屋敷を訪ねたことを」

「わたしは妻と話したんだ！」

「まさか」

「馬鹿馬鹿しいにもほどがあるわ」ミセス・ダンディは言った。「あの刑事も昨日の夜同じことを言っていたわ。わたしが話しているのをロスが聞いたと。もちろん、聞いているはずないわ」

ヒックスはダンディの顔を見つめた。「あなたの最大の欠点は、すぐに頭に血が上る、ということですね。バルブを取りつけた方がいいですよ。かっとなると、自分以外の全員が愚か者に見えてしまうんじゃないですか。ですが、ぼくは愚か者ではありません。警察があの殺人事件にあなたの奥さんを巻き込もうとしているのは、クーパーが、つまり被害者の夫が犯人でないことがわかったからです。さらに警察はあなたの奥さんの嘘を見破ったと思っています」

「あの刑事は今朝もやってきたわ」ミセス・ダンディは言った。

「これからもしょっちゅうやってきますよ。ぼくの知るかぎり、警察に嘘をついたのがあなたとぼくだけである以上は」ヒックスはダンディを見ていた。「ぼくが自分を守るために本当のことを話すと言ったら、あなたはどうします？　困りませんか？　教えてください。ロスが母親の声を聞いたのはどこでした？」

ダンディは顔をしかめ、唇をぎゅっと引き結んでから、言葉を発せられる程度に開き、「テラスだ」と言った。

「それは何時頃？」

「三時頃だ。ちょうど研究所から屋敷に戻ったところで。きみと橋のそばで会ったすぐあとだ」

「その声はどこから聞こえました?」

「開け放たれた窓越しに。居間の中から」

「ロスは中に入らなかった?」

「ああ。屋敷の裏に回り、奥の階段を使って自分の部屋へ上がった。息子はあのとき自分の母親と顔を合わせたくなかった。わたしが自分と話をしにやってくるのを知っていたから、まずはわたしと話したいと思っていたんだ。つまりわたしがジュディスといっしょにやってきたのだと息子は考えたんだ。ところがしばらくすると窓越しに、車でやってくるわたしを見つけ、母親はきみといっしょにきたのだと考えた。息子は窓からわたしを呼び、わたしは息子の部屋へ上がった。そして二人で話をしたが、息子は母親がきていることを言わなかった。わたしが研究所へ向かうと、息子は階下に下りて母親と会おうとしたが、見つからなかった。もちろん、ジュディスはきみといっしょに屋敷へ行った。そしてわたしが車でやってきたのを見ると、一人で帰ったんだ」

「そうですか。ということは、ロスはそれからテラスへ向かったのですか?」

「いいや。屋敷には誰もいなかった。ミセス・パウェルは村に出かけていたし、ロスは彼女を呼んでみたが、返事はなかった」

「息子さんは居間の窓越しに母親の声を聞いたとき、何を耳にしたのですか?」

「彼女は言ったそうだ。『だったら、あなたをここで待っているわ』と」

「それだけ?」

「それだけだ。それからロスは母親が電話を切る音を聞き、テラスに出てくるかもしれないと思い、いそいで立ち去った」ダンディはヒックスを睨んでいた。「その後、女性が殺されているのが見つかり、ロスは心配になった。それであの大馬鹿者はこの家に電話をかけ、向こうの屋敷にきていたかと母親に尋ねた。だが、そのとき盗聴されていることに気づいたというわけだ。それなのに刑事がこの家にやってくると、きみとジュディスは屋敷には行っていないと答えたものだから、事態をいっそう悪化させた。ジュディスはきみといっしょに屋敷へ行き、一人で戻ったのだと認めるべきだった。殺人事件の捜査で嘘をつくなんてもってのほかだ。まったく、ジュディスに期待するのは無理でも、きみにはもっと分別ある行動を取ってもらいたかったぞ！」

「ということは、あなたもロスも夫人があの屋敷にいたということを確信しているんですね？」

「もちろんだ！」

「窓越しにほんのひと声聞いたから？」

「息子は母親の声を誰よりも知っている、そうだろう？」

「息子さんは知っていると考えたのだとわたしは推測します」ヒックスの目がきらりと光った。「そして息子さんが聞き違いをしたと決めてかかるよりは――それはあり得ないことではありません――わたしばかりか夫人も嘘をついているとあなたは思いたいのですね？」

「妻はずっとわたしに嘘をついてきた」ダンディは苦々しく言った。「偽りの生活を送ってきたんだ！」

「夫に道理を説くことなんてできないわ」ジュディス・ダンディはうんざりしたように言った。「やるだけ無駄よ。夫は頭がおかしくなったの、それも完全に。そうでないとしたら、わたしには信じられないことが起こっているのかも――夫がわたしと別れたいとか……」

夫と妻は睨み合った。それは結婚生活の折に触れて小さな衝突を繰り返しながら四半世紀を過ごしたあげく、一発の爆弾によって、会話も意思の疎通も拒絶するようになった夫婦にしかできない睨み合いだった。

ヒックスは言った。「その件はとりあえず保留にしておいてください。ぼくは今からもっとおもしろい、そしてもっと役に立つであろうことをしたいんです。こちらにはレコードプレイヤーがありますか？」

二人の視線が彼に向けられた。

「何？」ジュディスは驚いて聞き返した。

「レコードプレイヤーですよ。お二人に聞いてもらいたいものがあるんです」ヒックスは新聞の間からソノシートを取り出した。「これを聞いていただければ……」

「それは何だ？」ダンディが立ち上がり、手を伸ばして詰め寄った。「それを見せろ！」

ヒックスはその手を払いのけた。ジュディスも立ち上がった。「それは……」そこで口を噤み、部屋の家具と調和するようにデザインされた、壁際の大きなコンソール型キャビネットへ行って、蓋を開けた。「このラジオにはレコードプレイヤーがついているのよ。いいこと……」

夫人はダイアルを回した。「これが音量調整、これが電波選別装置《チューナー》」そしてヒックスに場所を空けた。ヒックスはソノシートを所定の位置に載せてスイッチを回し、ピックアップ・アームが自動的に動くのを確認すると、キャビネットに寄りかかった。ラウドスピーカーから声が聞こえてきた。

「まったくもう、とにかく座って息を整えさせて！　わたしが遅れたことはわかっているわ。でも……」

「なんてことだ！」ダンディが声をあげた。「それだ！　どこに……」

「邪魔しないでください」ヒックスはぴしゃりと言った。「奥さんも聞きたいでしょう」ジュディス・ダンディはキャビネットから三歩離れたところで、プレイヤーと向き合い、ラウドスピーカーの有孔板を見つめながら、身じろぎ一つせずに立っていた。ヒックスは彼女の顔を見つめていた。再生が始まる前は、興味津々だが、少し馬鹿にしているといった表情だったが、ジミー・ヴェイルの最初の声を聞いたとたん、目を丸くして口をぽかんと開けた。それから顎を上に向け、唇を開けたまま再び体を強張らせると、あとは微動だにせず立っていた。自動のスイッチがかちりと鳴り、丸いソノシートは回転を止めた。

ダンディの心の動きははっきり見て取れた。腰を下ろし、催眠術でもかけられたように妻の後頭部を見ていた彼は、興奮してもいなかったし、勝ち誇ったようでもなかったが、最後通告でも言い渡すような口調で言った。

「これだ、これなんだ」ダンディはヒックスを見、訊いた。「きみはこれをどこで手に入れた？　ブラガーからか？　それとも息子から？」そして再び妻を見る。「ぐうの音も出ないだろう。当然だ。きみに何が言える？」

ジュディスは答えなかった。ヒックスは彼女に向かって言った。

「それが昨晩お話しした証拠、ヴェイルのオフィスに据えられた盗聴器から録音されたものです。あなたはそれを――ご主人が持っていると言った証拠を手に入れるためにぼくを雇われました。これで任務は終了です。いかがです？」

ジュディス・ダンディはおもむろに歩きだした。慌てずゆっくり自分の椅子に戻り、腰を下ろして膝の上で手を組むと、夫をちらりとも見ずにヒックスに視線を向けた。その強張った声は震えていた。感情を抑えるための震えだった。

「ええ、あなたは手に入れてくれた」夫人は言った。「でもまだ任務終了ではないわ。わたしはかなりの財産を持っている。あなたにそれをあげるわ。一部でも全部でも、好きなだけ。どうやってその卑劣なトリックをでっちあげたのか、そして誰がなぜ、でっちあげたのかを突き止めてくれるのなら」

「何を言ってるんだ！」ダンディがあきれたように妻を見つめた。「トリックだって！　きみはまだ白を切るつもりか？」彼は震える指でラジオを指差した。「あれを聞かなかったのか？　まったく、どこに耳をつけているんだ」

ダンディは腰を上げ、彼女の前に立った。「ジュディス、わたしはきみのことをよく知っている」と声の震えを抑えながら言う。「きみは相変わらず頑固者だ。きみがこんなことのできる女だとは思ってもいなかったが、実際、きみはやってしまった。それなのに認めないつもりか。ああ、認めるつもりがないことはわかっている。だが、きみがやったとわたしが知っていることを、教えておきたかったんだ。わたしは疑っていたわけじゃない。知っていたんだ」彼は再びプレイヤーのついたラジオを指差した。「これが証拠だ！」そしてその指を妻に向けて振った。「だからあのことについても警告しているんだ。きみが昨日カトウナの屋敷に行ったことだ。きみの夫としてわたしは警告する！　その件で、きみが相手にしているのはわたしではなく、警察なんだ。これは殺人事件なんだぞ！　きみは殺人事件の容疑者になりたいのか？この汚らわしい事件の全容が法廷で喚き散らされ、新聞で書きたてられてもいいのか？　ああ、どうか正気を取り戻して、真実を話してくれ。そうすればわたしたちがどうしたらいいかを決められるだろう？」

「ディック、あなたの頭はどうかしてしまったのかしら」妻は強張ったままの声で言った。「それともわたしがあなたという人間を知らずに二十五年も暮してきただけなの？　そんなことは自慢にもならないけど」

「お二人とも」ヒックスは言った。「いい加減にしてください。そんなふうにやりあっていたら、事態を悪化させるだけですよ。ぼくがこのソノシートを聞いたら役に立つかもしれないと言ったのは、本当にそう思ったからなんです。それをもう一度再生します。ぼくが望むのは……」

言葉にならない言葉を発してダンディは背を向け、大股で部屋から出ていった。

ヒックスは彼の背を見送り、それからラジオから離れて腰を下ろした。ミセス・ダンディは両方の掌で目を押えていた。

しばらくの静寂ののち、遠くでドアの閉まる音がした。

ジュディスは手を見、再びその手を膝に落とすと、一瞬ヒックスの目を見据え、言った。

「わたし、あなたの目が好きじゃないわ。前は好きだと思ったけど、でも今は好きじゃない」

「あなたは間違いなく強靭な精神力の持ち主ですね」ヒックスは感心したように言った。「ソノシートをもう一度聞きますか？」

「いいえ。それが何の役に立つというの？」

「あれはあなたの声？」

「いいえ」

「何ですって！」ヒックスは両方の眉を吊り上げた。「違う？　あなたの耳にはそう聞こえただけかもしれませんよ。録音された自分の声を聞いてびっくりする人もいますからね」

「確かにわたしの声に似ているのかもしれない」ジュディスは言った。「それはわたしにはよくわからないけど。でもとにかく、わたしの声でないことはわかるわ。わたしの声じゃない。だってそんなことあり得ないもの！　ジミー・ヴェイルとそんな会話を交わした覚えはないし、それに声の主はわたしが決して口にしないような言葉遣いをしているわ。それはわたしじゃない」彼女は片方の手で拳を作り、膝を叩いた。「卑劣なトリックよ！　それは……」

夫人は立ち上がり、ラジオに向かって行った。だが、すかさず立ち上がったヒックスに阻まれた。

「馬鹿なことしないで」彼女は嘲るように言った。「ソノシートを見たいだけよ。いずれにしてもそれはわたしのものだわ。それを手に入れるためにあなたに料金を払ったのはわたしなのだから」

ヒックスは回転台のソノシートを取り出した。「見るのは構いません。ですが、まだ渡すわけにはいかないんです」彼はソノシートを差し出した。「今はまだ使い道はありませんが、殺人犯を有罪にするときに証拠として必要になると思っています」

夫人は彼を見つめた。「馬鹿馬鹿しい。あの屋敷であの女性が殺されたというだけなのよ。しかも犯人はすでに彼女の夫だと……」

「いいえ。犯人は彼女の夫ではありません」

「でも彼が犯人よ！　新聞に出ていたわ。彼は逃げたって」

「新聞が記事にするのはわかっていることだけで、わかっていることはあまり多くはないんです。ぼくの方が知っているくらいですが、それでもまだ充分ではなくて。たぶんぼくには彼女を殺した犯人がわかったような気がするんですが……」

「わたしの息子か夫が犯人だと考えているのなら、あなたは愚か者よ」

「ぼくは愚か者じゃありません」ヒックスはソノシートを脇に挟みながら微笑んだ。「あなたもぼくが愚か者だとは思っていないはずです。さもなれば、このソノシートをでっち上げた犯人を突き止めるために全財産をぼくに提供するとは言わなかったでしょう」ヒックスは指でソノシートの端を軽く叩いた。「いいですか、ぼくが犯人を突き止めたら、あなたは金銭以上のものを手に入れることになるでしょう。殺人の裁判で証人になれますよ。それを避ける唯一の方法は、このソノシートをごみ箱に捨て、犯人を暴かずに無罪放免にすることです。それがあなたの望むハッピー・エンドですか?」

ミセス・ダンディは彼の目を見つめ、ためらうことなく言った。「いいえ。たぶんあなたは頭がよすぎるんだと思うわ。そのわたしたち一家とは誰とも面識のない女性の殺人事件が、でっちあげられたソノシートと関係があるとはわたしには思えないのよ」

「ですが、もしも関係があるとしても、ソノシートをでっちあげた犯人を突き止めても構いませんか?」

「ええ」

「よかった」ヒックスは彼女の肩を叩いた。「もちろん、いずれにしてもぼくは突き止めるつもりでしたけどね」

「わたしがそれに気づいていないとでも思ったの?」ジュディスは嘲るように言った。「わたしだって愚か者じゃないのよ」

15

五時四十五分にダンディのアパートメントを辞去したヒックスは、カトウナへ向かうと決めていた。目的は二つ。ヘザー・グラッドを屋敷から逃がすこと。そして彼女、あるいはミセス・パウェル、あるいはその両者から確かな情報を仕入れること。

このときヒックスがただちにカトウナへ出発していれば、しかも無謀な運転をしていれば、あるいは一つの命が助かっていたかもしれない。だが、彼はそのどちらもしなかった。アパートメントを出るとその足で雑貨店へ行き、厚紙と薄紙を手に入れてソノシートを小包にし、続いてグランド・セントラルへ車を走らせて小荷物の一時預かりにそれを託し、それから四十一丁目の「ジョイス」で焼き蛎を食べながら心の準備をしたのだ。

その頃にはすでに手遅れになっていた。同じ時刻、すなわちヒックスが二番目の蛎を突き刺していた六時二十五分、カトウナの屋敷のキッチンに座ったヘザー・グラッドは、ラム・チョップを食べ終え、ミセス・パウェルの話を聞くふりをしながらお茶を飲んでいた。いつもなら夕食は七時なのだが、どんなに小人数でも誰かと同席するのが嫌で、早めの夕食を取ったのだ。ヘザーは沈みかけた太陽に感謝した。間もなく一日が終わる。今夜こそ眠れるだろう……。

食堂側のドアがさっと開いてロス・ダンディが現れた。ヘザーは彼をちらりと見て、それから、お茶を一口飲むと、握りしめたカップに向かって顔をしかめた。ロスは落ちつかない様子で彼女を見ながらしばらくためらっていたが、やがて出し抜けに口を開いた。

「きみはずっとぼくを避けている」

「彼女を一人にしておいてあげなさい！」ミセス・パウェルがぴしゃりと言った。

「あら、気づかなかったわ」ヘザーは言った。「わたしが誰かを避けていたなんて」

「だがきみは……」ロスははっと言葉を呑んだ。「まったく、いつになったらぼくはまともに口がきけるんだ！　つまり、きみと話すときに、ってことなんだが。ぼくはこう言いたかったんだ。きみに頼みたいことがあるだけだから……」ロスはそこでもう一度言葉を呑み、耳をそばだてた。そしてつかつかと窓辺に歩み寄り、私道をやってきた車を網戸越しに覗いた。

「父さんだ」ロスは言った。「いいとも。きみはぼくを避け、ぼくは父さんを避ける」ロスは三歩でドアまで行き、出ていった。

「まったく、とんでもない話だわ」ミセス・パウェルは咎めるように言った。「息子と父親があんなふうに仲違いするなんて！　何が起こったって不思議じゃないわ！」

ヘザーは何も言わなかった。皿を手に取ってごみバケツまで行くと、食べ残したものを捨て、皿をシンクに置いてから自分の椅子に戻った。

「あなたもひどい顔をしているわ」ミセス・パウェルは言った。「水をもらえなかったキャベツみたいよ。さあ、二階に上がって休みなさい」

「そうするわ」へザーは言った。「二階は暑いけど」

そのとき屋敷のどこかで怒鳴り声がした。「ロス！　ロス！」

ミセス・パウェルは食堂側のドアに向かおうとしたが、足音に気づいて立ち止まった。と同時にドアが内側に開いてR・I・ダンディが入ってきた。彼は二人の顔を見て言った。

「息子はどこだ？」

「ここにはいらっしゃいませんよ」ミセス・パウェルは答えた。

「そんなことはわかっている。わたしにだって目はあるんだ。息子は研究所か？」

「あちらには行ってないと思います。外にいるんじゃありませんか？」

「ブラガーはホワイトプレーンズから戻ってきたか？」

「ええ。一時間ほど前に。研究所にいると思いますよ」

「研究所には、ほかにも誰か行っているのか？」

「警察の方ということですね」それならそうと、はっきりそう口にしてくださいと言わんばかりの口調だった。「あなたがお出かけになってからは誰も行っていませんよ」彼女は背中の物音に振り向いた。裏口がきいと音をたてて開き、ミセス・パウェルは自分の手柄のように高らかに言った。

「ほら、ミスター・ブラガーが戻ってきましたよ」

ブラガーは入ってくるとそれぞれの顔を順に見回し、最後にダンディを見た。「ああ、お帰りでしたか」彼は言った。いつもより目が飛び出し、そのせいかいつもよりおどおどしているように見えた。「帰ったばかりですか？」

ダンディはうなずいた。「ロスは研究所にいるのか？」

「いいえ」

「ホワイトプレーンズで何かあったのか。帰りが遅かったが」

「あの馬鹿どもが」ブラガーはハンカチで顔の汗を拭った。「あの馬鹿どもが！　まったくもって馬鹿馬鹿しいんです。その件はあとでお話ししますよ」彼はヘザーを見た。「ミス・グラッド、あのタイプ原稿には不備がありました。抜けている箇所がいくつかあったんです。わたしといっしょにきて見てもらえませんか」

「彼女を一人にしてあげて！」ミセス・パウェルは鋭い声で言った。「もう、休むところなのよ」

ブラガーは彼女を睨みつけた。ヘザーはすかさず立ち上がり、すぐに終わる仕事だし、今すぐ行って終わらせたいと言って二人に口論を始めさせなかった。ブラガーがドアを開け、二人は出ていった。ぶつぶつこぼしていたミセス・パウェルは、引き出しから平鍋を取り出すと、テーブルにバンと置いた。一瞬ダンディは顔をしかめて彼女を見たが、すぐに食堂を通って姿を消した。

ブラガーとヘザーは屋敷をぐるりと回って芝地を横切り、森の小径に入っていった。ヘザーは軽やかな足取りで前を歩き、足の短いブラガーは遅れないよう小走りでついていった。彼女の疲れきった意識は、屋敷を離れる口実ができたことを感謝しながらも、タイプ原稿のことを考えていた。ソノシート一枚分を丸々抜かしてしまったのかしら？　でもいつももう一度聞いて、確認してから戻しているはずだけど……。

彼女が仕事の失敗というささやかな問題から、現実の泥沼のような問題に意識を戻すと、ちょうど小川にかかる橋にさしかかった。ヘザーは昨晩のぞっとするようなできごとを思い出して足を止め、夜中の茶番の舞台となった場所を横目でちらりと見て、それから再び歩きだした。橋を渡って道なりに小径を進み……。

「ミス・グラッド！　ちょっと待ってください！」

ヘザーは足を止め、振り向いた。ブラガーが目の前――手が届きそうなほど近くにいた。

「あれは嘘なんですよ」彼は言った。「タイプ原稿のことです。あなたのあとからついてきたのには別の理由があるんです」

ふいに理不尽にも、ヘザーは震えだした。彼女が震えを感じたのは脚の筋肉、つまり膝のあたりだった。自分が危害を加えられるかもしれないとヒックスに警告されていたにもかかわらず、彼女は――少なくとも意識の上では――不安を感じていなかった。間違いなく怯えていなかった。たとえ危険があることを認めていたとしても、自分に危害を加える相手が、飛び出した目をした、おどおどしているブラガーだとは思ってもいなかっただろう。ところが今、森の奥で彼と二人きりになってみると、突然、わけもなく膝が震えだして、叫びたくなった。実際、叫ぶ寸前だった。あとずさって彼から離れたかったが、できなかった。それでも彼女にはわかった。見て取れた。彼の滑稽な丸顔には、脅したり、悪意を感じさせたりするような表情は浮かんでいなかった。

ヘザーは膝をしゃんとさせようとした。「こんなの馬鹿げているわ!」彼女は鋭く言った。

ブラガーはうなずいた。「そう、すべてが馬鹿げていますよ。わたしの人生は馬鹿げたことばかりでした。仕事以外は。それなのにわたしは今、仕事をすることもできません。すべてこの……」彼はちょっとした妙な手振りをつけた。「この邪魔が入ったおかげで。こんなことあり得ません! あなたには率直に言いますが、問題はわたしが感傷的だ、ということです。わたしはいつもそうでしたが、ずっと抑えていたんです。科学や仕事に携わるときには感傷的ではいられませんからね。ですが、わたしは仕事もできなくなりました。だからわたしは感傷的になっているんです。それゆえ愚か者にもなっています。クーパーが研究所であなたを待っていますよ。あなたのお姉さんのご主人です。ですがわたしもいっしょにいた方がいいと思って」

ヘザーは目を見開いた。「義兄さんがどこにいるんですって?」クーパーが木の陰にでも隠れているかのようにあたりを見回す。

「いいえ、違います。オフィスにいるんですよ。あなたを連れてくると約束したんです。彼は打ちのめされていました。あれほど打ちのめされた人を見たことはありません。しかも彼は犯人じゃない。ぜったいに犯人じゃない!」

「義兄さんはオフィスで待っているの?」

「ええ」

「わたし一人で行くわ。ミスター・ブラガー、あなたは戻って」

ブラガーは首を振った。「だめです」断固として言う。「ここではすでにあまりに多くのことが起こっていますから」

ヘザーは彼の顔を見て、説得しても無駄だと諦め、背を向け、再び小径を歩きだした。彼女を束の間捉えていた根拠のないパニックはすっかり消えていた。ジョージについて言えば、会いたいとは思っていなかった。だが、言いたいことがあった。訊きたいことがあった……。

ブラガーを従えて牧草地を横切るヘザーを正面からまともに照らしていた午後の日は、彼女がオークの木陰に入り、研究所の建物に入って、ようやく当たらなくなった。彼女は踏み段を駆け上がり、ドアを開けてオフィスに入った。開け放たれた窓から吹き込むそよ風が、彼女の机の上のバスケットに入っていた書類を床に撒き散らしていた。彼女が次に気づいたのは、部屋に誰もいないということだった。ジョージの姿はどこにもなかった。彼女が探るようにブラガーを振り向くと、彼は驚いたように目を剝いていた。

「いないじゃない」ヘザーは言った。

「彼はここにいたんですよ」ブラガーは不服そうに言った。「あの椅子に座っていたんです！」と指し示す。「もしかしたら彼は……」ブラガーは研究室に続くドアに歩み寄り、ドアの向こうに消えた。ふいにヘザーは飛び上がった。一枚の書類が窓から吹き込んだ風の渦に捕まり、彼女の踝を叩いたからだ。彼女は書類を集め、バスケットに戻し、文鎮で抑えた。

ブラガーが戻ってきた。「こちらにもいません！」彼は怒っていた。「どこにいないんです！」こんな侮辱を受けるのは彼女のせいだとでも言いたげにヘザーと向き合う。「もう限界です！

彼はどこにいるんです？」

ヘザーは笑いそうになった。自分は笑いそうだと気づいていた。けっして笑ってはいけないことにも気づいていた。一日中、彼女は泣かなかった。それなのに今、笑いそうになっていた。ジョージがいないことで自分に当たり散らしているブラガーを見ていると、おかしくてたまらなかった。彼女は笑いを噛み殺した。

「けしからん！」ブラガーは声を張り上げた。「けしからん！　もう限界です！　彼はこの椅子に座っていたんです。そしてあなたと話さなくてはならないと言ったんだ！　電話すればよかったですって？　いいえ！　電話はできませんでした。誰かに聞かれるかもしれないじゃないですか！　わたしは彼をここに残し、あなたを呼びに行きました！　というのも彼が打ちのめされていると思ったからです！　というのも……」

ブラガーが口を噤んだのは、大気が破裂したからだ。大気を砕き、粉々にし、銃声が響き渡った。

16

一瞬凍りついたヘザーの頭に浮かんだ二つの考え――そのような大脳の閃きを考えと呼べるなら――のうち一つは、自分が撃たれたということ、そしてもう一つはブラガーが撃ったのだということだった。その二つは彼女の精神状態を暴露していた。最初の考えは理解できなくもない。銃弾で撃ち抜かれた人体が、ときとして直立不動でいられることは広く知られているからだ。だが二番目の考えが理不尽であることは明らかだった。ブラガーは彼女と同じように凍りついていたのだ。ヘザーは自分の体を見下ろし……。

「あれは銃声です」ブラガーは言った。「外ですね」

「ええ」ヘザーもうなずいた。

「また雉撃《きじ》ちでしょうか」ブラガーは窓に歩み寄って網戸の隙間から覗き、戻ってくると、ドアの外へ出ていった。ヘザーも一瞬ためらってからあとに続いた。すでにブラガーは建物の角を曲がって姿を消していた。ヘザーは踏み段を降り、自分も建物の角へ向かった。角を曲がってブラガーが見えると足が止まった。息ができなくなる。息が止まったまま十歩でブラガーに駆け寄ると、建物の壁際で男の上に屈み込んでいたブラガーが腰を上げた。ヘザーは地面に横たわる男の顔を見て、引きつった声をあげた。

「静かに!」ブラガーが声を荒らげて言った。「聞こえませんか。逃げて行く足音が」

ブラガーは森の方角に目を凝らした。建物のその側から森は十メートルしか離れていなかったが、ヘザーの耳には何も聞こえなかった。彼女はジョージ・クーパーの顔を、食い入るように見つめ続けた。目を逸らしたかったが、できなかった。これほどおぞましいものを見るのは初めてだった。唇が歪んで呆けたようになった顔。右のこめかみ、目の端からわずか三センチのところに開いた穴に止まった二匹の蝿《はえ》――小さいのが一匹と大きいのが一匹。その蝿にヘザーは耐えられなくなり、歯を食いしばって腰を屈め、蝿を追い払った。だが、屈めた腰を戻す頃には小さい方の蝿が戻っていた。

「これを」ブラガーはそう言うと、上着を脱ぎ、歪んだ顔に広げた。「あなたはここに残っていられますか?」

ヘザーは愚かにも質問した。「どこへ行くつもり?」

「オフィスに戻って電話するんです」ブラガーは震えていた。その声色から察するに、彼を震わせているのは怒りだった。「わたしにできることはそれだけです。わたしは勇敢な男ではありません。機転のきく男でもありません。これはわたしの研究所の壁際で起こりました。わたしの鼻先で。銃声も聞きました。ですが、わたしにできることはオフィスに戻って電話をすることだけです。近頃は、ひどいことが起こると、男はそうするものなんです。中に入って電話をかける。世も末だ!」

ブラガーはオフィスへ戻っていった。しばらくして彼が戻ると、ヘザーは壁にもたれていた。両脇で拳を握りしめ、目を閉じて。

そんなわけで八時頃、ときすでに遅くアルファベット・ヒックスが到着したときには、屋敷は予想をはるかに超える人々でごったがえしていた。心地よい夕闇の中、屋敷正面の草の生えた道路脇には、見物客やレポーターの車がずらりと並び、私道の入り口には、男女を問わず、少年までもがやじうまとなってガード役のハンサムな州警察官を取り囲んでいた。道路の手前でその光景に気づいたヒックスは、車をバックさせて牧草地へ続く小径の入り口に車を停め、歩いて正面へ向かった。食いしばられた歯。絞めつけられる胸。彼は胸の内で考えていた。「あの娘があいつの手にかかっていたら、ぼくは虫けらだ。いや虫けら以下だ。もっと早く彼女を逃がすべきだった……」

ヒックスは入り口の警官に尋ねた。「何があった？」

警官は彼を見て訊き返した。「誰が訊きたいって？」

「ぼくだ。名前はヒックス。秘密なら、耳打ちしてもらえないか」忍び笑いが起こった。ヒックスは周囲に視線を走らせ、教えてくれそうな人を選んで尋ねた。「ここだけの話ですが、何があったんです？」

「殺しだよ」その人は教えてくれた。「男が殺されたんだ」

「男って？」

「クーパーという名前の男だ。ほら、昨日ここで殺された女の旦那だよ」

「ありがとう」ヒックスは私道を歩きだした。

警官は喚きたてたが、ヒックスが聞き流して歩き続けると、慌てて追いかけてきた。しかしそれ以上面倒なことにはならなかった。私道をこちらに歩いてくる男を見つけたヒックスが、足を止めたからだ。ヒックスは腕を摑んだ警官を無視し、近づいてきた男に手招きした。明らかに男のパームビーチ・スーツとよれよれのパナマ帽には脱いだ形跡が見られなかった。それどころか帽子の方は昨日と角度すら変わっていなかった。

男はヒックスを見て誰だかわかっても、嬉しそうな顔をしなかった。それでもむっつりと言った。「よう、こんばんは」

「こんばんは」ヒックスは言った。「ぼくの腕を摑んでいるこの美青年はあなたより上の人、それとも下?」

「どうだろう。それは腕力を取るか頭脳を取るかによるな。ところで平和を愛しているきみが、どうしてまた現れた?」

「仕事だよ。用事があってきたんだ」

「また犠牲者が出たのを知っているんだな」

「今聞いたところだ」

男は非難するように頭を振った。「わけがわからないな。わかった。ついてこい。コルベットのところへ連れてゆこう。例の名刺をもう一枚持っていないか？　妹が欲しがってね」

芝地を横切りながらヒックスは名刺を取り出し、手渡した。誰もいない正面のテラスまでくると、男はここで待つようにと言って屋敷に入ろうとしたが、ヒックスがそれを引き止めた。

「よかったら聞かせてくれないか。クーパーに何があったんだ?」

「殺された。殺人だ」

「わかっている。溺れたのか、窒息したのか、絞められたのか、刺されたのか……」

「銃で撃たれた」

「ここで?」

「向こうの研究所だ」

「犯人は捕まった?」

「わからない。わたしが知っているのはそれだけだ。誰も何もわたしに話してくれないんでね。事件のことはいつも家に戻ってからラジオで聞くんだ」

男はドアを開け、入っていった。数分後、再び姿を現すとヒックスに告げた。「入れ。きみは歓迎されそうだ」


地区検事のコルベットは今度もまた、心地よくて広々した居間の、読書用ランプの載った大きなテーブルに陣取っていた。彼の正面にはテーブルを挟んでR・I・ダンディが立ち、机の片端には速記者が座り、速記者と反対端にはマニー・ベックが前屈みに座っている。さらにドアを入ってすぐのところに警官が一人、壁際に平服の刑事が一人立っていた。ヒックスが部屋に入ったとき、コルベットはダンディに怒った口調で話していた。それを聞いただけで、ヒックスが抱いていた疑問のいくつかが解けた。ヒックスは知っていたからだ。コルベットが選挙権を持つ成人に対してはそんな口調で話さないことを。とりわけダンディのように地位も財産もある男性に対しては。

「確かにあなたは逮捕されたわけではありません。それは確かです！　誰も逮捕されてはいません！　ですが、このような状況では、責任ある市民としてあなたには協力を求めたいし、許可なくここを離れないよう要請する権利がわたしにはあると思います。クーパーが殺された時刻に、あなたとあなたのご子息に確かなアリバイがないというのは事実です。あなたが殺人の容疑者だと言ってるわけではありません。それから夫人にひどい仕打ちを受けたというお話ですが、その話には裏づけとなるような証拠は一つもありません。ええ、何も！」

「いずれわかることだ」ダンディは唾を飛ばしながら言った。「とにかく、わたしの弁護士がくるまではここにいよう。もう一度電話をかけたいんだが」

「どうぞ。この部屋の電話を使いますか？」

「二階でかけたい」

「その前にもう一つ質問があります。ヒックスのことです。昨日あなたはおっしゃった。ここへ呼び寄せたのは秘密の仕事のためだと。今日彼を呼んだのも同じ仕事のためですか？」

「ヒックス？」ダンディはふり向いて彼を見た。「まさか！」彼はそう言い放つと大股で出ていった。

ヒックスはテーブル近くの椅子に座り、言った。「あの人は怒ると、手をつけられないほど怒るんですよ」

コルベットは答えなかったし、ヒックスに握手も求めなかった。愛想のよい振りのできるような状態でないことは明らかだった。しかも初対面の相手のように、ヒックスを見ながら唇を嚙むばかりで口を開こうとしなかった。

マニー・ベックが獰猛なうなり声をあげた。「おまえはどこにいた?」

「これは驚いた」ヒックスは言った。「ぼくはきてはいけない所へきてしまったようですね」

「おまえはどこにいた?」

「生まれたときはミズーリに。少年時代は農場に。それからハーバード大学に。ロースクールを卒業したのは一九三二年。どこに、というのはいつの話です?」

「今日の午後、裁判所を出てからだ」

「ニューヨークに」

「ニューヨークのどこだ?」

「ちょっと待ってください。時刻を特定してもらえないと場所を特定できませんよ」

「六時半だ」

「四十一丁目の『ジョイス』というレストランで、焼き蛎を食べていました。ウェイターとクローク係の女性が証人です。そこを出たのが七時少し前。それから車で真っすぐここへきました」

ベックはうなり声をあげ、目を吊り上げた。コルベットの赤ん坊のような唇は今にも口笛を吹きそうだった。だが、口笛は吹かずに言葉を発した。

「今日はアリバイ三人組に入り損ねたな。今回は二人だけでアリバイを作ったぞ」

「二人より二人の方が有利でしょうね」ヒックスは教訓を垂れるような口調で言った。「二人のアリバイが一致するなら」

「ああ、アリバイは一致した。おまえの仲間の二人のアリバイは。おまえは彼らとそのことを話し合ったのか?」

「今も言ったように、ぼくはここに着いたばかりです」

「おまえはレストランで電話を受けたのかもしれないとわたしは考えた。そう、六時半少し過ぎに。おそらくそれもウェイターが証言してくれるだろう。そしておまえはその電話を切るとすぐに出発したんだ」

「いいえ、電話なんてかかってきませんでした」

「ここへは何をしにきた?」

「ダンディの仕事できたような気がしていたんですが、彼は違うと言っています。だったら、ぼくは殺人事件を捜査しているんだと思います。誰がマーサ・クーパーを殺したかを突き止めようとしているんです」

マニー・ベックはまたもうなり声をあげた。コルベットは皮肉を込めて言った。「それはご親切に」

「どういたしまして。興味を惹かれたもので」

「数時間前、おまえはマーサの夫を売ろうとしていた」

「ええ、そうです。もちろん、それはできなくなりました。今や彼はあなたがたに拘束されています。もう二度とこっそり逃げ出すことはできないでしょう。死んでしまったなら」

「彼が死んだことを誰から聞いた?」

「屋敷の表にいた紳士から。詳しいことを話してもらえるなら、ぼくは喜んでそのことを話し合いたいと思っています。ぼくが知っているのは、殺された場所が研究所であることと、銃で撃たれた、ということだけです。ということは当然、あなたがたの方が優位に立っているということですね」

「どうしてばれるんだ!」ベックががなりたてた。「どうにかならないのか、ラルフ……」

「静かに」コルベットはベックをたしなめた。「いいか、ヒックス。現時点でおまえに圧力はかけられない。おまえは頭の切れる男だから、そんなことは承知しているだろう。それに自分の頭がおまえほど切れないこともわたしは承知している。だが、わたしは人並みはずれて頭が悪いわけじゃない。一つ質問させてくれ。おまえは二時間前にここで起こったことを知っているのか?」

「いいえ」

「誰からも電話をもらっていない」

「はい」

「とりあえず、そういうことにしておこう。五時四十五分ごろ、ブラガーが研究所のオフィスにいると、ドアが開き、クーパーが入ってきた。これはブラガーが証言していることだ。クーパーは腰を下ろし、話を始めた。といっても支離滅裂なことを言うばかりだった。妻のことか、自分の人生が破滅させられたこととか、自分は妻を殺していないが、殺した犯人は必ず見つけることとか、そのためだけに自分は生きていることとか。そんなことをぐだぐだ話し続けた。やがてクーパーは義理の妹――ヘザー・グラッドのことを話しだした。ヘザーが妻の死について何か知っているのではないか、機会さえあれば話そうと思っているんじゃないかと考え、それで自分はここに戻ってきたのだと彼は説明した。クーパーが切々と訴えるものだから、ブラガーは彼を信じる気になった。ほだされたんだな。そうブラガーは言っている」

ヒックスはうなずいた。「あなたの話を鵜呑みにはしませんよ」

「そうしてくれ。屋敷に戻ったブラガーは、キッチンでミセス・パウェルとダンディといるヘザーを見つけた。それは裏づけが取れている。彼は口実を作って彼女を誘い出し、研究所へ行く途中で、クーパーが会いにきていることを彼女に告げた。二人で研究所へ行ってみると、クーパーはブラガーが残してきた場所――オフィスにいなかった。ブラガーは研究室の中を探した。クーパーはいなかった。オフィスへ戻ってヘザーとどうなっているんだと話していると、銃声が聞こえた。まさに耳の中で。ヘザーはそう表現している。窓はすべて開いていた。ブラガーは窓辺に走り寄り、それから外に出ていった。ヘザーもあとに続いた。クーパーは建物の西側に倒れていた。壁から六十センチ離れた場所で。息はなかった。ブラガーは森で誰かが走り去る音を聞いたと思ったが、姿は見えず、その音もすぐに消えたと言う。それからブラガーはオフィスに入り、電話した。警察が到着するまで二人はそこにいた。銃創はクーパーの右のこめかみ。火薬によるやけどはなし。凶器は見つかっていない」

ヒックスは顔をしかめた。「ミス・グラッドはそれをすべて確認しているんですね?」

コルベットはうなずいた。「完全に。彼女は魅力的な女性だ。とても美しい」

「ぼくに言っているのですか?」

「さよう」コルベットはマニー・ベックと顔を見合わせると再びヒックスを見た。忍び笑いのような小さな音が彼の口から漏れていた。「確かに、女性を見る目と優しい心根があるからといって、おまえを責めることはできない。ところで、いいか。おまえはまだわたしに何も打ち明けていない。たとえば、おまえが知っているかどうかは知らないが、クーパーは義理の妹にぞっこんだったんだ。結婚する前は。いや姉の方と結婚したときもだ」

「ぼくは彼女たちと知り合いだったわけじゃないので」

「わたしもだ。しかし当然、われわれはそれを調べあげた。おまえもそういったことが、どのようになされるかはわかっているだろう。様々なアイディアが浮かんでくる。たいていはくだらないものだ。だが、考え続ける。最初に我々はクーパーに目をつけた。それから彼がシロだとわかると次に考えたのはヘザーだった。クーパーは彼女に会いに月曜の夜ここへやってきている。嫉妬から姉と喧嘩になったというのはどうだ。かっとなった? あの蠟燭立てなら彼女にも簡単に振り回せるだろう」

「わかりました」ヒックスは微笑み返した。「ぼくは彼女のアリバイを証言しました。彼女が美人できれいな脚をしているから。ぼくも安く見られたもんですね。だったらブラガーが証言したことはどうなるんです?」

「ブラガーもけっして女性の魅力に無関心ではないと、信じるに足る理由がある。しかも彼女とは、この屋敷で一年以上もいっしょに暮らしている」

そういうことですか、とヒックスは思った。あなたたちも吸い取り紙の下を見たんですね。そして彼は言った。「もちろん、ぼくは怒るべきです。しかしそれはあとにしましょう。だったら、クーパーは? きっとヘザーがクーパーを撃ったんです。そう、彼女が撃った。そしてブラガーがそのアリバイも証言した。そうなるとブラガーはぼくより一点多く稼いだことになる」

「ふざけるな」マニー・ベックがうなり声をあげた。「きみはよくこんなやつと話していられるな、ラルフ」

ヒックスは苛立ったように身振りをつけた。「コルベット、あなたにもわかるようにやさしい言葉でお話ししましょう。あなたは頭がおかしくて、ずる賢くて、卑劣だ。そんなくず話、ぼく同様、あなただって信じてはいないでしょう」

コルベットはにやりとした。「今度はわたしが怒る番だな。それは単に一つの考えだと言っただろう。たとえば、ヘザーが姉を殺したことをクーパーが知っていたとしたら、そして彼の口を封じたのだとしたらどうだ? その考えは気に入らないか?」

「馬鹿馬鹿しくて答える気にもなれませんが、とにかくそんな考えは大嫌いです」ヒックスは立ち上がった。「それでは許可をいただいて……」

「待て。座るんだ」

ヒックスは従った。

コルベットはテーブルに肘をつき、両手を擦り合わせ、小首を傾げていた。明らかに、公平であろうとしている表情だった。目を閉じたマニー・ベックは首をゆっくり左右に振っていた。自分を取り巻く外界が、目にも耳にも痛すぎて耐えられないといいたげだった。

「こんなふうに説明したらどうだろう」コルベットは言った。「この殺人事件に関しては、直接にせよ、間接にせよ、きみは間違いなく関係者の情報を手に入れている。もちろん、おまえは持っている。わたしはそれが欲しい。わたしを通して、ニューヨーク州民が欲しがっているんだ。彼らはどうすればそれを手に入れられる？　おまえに強要する？　それとも脅迫する？いいや、おまえにそれはできない。何より二つの理由から。そう、おまえは頑固者だし、わたしを嫌っているから。だが、わたしのことは忘れるんだ。おまえが相手にしているのはニューヨーク州民だ。おまえは関係者に関する情報をわたしよりはるかに知っているはずだ。それなのにおまえは昨日も今日の午後も教えてくれなかった。話していればクーパーはまだ生きていたかもしれないじゃないか。わたしはおまえに言いたい。殺人犯は野放しになっている。我々が彼、あるいは彼女を捕まえる可能性は二十対一だ。わたしはおまえに言いたい。おまえは我々を助けなくてはならない。助けてくれればより早く犯人を捕まえられるだろう。それがすべてだ。わたしは今ここで約束する。罪のない人々の利益も個人的な秘密も、守るためにはできるかぎりのことをすると。できるかぎり精一杯だ」

マニー・ベックがうなった。

「大変すばらしいスピーチですね」ヒックスは言った。

「それで？」

ヒックスは首を振った。「協力できません。あなたもニューヨーク州民も同じ穴のむじなです。すべてを話せるほど、ぼくはあなたがたを信じていません。彼らはぼくから弁護士資格を剝奪しました。彼らの法廷の一つで、腐った卑しい不正が行なわれるのを目撃して、ぼくが黙っていられなかったからです。そして今あなたはおっしゃる。ぼくがあなたと仲よくして、トラブルを抱えている人々の一団について知っていることのすべてをあなたに話すことを、彼らは望んでいると。彼らの欲望にはかぎりがないかもしれませんよ。最近ぼくは自分で決めることにしているんです。何を言って何を言わないかを。そしてとりわけ誰に言って言わないかを。あなたはこの殺人犯を自分たちが捕まえると言っています。だがぼくは無理だと思っています。彼の匂いさえ嗅げないと思っています。彼を捕まえるのはぼくでしょう」

コルベットは咳払いした。

「言っただろう」ベックは背を起こした。「こいつをしゃべらせるには、地下室に三時間ほど閉じ込めるしかないって」

ヒックスは彼に微笑みかけた。「そうなったらあなたは楽しむんでしょうね？」

「もちろんだ。大いに楽しませてもらうさ」

コルベットは言った。「おまえ、後悔することになるぞ。本当にそうしてもいいんだ。とにかくここを離れないように」

「ぼくは何の罪を問われているんです?」

「何も。だが、離れるな」

「離れるかどうかもぼくが決めます」

「おまえが決める? だったらこうしよう。もしも逃げだそうとしたら、おまえを重要証人として逮捕する。今日の午後、クーパーを渡してもいいと申し出たことを理由に。おまえは彼がどこにいたのかを知っているかもしれない。そして昨晩彼がここから逃げ出してからの行動は、間違いなくこの捜査の重要な鍵になるだろう」

「ああ、そのことならお話ししますよ」ヒックスは立ち上がった。「ぼくは彼を家に連れて帰り、寝心地のいいベッドを与え、おいしい食事を取らせました。それから彼はここへやってきて殺されたんです。そういえばぼくのチョコを盗んでいきましたっけ」

「はっはっはっ」コルベットは笑った。

「おまえのおもしろさは葬式並みだな」ベックはうなるように言った。

「話せというから話したのに」ヒックスは部屋を出ながらつぶやいた。「今度は信じないんですね」

17

同じく夕暮れどき、ヒックスが牧草地の小径に車をバックで入れていた頃、ヘザー・グラッドは屋敷の二階の自室へ上がり、窓辺に腰を下ろして外を覗いていたが、何も見えてはいなかった。地区検事に事情を説明するやいなや、真っすぐ部屋へ戻ってきたところだった。

彼女は自分について考えていた。昨日まで彼女は死体を見たことがなかった。棺に安置された遺体を除いては。それなのに彼女の姉が――心から愛していた唯一の肉親がふいに、何の前触れもなく、ぞっとするような死に方で亡くなった。続いてジョージも、こめかみに開いた穴に蠅を二匹止まらせて亡くなった。彼女が自分について考えていたこと、それは自分が二日前とはまったく違った人間になってしまったということだった。あのときはあんなにぼろぼろ涙を流していたが、今になって思えば、マーサとジョージと自分が陥った恋愛感情のもつれに対する自分の態度は、信じられないほど幼稚なものだった。自分は苛立ち、怒っていた。ただそれだけのことだった。ちょっとむかつくことが起こったとき――たとえばストッキングが残らず伝線しているのを見つけたときのように。彼女は苦々しく心の中で思った。自分はそんなふうに腹を立て続けていたかもしれない。永遠に浅はかな愚か者でいたかもしれない。死が訪れず、自分に何も教えてくれなければ。自分は本当に知らなかった。この世に死ほど醜く究極のものはないことを。そして人間同士が引き起こすトラブルが死を招くことがあることを。そのような悲惨な形で死を体験した人間は、まず最初に自分自身が死んだように感じるものだ。彼女はマーサが死んでいるのを発見してから、一度も泣いていなかった。彼女自身が死んでしまっていたからだ。だが、彼女はときどき生きているように行動することがあった。たとえばロス・ダンディとソノシートのことで揉めたときだ。なぜ自分は素直に取りに行って彼に返さなかったのだろう？　今さらそんなことをしても何かが違ってくるわけではないのに。それになぜ、自分はそんな演技をしたのだろう……。

とそのとき、彼女の部屋をノックする音がした。

ヘザーは腰を上げ、部屋を横切ってドアを開けた。

「あら」ヘザーは言った。

「入ってもいいかな？」ロス・ダンディは尋ねた。

「どうして――ええ、もちろんよ」ヘザーは脇に寄った。「警察の人が呼びにきたんだと思ったのよ」彼女はドアを閉めかけてやめ、やはり考え直して閉めた。

ロスは突っ立っていた。ヘザーも突っ立っていた。二人の目が合った。「もう彼らに呼ばれることはないと思う」ロスはぎこちなく言った。「そうだといいね」

「そんなことどうでもいいわ。ただ、もうこれ以上彼らに話すことはないけど」

「きみは座っていたんだろう。座ってくれ」

ヘザーは少しためらい、それから窓辺の椅子に戻った。ロスも窓辺まで歩いていって、彼女の前に立った。だが、何も言わない。

ヘザーは顔を上げた。「わたしに何か訊きたいの？」

「じつは、そう……きみに言いたい——話したいことがあったんだ。この部屋に入るのは初めてだ」

「そうなの？」

「ああ。きみがいないときに何度か入ろうとしたことはある。だが、一歩足を踏み入れたとたん、動けなくなったんだ。おかしな気分だったよ」ロスはその話を追い払うような手振りをした。「だが、そんな話はきみには退屈だろう。ダンディの名前のついた人間が話すことはどんなことでもきみには退屈だと思っているよ」

「わたしはダンディという名前のついた誰にも敵意を抱いていないわ」

「抱いても無理はない」ロスは苦々しい口調で言った。「きみにはそれだけの理由がある。この先きみがこの場所を、そしてぼくらを思い出すとき、つねになんと言うか……憎しみを持って思い出すことだろう。ぼくはそれを知りながら、どうすることもできない。きみが姉さんを殺したのはクーパーではないと言ったとき、実はきみの言葉をぼくは信じていなかった。彼がやったと思っていたが、今は何を信じればいいのかわからなくなっている。この屋敷の誰かが二人を殺したとは考えられないんだ。誰にも動機がないからだ。だから唯一考えられるとしたら、誰かがきみの姉さんがいるときに屋敷に侵入し、蠟燭立てで殺し、その誰かが今日クーパーがいるときに戻ってきて、彼を殺した、ということだ。そんな説がどれほど馬鹿げているかはわかっている。だが、それしか考えられないんだ。そうでなければ、ぼくの父さんがやったことになる。きみも殺していない。ブラガーもだ。そしてぼくもミセス・パウェルも。きみの話によると、あのヒックスという男も昨日はきみといっしょに研究所にいたんだろう。ということは彼でもないということだ」

ロスはふと言葉を切り、すぐに続けた。「きみは昨日あることを言った。きみの姉さんが殺されたとき、屋敷にいたのはぼくとぼくの父さんだけだったと。そんなことは馬鹿げているとぼくは言った。だが、馬鹿げてなどいなかった。きみはぼくたち親子の何を知っている？ ぼくたちが殺人狂でないことをどうしてきみは知ることができる？ 馬鹿なのはきみじゃなくてぼくだったんだ。そしてもちろん、自分が何の取柄もない不器用者だとぼくはわかっていても、きみにわかるはずはないんだ」

「あなたは自分が、ただの不器用者だとはこれっぽっちも思っていないわ」ヘザーは彼の目を見つめてきっぱり言った。「あなたは自分をかなりの人気者だと思っているのよ」

「まさか！」

ヘザーは肩をすくめた。

「わかった」ロスは荒々しい口調で言った。「きみは最初からずっとぼくを誤解してきた。そして何をもってしても、きみの誤解を変えられないこともわかった。だが、ぼくは今日もう一つわかったことがある。それはぼくを姉さんを殺した犯人だときみが疑っていることだ！ きみが疑わないはずはなかったんだ。ぼくがやっていないなんて、どうしてきみにわかる?」

「わたしはそんなこと言っていないわ……」

「そうとも。きみは言っていない。だが、ほのめかした。そしてクーパーのこともぼくだと疑っている。彼が殺されたとき、ぼくは古い果樹園にいた。ぼくは銃声さえ聞かなかった。ぼくは何も知らない。本当に何も知らないんだ。誰がきみの姉さんを、クーパーを殺したのか、なぜ殺したのか、何も知らない。きみはそれを信じるか?」

「いいえ」

「だが、きみは信じなくてはならない！　信じなくてはならないんだ！」

「命令できるような問題じゃないのよ。わたしが何を信じ、何を信じないかは……」

「とにかくきみはぼくを信じなくてはならないんだ！」ロスは一歩、彼女に詰め寄った。「ぼくはきみに好かれないことは我慢できる。ぼくがきみをどう思っているか、どれほど愛しているかをきみにわかってもらえないことも我慢できる。ぼくにはどうしようもできないことだからだ。だが、ここで起こったあの恐ろしい事件に、ぼくが何らかの関係があったと思わせたまま、きみを出て行かせるわけにはいかない！　そうはさせない！　きみにはぼくのことをそんなふうに考える権利はない！」

「ところが」ヘザーはきっぱり言った。「わたしには権利があるのよ」

「権利がある?」

「権利どころか、理由だってあるのよ」

「理由？」ロスは彼女の目をまじまじと見つめた。「きみは理由を……」

「確かに持っているわ」ヘザーは断固として言った。「あなたはわたしの姉さんと知り合いではないわよね？」

「ああ」

「姉さんに会ったこともないし、姉さんのことを知ってもいないのよね？」

「どうして知ることができる？　姉さんはフランスにいたんだろう。きみがそう話してくれたんじゃないか。ぼくはきみとしか……」

「だったら姉さんの声が録音されたあのソノシートを、どこで手に入れたの？　それになぜ……」

「ぼくがどこで何を手に入れたって？」

「マーサの声の入ったあのソノシートよ。しかもなぜ、あのソノシートを必死で取り戻そうとしているの？」

ロスはあんぐり口を開けて彼女を見返した。「きみが言っているのは、きみが言おうとしているのは……」

ノックが――とんとんという連続した音が彼らの耳に飛び込んできた。だが、それはドアからではなく、ドレッサーが際に置かれた壁からだった。ノックの音に続いて怒鳴り声があがった。

「くそ、きさま、何でそんなことをするんだ？」

それから別の声があがり、ばたばたと足音がしたかと思うとドアが開く音が聞こえ、ヘザーが椅子から立ち上がると同時に、彼女の部屋の戸口にブラガーが現れた。彼のすぐ後ろから入ってきたのは州警察の制服を着た警官だった。警官は無愛想な口調で言った。

「いいとも。その壁はきみのものだし、叩くのもきみの自由だ。だがいいか、今度からは注意するんだな。さもないとわたしは壁以外のものを叩かせてもらうことになるぞ」

「何を言いたいんです?」ロスが尋ねた。

ブラガーは憤りで飛び出した目を彼に向けた。「この警官はわたしにじっとしていて欲しかったんです!」とまくしたてる。「この警官はわたしの部屋へやってきたんです! そして開け放たれた窓で声がするのに気づきました。あなたの部屋の開け放たれた窓から聞こえる声に。彼は立ち聞きし、わたしにじっとしていてほしかったんです! 警官というのはそういうことをするんです。そう、わたしにはわかっています。彼らはそういうことをするんです。ですが、だからといってわたしまで卑劣な豚だと思わないでください! あなたたちに気づかれずに立ち聞きしているのを、じっと見過ごすような人間だと思わないでください! だからわたしは壁をノックしたんです」

ブラガーは警官をふてぶてしく睨みつけた。

「ありがとう、ミスター・ブラガー」ロスは言った。「ですが、警官に何を聞かれても、ぼくたちはいっこうに構いませんよ」そして警官に向かって顔をしかめた。「ぼくたちは窓を閉め、声をひそめてあなたがたにご迷惑をかけないようにしましょう……」

「そのような手間は省いてやろう」警官はそっけなく言った。「こちらのお嬢さんに階下へいらしてもらえるなら。わたしといっしょに行ってもらえますね、ミス・グラッド?」

「彼女はずっと下で引き止められていたんですよ」ロスは辛辣に言った。「彼らはすでに彼女と話している」

「わかっている。だが新しい事態が起こったんだ。さあ、いらしていただけますか、ミス・グラッド? こういう状況ですから」

ヘザーはドアから出ていき、警官もあとに続いた。彼女の心は無念さでいっぱいだった。自分自身に、そしてロス・ダンディに腹を立てていた。自分たちは子どものようにふるまってしまった。子どものように話してしまった。こんな時期にこの屋敷で。声をひそめることさえせず、何の警戒心も持たずに、開け放たれた窓のそばで。もっともジョージが死んだ今、誰かに隠しごとがあるわけではなかったが……。いや、違う、自分には秘密があった……ヒックスと約束し、それを守ると言ったのだ……。

ヘザーと警官が居間に続くドアに近づくと、ドアが開いてヒックスが現れた。彼の目はさっと彼女を、それから付き添い人を、そしてまた彼女を見た。

「こんにちは」ヒックスは言った。「胸をしゃんと張りなさい」

ヘザーはヒックスが差し出した手を取った。彼の手が心強かった。「あなたがきているなんて知らなかったわ。わたしは……ジョージは……」

「わかっている。警察から聞いたところだ。きみからもその話が聞きたい。外へ行こう」

「わたしは居間へ連れていかれるところなの。地区検事のところへ」

「そう？　だったらぼくも行こう」

しかし彼の思い通りにはいかなかった。ヒックスは彼らといっしょに居間に入ったものの、すぐに追い出された。コルベットの機嫌が悪く、説得の言葉すら聞いてもらえかったからだ。再びドアが閉まり、ヘザーが腰を下ろすと、警官はテーブルの角に立って、たった今起こったできごとを、そして彼が立ち聞きした話の内容をかいつまんで説明した。マニー・ベックはすでに別のドアから出ていったようで、居間に彼の姿はなかった。コルベットは今にも口笛を吹きそうに、赤ん坊のような唇をすぼめて話を聞いた。

それからヘザーに向かって顔をしかめた。「いいですか」残念そうな口調で言う。「あなたが我々に隠そうとしたことなど、すでにばれていると考えるべきでしたね。クーパーはあなたを愛していたんでしょう。わたしたちが知らなかったとでも思いますか？　ほかにもいろいろわかっています。そして今、ロス・ダンディがあなたに夢中だということもわかりました」コルベットは唇を舐めた。「ロスはあなたに結婚してくれと申し込んだのですか？」

「不愉快なことを言わないで」ヘザーはそう言って唇を引き結んだ。

「結婚は不愉快なことではありませんよ、お嬢さん。それに恋愛も」コルベットはもう一度唇を舐めた。「必ずしも不愉快ではありませんよ。おもしろくなってきましたね。それも非常に。ほんの一時間前、あなたはわたしに言いました。あなたの姉さんと義理の兄さんがどうして殺されたのかまったくわからない。それに誰かに動機があるとも思えないと。だが今、あなたはロス・ダンディを疑っている。なぜです？」

「ロスを疑っているとは言っていないわ」

「彼女は」警官が横槍を入れた。「ロスが何も知らないと言ったのは信じられないと話していました」

「口を挟むな」コルベットはぴしゃりと言った。「なぜあなたは彼を信じられないのです、ミス・グラッド?」

「わたしは何を信じていいのかわからないの。彼はたまたまあの場にいた。それだけのことよ」

「ロスを嘘つきだと思っている?」

「いいえ」

「あなたは、ええと——彼の求愛に応えた?」

「いいえ」

「面と向かって彼を信じられないと言ったのには、何か特別な理由があるのですか?」

「特別な理由なんてないわ。ただそう言いたかっただけ」

「いいですか、お嬢さん」コルベットは非難するように言った。「こんな問答を繰り返しても埒はあきません。あなたもこの警官が報告するのを聞いたでしょう。あなたはロスに自分は理由を持っていると言ったはずです。そしてそれは何かと彼は尋ねると、あなたは姉さんの声の入ったソノシートだと答えている。そのこともあなたは我々に隠していましたね。明らかに重要なことだというのに。あなたはそのソノシートを今も持っているんですか?」

「いいえ」

「それは今どこに？」

「さあどこかしら」

「何が録音されていたんです？　あなたの姉さんの声で何が語られていたんです？」

「さあ何だったかしら」ヘザーは唾を呑み込んだ。「そのソノシートに関してはノーコメントよ。個人的な問題なの。それについて話すつもりもないし、どんな質問に答えるつもりもないわ」

「そんな態度を取るなんておかしくはありませんか、ミス・グラッド」

「おかしいことなんて何もないと思うけど」

「わたしにはおかしく見えますよ」コルベットは彼女を見据えた。「おかしいどころじゃありません。我々はあなたの姉さんの殺人事件を捜査しているんですよ。あなたが大好きだったとおっしゃる方のね。それなのにあなたは手を貸すどころか隠しごとをしている。わざと、挑戦するかのように情報を隠蔽している。これを個人的な問題だとあなたは言うんですか！　もしも死体が口をきけるのなら、あなたがそんなにも大好きなあなたの姉さんに訊いてみたいものです。これを個人的な問題だと思うかと」

「わたしは……」ヘザーは唇をわなわなと震わせ、それからなんとか抑えた。「わたしはそんな話、聞きたくないわ」彼女は立ち上がった。「そんな話につき合っていられないわ。あなたの話を聞くつもりもないし、あなたに話すつもりもない」

ヘザーはドアに向かって歩きだした。警官が道を塞いだが、彼女は警官を回り込もうともせずに足を止めた。ほんの一瞬、それは活人画《タブロー》――停止した芝居の一場面になった。それからコルベットが甲高い声で「いいから、彼女を行かせなさい」と警官に命じると、ドアが勢いよく開き、ロス・ダンディが入ってきた。その後ろからは、大声で彼を諫《いさ》めようとしている警官が入ってくる。その騒ぎの中で、ヘザーは彼らの間を縫って居間を抜け、廊下に出た。

ヘザーはある決意を固めていた。衝動的に固めたものだったが、けっして変えるつもりはなかった。するとその決意を今すぐ、アルファベット・ヒックスに伝えたくなった。彼に助けを求めたいからではなく、ただそれを伝えたかったのだ。ヒックスは廊下にいなかった。彼女は廊下の突き当たりのドアまで行って食堂に入ったが、そこにも誰もいなかった。それから食堂を通り、キッチンへ向かうと、ミセス・パウェルがいた。彼女はパームビーチ・スーツとよれよれのパナマ帽の男のカップにコーヒーを注いでいた。

ヘザーは尋ねた。「ミスター・ヒックスを見なかった?」

「いいえ」ミセス・パウェルは答えた。「見たくもないわ」

「彼は問題ない」男は鷹揚に言った。「頭がおかしいだけだ。きみは彼を探しているのか?」

「ええ」

「やつならダンディに会いに二階へ上った。右端のドアだ」

それはロスの部屋だと思い、ヘザーは裏の階段へ向かった。漲《みなぎ》る決意に足取りは速まり、二階に上がってからも、他人の部屋に入る前にはノックするというありきたりの礼儀すら覚えていられなかった。彼女はノブを回して中に入ると、行ったり来たりしていた足を止めて彼女を睨みつけたダンディを無視し、椅子に跨っていたヒックスと向き合って言った。

「もうここにはいられないわ。ぜったいに！　すぐにここを出るわ」

「それはこの屋敷の誰にとってもいいことだっただろう」ダンディはかすれた声で言った。

「きみが一週間前にそう決心していてくれたなら。おそらくきみがここにいなければ……」

「やめてください」ヒックスは乱暴に言うと立ち上がり、ヘザーに歩み寄った。「彼のことは気にしなくていい。今癇癪を起こしていたところだったんだ。地区検事は出て行ってもいいと言ったのか？」

「いいえ。でもわたしは出ていくわ。もうこんなところには……」

「わかった。どうにかしよう。少なくとも、この部屋からは出られるはずだ」ヒックスはダンディに向かって言った。「お願いですから少し落ち着いてください。額に冷湿布を貼ってはどうです。それから髪も梳《と》かすんです」

ヒックスはヘザーに先に出るよう手振りで示し、自分も後に続いた。廊下を十数歩進むと、そこが彼女の部屋のドアだった。中に入りドアを閉めるとヘザーは言った。

「わたしは自分の部屋にいても話ができないのよ。話をしていたら、地区検事のところに連れていかれたわ。わたしがここでロスと話をしていたら、ブラガーの部屋にブラガーと警官がやってきて、偶然隣の部屋のわたしたちの声を聞いたの。ミスター・ブラガーは壁を叩いて警告してくれたんだけど……」

「だったら小声で話そう、声をひそめるんだ」ヒックスは窓を閉めに行き、再び戻ってきた。

「きみは誰と話していた?」

「ロス・ダンディよ。わたしがここにいると彼がやってきたの」

「ソノシートのことを訊きに?」

「いいえ。少なくとも、彼にそのつもりはなかったわ。でもわたしが話を持ち出したの。わたしの姉さんの声の入ったソノシートをどこで手に入れたのかと尋ねて」

「そのことならぼくが教えたはずだ……」

「ええ、わかっているわ。でも思わず訊いていたのよ」

「声をひそめて。きみにおもしろいことを教えてあげよう。クーパーはそのソノシートのことを、口にしたから殺されたんだ。今ならたぶん、ぼくが嘘をついていないことを、きみにもわかってもらえるだろう。ある男が自ら穴に飛び込み、出られなくなった。だが、男は脱出をあきらめる前に、できることならきみとぼくを殺すつもりだ」

二人は向き合って立っていた。ヘザーは上を向いていたので、彼の顎の位置にある彼女の目は真っすぐ彼の目を見ていた。彼女はささやき声で言った。

「それは誰なの?」

ヒックスは首を振った。「ぼくはわかったかもしれないし、わかっていないのかもしれない。さらなる情報が欲しくてここへやってきたら、この騒動に出くわしたんだ。この屋敷に盗聴器が仕掛けられたことはあるのか?」

「ええ。今あるのは一つ。居間の壁に取りつけられているわ」

「それを聞いたらコルベットが小躍りしそうだ。自分が事情聴収している部屋が盗聴されるなんて、腹を抱えて笑うかもな。それはいつ取りつけられた？」

「一年ほど前に、わたしがきたときにはすでに取りつけられていたわ。実験のためにね。それは二ヵ月前に取り外されて、新しいもの――ニューモデルが取りつけられたの」

「誰が取りつけた？」

「古いのをつけたのが誰かはわからないけれど、新しいのはロスよ」

「声をひそめて」ヒックスはたしなめた。「今日の、クーパーの件だが、きみは事件が起こったとき、ブラガーと研究所にいたんだな？」

「ええ。ブラガーがやってきて義兄さんが研究所にいると――いいえ、彼から聞いたのは森の中でだった……」

「研究所で何があったのか話してくれ」

ヘザーは話した。ヒックスは事態を呑み込むといくつか質問し、満足したようにうなずいてから言った。

「わかった。今はそれだけ聞けば充分だ。あとはニューヨークへ向かう道中で聞かせてもらうよ。一番いい方法は……」

「ニューヨークへ？」

「もちろんだ。きみはここを出たいと言ったじゃないか。その気持ちはわかるし、ぼくも別の場所でしたいことがある。だからいっしょに行くことにしよう。きみが貸してくれた車は牧草地の入り口にバックで停めてある。カトウナ方向へ三百メートルほど奥へ行ったところだ。どのあたりか見当がつくか?」

「ええ。古い果樹園の反対側ね」

「すぐ先にどこかの屋敷があった」

「ええ。ダービーさんのお宅よ」

「屋敷を出るのは別々の方がよさそうだ。警察がきみにべったり監視をつけることはないだろう。だからうまくやれば、きみは屋敷を出られるはずだ。きみには土地鑑もあるし。果樹園と牧草地をぐるりと回って行くんだ。そんなことをするのは恐い?」

「恐い? とんでもない!」

「よし、いい子だ。ぼくもできるだけ早くきみと合流するつもりだ。ぼくは屋敷を出る前にちょっとした用事を片づけなくてはならない。それにぼくの方が出て行くのは難しいだろう。警察はぼくがいなくなると寂しがるだろうからな。後部座席で昼寝でもして気長に待っていてくれ。出て行くときは黒っぽい服に着替えて、荷物を持とうとするな。万が一、手違いがあったら——ちょっと待ってくれ」

ヒックスは顔をしかめた。「ぼくは車のキーを持ってきた。別のスペアキーはある?」

「ええ、居間の引き出しに」

「それを取ってこられるか?」

「もちろんよ」

「きみはすばらしい。大人になってぼくのように偉大になれば大統領にだってなれるぞ」ヒックスは腰を下ろし、靴紐を解いて靴を脱いだ。その靴を膝に載せると、今度はポケットから札入れとメモ帳を取り出し、札入れから小包の預かり書を抜きとってちらりと見て、それからメモに何か書き込んで、メモを破き、ヘザーに渡した。そして小包の預かり書を靴に滑り込ませ、靴を履いた。

「いいか」ヒックスは言った。「そのメモを安全な場所にしまっておくんだ。靴の中がいいだろう。そこに書いてあるのは、グランド・セントラルの荷物預かり所に置いてきたあるものの預かり書の番号だ。何か残念なことがぼくに起こった場合には、きみは次のようにしてくれ。まずダンディの奥さんであるミセス・R・I・ダンディに会いにいく。そして彼女といっしょにニューヨーク市警のヴェッチ警視のところへいき、二人が知っていることを残らず話す。すべてだ。彼に隠しごとをしてはいけない。そしてこの預かり書の番号を教え、小包を引き取るように言う。ヴェッチはいいやつだ。いったん妙な癖に慣れてしまえば、彼を好きになる」

「でも……」ヘザーは彼を見つめた。「なぜそう思うの？　あなたに何か残念なことが……」

「わからない。だが、ぼくたちが追っているやつは明らかに頭がおかしくなっている。白昼堂々、あんなふうにクーパーを殺すなんて！　やつは相当びびっているから、次に何をしでかすかわからない。だからこうやってちょっとした作戦を立てて、そいつを出し抜いてやるんだ。ところで、きみに警告しておかないと。ミセス・ダンディに会ったらきみはショックを受けるだろう。心の準備をしておくんだ」

「ショック？　なぜ？」

ヒックスは彼女の肩を叩いた。「会えばわかるさ。さあ、部屋に戻って服を着替えて。あるいは昨日の晩に着ていた黒のロングコートでもいい」

「ミセス・ダンディに会うことはないと思うわ」ヘザーは言った。「だってあなたに……何か残念なことなんて……」

「そうだ。だからきみがその楽しみを永遠に味わえない可能性だってある。その先はニューヨークへ向かう道中で説明しよう。たぶん……」

ドアがさっと開いてR・I・ダンディがずかずかと入ってきた。

「アーヴィングがやってきた。わたしの弁護士だ」彼は刺々しい口調で言った。

「では行きましょう」ヒックスは言うとヘザーに微笑みかけた。「あとでまた」

そしてダンディに続いて出ていった。

18

ヒックスに恐いかと訊かれたとき、ヘザーは馬鹿馬鹿しいと否定した。

そして今、こうしてキッチンに入り、まだミセス・パウェルがそこにいて食器を洗い、さらに制服姿の州警察官がコーナー・カップボードの脇に立ってコーヒーを飲んでいるのを見つけても、鼓動の速まりを恐怖のせいにすることはなかったはずだ。ミセス・パウェルはちらりと彼女を見て黒いロングコートに気づき、声をかけた。

「出かけるの？」

「ちょっと外の空気を吸いに」ヘザーは答えた。

目の端でちらりと見ると、警官が自分を見ているのがわかった。警官は何も言わなかったが、外に出ようとすれば止められるに違いないとヘザーは確信した。彼女はためらった。そんな自分の行動の不自然さを痛切に感じ、くるりと踵を返し、食堂へ続くドアへ引き返した。彼女はたった今、そこで車のスペアキーを取ってきたところだった。食堂でしばし佇んだ彼女は、自分を臆病者と叱咤すると、食堂を抜けてサイド・ホールに出た。居間のドアのそばの椅子の男には目もくれず、外へ続くドアを開けてテラスに立つ。再び心臓が早鐘を打ちだしたのは、窓から漏れる光線の中で立っている別の警官に気づいたからだ。彼女は舞い上がった。そして警官がロス・ダンディと会話の最中にもかかわらず話しかけた。

「誰かがわたしに用があると言ってきたら声をかけて」ヘザーは言った。「声の届くところにいるわ」

「わかりました、ミス・グラッド」警官は答えた。その同意はしぶしぶという口調ではあったが、同情が籠っていた。

ああ、びくびくして馬鹿みたい。彼女はそう考えながら潅木の植え込みを回り、芝地に出ていった。

ヘザーはすでに道順を決めていた。まず裏に向かって真っすぐ菜園を進み、ガレージの後ろを回り、樺の木立ちを抜け、果樹園の奥に出るルートを取るつもりだった。ところが屋敷に近いうちは歩くのに充分な明るさがあったのだが、先に進むにつれ、雲が星を隠していることにヘザーは気づいた。夜目のきかない闇の中、菜園の隅に置き去りにされた手押し車にぶつかって向こう脛《ずね》を擦りむいたヘザーは、さらに慎重になった。そして苺《いちご》畑を回り込み、続いてすらりとした樺の木立ちの間を抜けた。

ようやく果樹園までたどり着き、中ほどまで進んである木で立ち止まって、もっと左に寄ろうかと考えているときだった。後ろで物音がした。ヘザーはさっと振り向いた。心臓が止まっていた。

林檎が落ちたのよ、とヘザーは考えた。

動くものは何も見えなかった。それどころかどんなものも見えなかった。一本取られたわね、勇敢なお嬢さん、と彼女は心の中で思った。あなたは恐怖でびくついている。林檎が落ちただけでしょう。

ヘザーは左に寄り、先に進んだ。足取りが速くなり、何かにつまずいてあやうく倒れるところだったが、それでも足取りを緩めず、低く垂れた枝の下に入っていった。まったく、誰かがこのいまいましい果樹園を広げてしまったのかしら？　いいえ、やっと石のフェンスが現れた。フェンスをよじ登って越えながら、けっきょく自分はそれほど恐がっていなかったのだと彼女は考えた。しっかり漆《うるし》を避けていたからだ。彼女は牧草地を歩きだした。すぐに小径になり、それを右に曲がる。ふと立ち止まって振り返ると、何かが動くのが見えた。

牛だろうか。いいや、このあたりに牛はいない。それに牛ならモーと鳴くはずだ。それは動き続けた。どんどん彼女に近づいてきた！　今や彼女の耳にもその音が聞こえる。彼女の脚は走っていた、彼女は走っていた。いいや、彼女は走っていなかった。立ち尽くしていた。彼女は脚に走るのをやめさせていた……。

声が言った。「ぼくだ。ロス・ダンディだ」

ヘザーはぎょっとした。怒りで言葉も出なかった。

「きみはこれを声の届く場所と言うのか」暗闇の中で染みのような大きさほどになった顔から発せられた声が言った。

「あなた――あなた――」怒りで息が詰まった。

「きみを恐がらせたなら悪かったよ。ぼくはそんなつもりじゃ……」

「わたしはそれほど臆病じゃないわ」彼女は馬鹿にするように言った。「わたしを放っておいてくれない？　つけ回すのはやめてほしいのよ」

「ああ、そうしよう」今や顔が顔だとわかるほどロスは近づいていた。「きみが屋敷の中に戻るのを見届けたら、つけるのはやめよう。だが、とにかく、ぼくは知りたいんだ。どうしてきみは考えたんだ？　きみの姉さんの声の入ったソノシートを、ぼくが持っているなんてとんでもないことを」

「わたしは戻らないわ。もう二度とあの屋敷に足を踏み入れるつもりはないの」

「戻らない？」

「ええ」

「きみはこんなふうに出て行くつもりなのか？　夜に？　歩いて？　荷物も持たずに？　逃げ出す？　だめだ。そんなことはさせない。そうとも、きみを抱きかかえてでも屋敷に連れて帰るぞ……」

「やれるものならやりなさいよ！　さあ、どうぞ！　何をするの！　わたしはぜったいに道路へ行くわ。ぜったいにね。何よ、触らないで！」

ヘザーはくるりと背を向け、歩きだした。真っしぐらに、というわけではなく、小径の轍《わだち》の間のうねを慎重に歩いていった。一度も振り返らずに歩き続け、フェンスの途切れたところに渡された二本の横木までやってくると、低い方の横木を跨いでくぐり抜け、そのとたん、停められていた車の後部にぶつかった。彼女は前のドアまで行き、運転席に乗り込んだ。彼女がドアをばたんと閉めると同時に反対側のドアが開き、ロス・ダンディが助手席に乗り込んできた。

ヘザーはふいに、どうしようもなく泣きたくなった。こらえていないと、泣きそうだった。こらえていても、泣きそうだった。ロスに車を降りてと言いたかった。それも落ち着いた、軽蔑を込めた口調で。だが、口を開こうとはしなかった。そんなことをしたらたちまち……。

信じられないことに、ロスは言った。「ひょっとしたらこの車は『R・I・ダンディ&カンパニー』の車か」

このひと言でヘザーは気を取り直した。もはや泣く必要はなくなっていた。

「そのようね」ヘザーがそう言ったとき、ほんの少し前には不可能に思えた口調になっていた。「わたしがどうするつもりか話さないと、あなたを降ろすことはできなさそうね。この車をここまで運転してきたのはミスター・ヒックスよ。彼はあなたのお父さんに依頼されて仕事をしているから、許可を貰ってこの車を使っているんだと思う。わたしはここで彼を待って、二人でニューヨークへ行くつもりよ」

「きみとヒックスで？」

「ええ」

「きみは彼のことを知らないじゃないか！　きみは彼の何を知っている？　いいか、頼むから……」

「あなたの話を聞くつもりはないわ。ソノシートに関しては、あなたに尋ねるべきじゃなかったと思っている。わたしはそれについて理解していないけれど、あなたに話してもらおうとも思っていないの。わたしはこのぞっとするような恐ろしい事件のことを何も理解していない。何も理解しないままあの屋敷で座ったり、横になったりしながらもう一晩過ごしたら、頭がおかしくなってしまうわ。でも、ミスター・ヒックスは理解していると思うの。少なくともいつかは理解するわ。だけどあの不愉快な地区検事が何かを発見するとは思えないの。とにかく誰かが何かを発見するにせよ、しないにせよ、わたしはあそこに留まることはできないし、留まるつもりもないわ。それにもうこのことも話さない。さあ、あなたは屋敷に戻って警察に話すのね。そうしたら警察がやってきてわたしを捕まえるわ。わたしはここを動かないから」

ヘザーはロスではなく、フロントガラス越しに正面の闇を見つめ、ロスは彼女の横顔を見つめていた。彼は言った。

「なんて高尚で寛大なお言葉だ。ぼくが警察に話すだって。きみにはそんなことを言う権利はない。たとえ相手がぼくでも」

「あなたがそうしたいなら警察に話せばいいのよ」

「許可してくれてありがとう。だが、ぼくは話したくないんだ。いずれにしても、ぼくには話せない。彼らに会うつもりはないからだ。ぼくはきみとヒックスといっしょにニューヨークへ行くつもりだ」

「あなたはだめよ!」

「ぼくは行く。だが、そのことはヒックスと話をつける。きみはこのぞっとするような事件について、一切話したくないと言った。それにぼくも、きみに話してもらいたいとは思わない。だが、一つだけ質問させてほしい。そしてできればきみに答えて欲しい。あのソノシートのことだ。きみが言っているのは、あの記入のない別のソノシートといっしょに入っていた一枚のことか？」

「ええ」

「だったら、きみはあのソノシートを取っておいたんだ」

「いいえ。わたしが取っておいたのは一枚だけよ。あの一枚にはわたしの姉さんの声が入っていたでしょう。それにどうやってあなたがあれを手に入れたか、わたしにはわからなかったから」

「あれはきみの姉さんの声じゃない」

「あれは姉さんの声よ！」

「違う。あれはぼくの母の声なんだ。ソノシートはどこにある？」

一台の車がカーブを曲がって前方に現れた。まばゆいヘッドライトがまともに当たり、二人の顔を照らし出す。車は轟音とともに脇を通り過ぎ、走り去っていった。

「わたしたち、見られてしまったわ」ヘザーは言った。「誰かはわからないけれど、見られるなんて、わたしは何て頭が悪いの。さあ、もう馬鹿げた話はおしまいよ。わたしはもうソノシートのこともほかのことも一切話さないわ」

ヘザーはドアを開けて車を降りると、後ろのドアを開けて乗り込み、バックシートに横になった。長い脚を引っ込めるには曲芸師のような技が必要だったし、そうまでして位置を決めても、最高に心地よいとは言えなかったが、それでも横になっていれば、別の車のヘッドライトをよけられるし、歓迎できない同乗者から自分を隔離できるという二つの目的が達せられた。前の座席で動く音が聞こえたものの、彼女は目を開かなかった。彼が何か言ったとしても、それが何であれ、答えないつもりだった。けれどもロスは何も言わなかった。ヘザーは目を固く閉じた。だが、目を閉じると刺すように痛むので、開いて闇を見つめることにした。しばらくして再び彼女は目を閉じた。ヒックスがくることを願っていた。彼がきても、あるいは何が起こっても、事態がリセットされて、以前の生活に戻れるわけではないけれど。何をもってしてもそんなことはできないだろう。ただ永遠に悪夢を見続けるわけにはいかなかった……眠れずに……眠れずに……。

ロスはどちらの方角からヘッドライトがきても、首を引っ込めて見つからないようにしていた。ときどき、といってもしょっちゅう、後部座席を振り返る。寝息から察するに彼女がぐっすり眠っているのは間違いなかった。信じがたいことだったが。彼はヘザーに眠っていてほしかった。眠っていれば、自分がそばにいて彼女を守れるからだ。それはまさに彼が最初に思いついたことだった。彼女を起こさないよう、彼はできるだけ静かに座っていた。ダッシュボードのライトを点けて何時なのか知りたかったが、やめておいた。だからといってヒックスを待ちわびていたわけではなかった。たとえヒックスがこなくても、それはそれで好都合だった。

路肩の草を踏みしだく音がした。ロスは首を傾けた。音は右からか、いや、左からだ。ヒックスがこの方角からくる？　そのとき近づいてくる垂直な斑点が、その高さからしてヒックスではないことがわかった。と同時に暗闇から甲高い声が聞こえた。

「あなたですか、ミス・グラッド？」

ロスは低い声で言った。「ティム？　ぼくはロスだ」

しかしそのとき後部座席で動きがあり、少年が車までやってくる頃にはヘザーがドアを開けて尋ねていた。「どうしたの？　誰なの？」

「ティム・ダービーだよ、ミス・グラッド。あなたに伝言を持ってきたんだ。うわー、わくわくするな。ただしあなたは一人だと彼は言ってたけど。もちろん、ロスなら問題ないよ」

「伝言？」

「うん。電話がきたんだ。あなたがこの場所に停めた車の中にいるって彼は言ったんだよ。ママがメモしてくれた。あなたは彼と会う予定だと言ってたけど……」

ヘザーは紙切れを受け取ると室内灯を点け、鉛筆の走り書きに目を凝らした。

「ダンディの入り口の前は通らずに、ルート11を使ってクレッセント・ロードへ向かうこと。ぼくはクレッセント・ファームから八百メートル奥に停めた車で待つ。ナンバープレートの番号はＪＶ２８。ＡＢＣより」

「ありがとう、ティム」ヘザーは前の座席から伸びてきたロスの手が、自分の手から紙切れを抜いたのにもほとんど気づかないまま言った。「本当にありがとう」

「どういたしまして。ミス・グラッド。ああ、わくわくするな。ぼく、告げ口したりしないよ。ママもしないと言ってた。ぼくはあなたが見えなくなるまでここで見送るよ。警官たちがきても、どこへ行ったかは教えないんだ。警官に何をされてもね。拷問されてもだよ」

「そいつはすごいな、ティム」ロスは言った。「きみは頼れるやつだと思っていたよ。だがきみはすぐに家に帰って寝た方がいいな。そうすれば警官たちには何も知られないだろう。この伝言はいつきたんだ?」

「たった今だよ。ほんの数分前」

ヘザーは運転席に戻った。コートのポケットから車のキーを取り出して差し込み、回して発進ボタンを押す。エンジンがうなり声をあげてから、静かな音をたて始めた。彼女は首を巡らし、ロスを見た。

「その紙を返して。それから車を降りるのよ。あなたに礼儀作法というものが少しでも残っているなら……わたしにはあなたを追い出すことはできない。自分で降りてくれる?」

「もちろん、降りない。きみはその伝言が誰からきたのかさえ知らないじゃないか。ヒックスからきたと思っているのか?」

「もちろんよ。ABCと署名があるもの。彼の名前はアルファベット・ヒックスよ」

「彼はどうやって車でクレッセント・ロードまで行ったんだ? 自由の身になって車に乗れ

たのなら、なぜここへこない？」

「さあ。おそらく屋敷に近すぎるからよ。さあ、車から降りて」

「悪いがそれはできない。彼はどうしてダービーがここに住んでいるのを知っているんだ？どうしてダービーに電話がかけられた？」

「わたしが彼らの名前を教えたからよ」

「いつ？」

「今日の夕方。わたしが屋敷を出る前に。さあ……」

「きみはここで彼を待つと言った。電話で伝言をよこすとあらかじめ打ち合わせしてあったのか？」

ヘザーはギアのレバーを引いてローに入れた。「こんなところで議論するつもりはないわ」ときっぱり言う。「あなたは忘れているようだけど、何があってもぜったいに何もしゃべらないとわたしは言ったはずよ。それにあなたはわたしを愛していると言った。まさか忘れたわけではないわよね。それほどわたしを愛しているのなら、証明してみせて。さあ、車から降りるのよ！」

「ずいぶんとご立派な証明方法だ。ああ、立派すぎる！」

「降りないの？」

「もちろんだ！」

ヘザーはヘッドライトを点け、クラッチを入れた。車を発進させ、道路に出、カトウナ方向へ左折する。

それは楽しいドライブとは言えなかった。二人はひと言も口をきかなかったからだ。ダンディの屋敷の入り口からクレッセント・ロードにあるクレッセント・ファームまでは最短距離なら、ほんの五キロの道のりだった。ところがルート11を使うとその距離は倍になる。しかもいつもならのろのろ運転などけっしてしない優秀な運転手のヘザーが、このときばかりはがくんとギアを変えたり、ハンドルをふらつかせたり、カーブでは境界線ぎりぎりまで膨らんだり、乱暴にアクセルを吹かしたり、さらにルート11へ入る角の少し前では、対向車とすれ違いざま、カーブを膨らみすぎてあやうく排水溝に落ちるところだった。ヘザーは首を回してちらりと助手席を見たが、ロスは文句さえ言わなかった。さらに三キロほど進んで再び右折するとクレッセント・ロードへ入った。それはいまどきの道路にしてはお粗末で、小径も同然の道だった。丘へ続く長い坂を登って下ると、道は曲がりながら森へ入り、再び開けた場所に出ると、途中でクレッセント・ファームの前を通りながらさらに数キロ続き、やがて次の森に入った。道幅が狭まり、木々の枝が頭上に天蓋を作り……。

ヘザーは思いきりブレーキを踏み込んだ。車が抵抗して震え、ゴムタイヤが土にめり込む。彼女はギアをローに変え、横滑りでなんとかでこぼこの路肩に停めた。わずか三メートル前方の同じ路肩に、大きな黒いセダンが停まっていた。向こうのライトはすべて消えていたが、ヘザーの車のヘッドライトがＪＶ２８のナンバープレートを照らし出した。彼女がダッシュボードのノブを押すと、あたり一面暗闇に沈んだ。しかしロスは手を伸ばし、ノブを引き戻した。

「ライトは点けておこう」彼は小声で言った。「きみはここで待つんだ」

ロスは車を降り、前の車に向かって歩きだした。車に人の気配はなかった。ヘザーはドアを開け、車からすべり降りて彼に続いた。そして窓越しに中を覗いたロスが運転席も後部座席も空なのを確認する間、彼のすぐ後ろに立っていた。ロスが何か言おうと振り向こうとしたとき、ヘザーははっと彼の腕を摑んだ。彼女の視線を追って、ロスが振り向くと、車の前に隠れていた男――バンパーの前でうずくまっていたらしい男は立ち上がっていた。広い鼻と薄い唇の上で狭められた目は、車のまぶしいライトを浴びてぞっとするような光を放っていた。警戒心が強く、意地の悪い豚さながらの目。しかも彼の手にしたピストルは二人に狙いを定めていた。

19

ヒックスは宙を睨みながら二階の廊下に立っていた。

たった今ロスの部屋から出てきたところだったが、ダンディ・シニアと彼の弁護士との会談は、世界中のあらゆる友好さとは無縁のまま終わった。ダンディはずっと不機嫌だったし、陰気な声の弁護士は依頼者側の主張を信じようとはしないし、ヒックス自身はいささかうんざりしていた。話し合いの結果がいちじるしく実りないものになったのは言うまでもなく、ヒックスはもっと早く退散したいところだったが、自分が屋敷を出る前に、先に車へ向かったはずのヘザーにたっぷり時間を与えたかったのだ。

そんなわけで何はともあれ、ヘザーが屋敷を脱出できたかどうかを確かめなくてはならなかったが、誰かに訊くのは得策とはいえなかった。そこでヒックスは彼女の部屋へ行って中に入り、さっと見回すと、再び部屋を出、階下へ向かった。ぶらぶら歩いて、ほぼ全部の部屋に誰かしらいるものの、女性は一人もいないのを見て取ると、残りの部屋も確認しようと、居間のサイド・ドアの脇にいる男に尋ねた。

「中には誰がいる?」

「数人いるが」

「ぼく同様、囚われの身の者は？　たとえばブラガーは？」

「いいや、彼は二階だ。この中では地区検事がミセス・パウェルから事情を聞いている」

「彼女との話が終ったら、地区検事と話がしたいんだ。外のテラスで待っているよ」

ヒックスは外に出るドアに向かって歩きだした。だが、たどり着くことはできなかった。ヒックスが取りたてて足取りを速めなかったのに対し、男の方は小走りで先回りして、ドアを背に立ちはだかったからだ。彼の言わんとすることは明らかだった。

「待つならここで待て」男は言った。「椅子がある」

「ぼくはテラスの方が好きなんだ。大丈夫、自分で出られるから。ありがとう。生まれてこのかた、ドアは自分で開けてきているし」

男は首を振った。「これは命令なんだ。きみを屋敷の外に出すわけにはいかない」

「誰の命令？」

「ベック部長の」

「それは全員に課せられたもの？　それともぼくだけ？」

「たぶんきみだけだ。ぼくはそう聞いた」

「だったら移動の自由という憲法上の権利をぼくが主張したら？」

「それがドアの外に出る、という意味なら、きみにその権利はない。逮捕するぞ」

「なるほど」ヒックスは唇を引き結び、一瞬立ち尽くした。「だったら戻ろう」

ヒックスは踵を返し、食堂を通ってキッチンへ向かった。パームビーチ・スーツによれよれのパナマ帽の男がテーブルの脇に座り、雑誌を読んでいた。ヒックスは彼に話しかけることなく裏口へ向かったが、途中で声をかけられた。

「待て。そこは出口じゃない」

ヒックスは足を止めた。「どういう意味だ?」

「きみは屋敷を離れてはならない」

「本気で言っているのか?」

「ああ」

「五セントくれるなら、試してみよう」

男はむっつり首を横に振った。「そんなことをしても何の得にもならないだろう。外には警官がいる。今回は管内の警察が総出で警備に当たっているからな。ところでたびたび煩わせて悪いが、わたしには高校生の子どももいて……」

ヒックスは札入れを取り出し、名刺を一枚抜いて彼に渡した。

「ミズバショウ《スカンク・キャベツ》を千切りにする仕事をどう思う? よかったら紹介するよ」

「あまりありがたい話とは思えないな」男はやるせない口調で言った。

「そんなことはない。これ以上寛大な申し出はないさ。マニー・ベックの命令を聞くくらいなら、スカンク・キャベツを千切りにする方がはるかに楽しいさ」

男は腰を上げ、ヒックスに歩み寄って握手した。そして再び椅子に戻ると、あとは何も言わず何の表情も見せなかった。

ヒックスはキッチンを出て奥の階段を上がり、ヘザーの部屋に入って腰を下ろした。もちろん、今や屋敷を出なくてはならなかった。それもただちに。外に出るにはまだ試していないドアが二つあったが、そこにも間違いなく警官は立っているだろう。しかもそのドアにたどり着くには居間を通らなくてはならない。窓はいくらでもあるが、外に警官がいれば、やはり出ることはできないはずだ。確かに強行突破すればできないこともないが、叫喚の中を走っても、ヘザーの待つ車にたどり着けるかどうかは疑問だ。そうなったら屋敷から逃げ出せなくなるだろう。廊下の先の部屋へ行ってダンディの弁護士を連れ出して車のボンネットに押し込み――それはそれで楽しく、愉快なことだろうが――服を交換させるという手もあるが、顔まで交換することはできない。

戦略が必要だった。

ヒックスは十分間座ってから、「これしかない。一晩中考えているわけにはいかないし」とつぶやいて立ち上がった。そして階下のサイド・ホールへ行き、そこにいた男に向かって尋ねた。

「ミス・グラッドはどこにいる？　二階にはいない。まだ自由に話せる権利がぼくに残っているのなら、彼女に会いたいんだが」

「彼女は外に出ていった」

ヒックスは驚いた顔をした。「どこだって？」

「外に」

「いつ？」

「ううん、一時間ほど前かな。そうだ。用があるなら声をかけてくれと彼女は言っていた。呼ぼうか？」

「頼む」

男は開け放たれた窓へ行き、テラスに向かって呼びかけた。

「アル、ミス・グラッドを呼んでくれないか。用ができたんだ」

呼び声が響き渡った。「ミス・グラッド！」間があいて、「ミス・グラッド！」長い間のあと、今度は音量が上がって、「ミス・グラッド！」

さらに間が空き、呼び声はつぶやき声に変わった。「返事がないが、呼び続けた方がいいかな？」

「しばらくしたら。彼女はたぶん――おい、何をする！」

だが、ヒックスはドアを開けて居間に入り、テーブルに歩み寄って、ぎらぎら光る目でコルベットのぽっちゃりした顔を見下ろした。

「あなたは」ヒックスは怒りを露わにして尋ねた。「まだ死体が足らないと思っているんですか？　あなたとあなたの部下たちは」

「何を……」

「何、何、何！　あなたの墓石にはそれを刻んであげますよ。あの大馬鹿警官は、ぼくが屋敷を出ようとしたら逮捕すると言ったんです。それなのに彼女のことはボディガードもつけずに一人で屋敷の外に出したんですよ！　さあ彼女を探さないと！　必ず見つけてください！　見つけたら、忘れないでくださいよ。死体を動かすのは警察が到着してからだと！」

「彼女って誰だ？」コルベットの顔から血の気が引いていた。「おまえは何の話をしている？」

廊下から入ってきた男が言った。「ミス・グラッドが外に出ました。一時間か、もう少し前に。屋敷の外に出してはいけないと命令されたのはヒックスだけですから。彼女は近くにいるので、用があったら呼んで欲しいと言いました。ヒックスが彼女と会いたいと言ったので、アルが呼んだんです」

「今わたしが耳にしたのはその声か？」

「そうです」

「彼女は応えたか？」

「いいえ」

「彼女を探してください」ヒックスは有無を言わせぬ口調で言った。「そうすればおそらく彼女が返事をしない理由がわかるでしょう。責任はあなたがたに取ってもらいますからね」

コルベットは立ち上がった。「おまえはどうしてそんなに確信している？　彼女が襲われたと」

「確信しているわけじゃありません。ぼくが襲ったんじゃありませんよ。ぼくはずっと屋敷の中にいたんですから。ですが、この二日の間に二人の人間が殺された。しかも一人は彼女の姉さんで、一人は彼女の義理の兄さんです。そして彼女はこの暗闇の中、一人で外をふらつきに出かけた。そう考えるのは不自然ですか？　お願いです。許可してください。ぼくは懐中電灯を貸りてドアの外に出たいんです。それともぼくをクローゼットに閉じ込めて、自分たちだけで探しますか?」

「黙れ!」マニー・ベックはそう吠えてから、廊下に続くドアに向かって大股で歩いていった。ドアを開けるとテラスから、「ミス・グラッド!」と叫ぶ声が聞こえてきた。別の警官たちや地区検事もベックに駆け寄った。ミセス・パウェルは何かわけのわからないことをつぶやきながら、彼らを押し分けてドアを通り抜け、食堂へ消えていった。テラスから入ってきた男がベックに告げた。

「彼女は返事をしません。わたしは探しに……」

「ホワイトプレーンズに電話して応援を頼んでください」ヒックスが激しい口調で言った。

「これはまったくもって驚くべき事態だ」ベックはうなり声をあげた。

コルベットはてきぱきと指示を出した。「全員ここへ集合させろ。ベイカー警視を呼べ。いいから、全員ここへ集合させるんだ!　地区警察に郡警察まで召集しておきながら、彼女に何かあったら……」

男たちは動いた。もちろん、ヒックスも。しかし彼はテラスへ向かう流れには入らなかった。名刺コレクターが騒動に気を取られ、むっつりと居間に入ってきたのに気づくや、食堂を抜けてキッチンへ行った。ところがキッチンには先客がいた。ミセス・パウェルが椅子の端に腰を下ろし、ゴム製のオーバーシューズを履いているところだった。彼女の脇のテーブルには懐中電灯が載っていた。

「お出かけですか、ミセス・パウェル?」

「ええ」彼女はきっぱり言った。「どいつもこいつも役立たずばっかりで……」

「なぜゴムのオーバーシューズを?」

「しずくで濡れないように」

「外は曇りですよ」ヒックスは彼女の真後ろに立った。屈み込んでオーバーシューズを引っ張っていた彼女は、懐中電灯を盗まれたことに気づかなかった。「しずくなんてつきませんよ」四歩でドアまで行くと、ヒックスはキーと音をたててドアを開け、外に出た。

ヒックスは左右に光線を払い、誰もいないことを確認した。屋敷の角を曲がった先から命令を叫ぶ声が聞こえた。捜索のパーティーを組むために、全員がテラスに集まっているのは間違いなかった。ヒックスはガレージの裏を回るルートを取ることに決め、右に針路を取り、砂利敷きの空き地に停められた車の間を通り抜け、生け垣に開いた隙間を見つけた。さらに少し進むと、いばらに突っ込んだが、懐中電灯を使わずに回り込んだ。するといつのまにか樺の林の中にいた。樺は刈られずに頭と同じ高さになっていた。さらに二分ほど進み、林を抜けて果樹園らしきものに到着した。果樹園だと判断できたのは、踏んだ丸いものが林檎だとわかったからだ。屋敷の方角から聞こえる叫び声は今やかなり小さくなり、かろうじて聞こえる程度だった。彼は右を向き、小枝が目に当たってからは片方の手で顔を守りながら、快調に歩いていった。そして道路との境に建てられた石のフェンスにぶつかると、左に曲がり、フェンスに沿って歩いた。百歩ほど進んだところでふいにフェンスが途切れた。手探りで小径に続く門の横木を見つける。横木の間を潜り抜け、車にぶつからないよう慎重に……。

だがしかし、車はなかった。

ヒックスは道路までの小さな斜面を進み、それから引き返した。肩をがっくり落とす。自分は間違った小径にきてしまったのだろうか？　そのとき道路の方から叫び声が聞こえた。ダンディの屋敷の方角だ。つまり距離は正しいらしい。彼は位置を確認しようと懐中電灯を点け、あたりを照らし出した。そうだ。あそこにカーブがあった。右手にあの藪があって、あそこに石のフェンスが……フェンスに男、いや、少年が座っていた。電灯の光を浴びてこちらを見返している。

「やあ」ヒックスは懐中電灯を消し、フェンスに近づきながら言った。「きみがそこにいるとは、気づかなかったよ。きみの名は？」

「ぼくはティム・ダービー。あなたは刑事さん？」

「いいや」ヒックスは力強く言った。そして少年に目も口もあるのがわかるところに立った。「ぼくの名前はアル・ヒックス。きみはいつからここにいるんだい？　つまりいつから座っていた？」

「そう……ずいぶん前からだよ。あなたは警官じゃないんだよね。だって制服を着ていないもの」

「ああ。ぼくはただの男さ。どうして訊いたかというと、ぼくがここに停めた車が消えているからなんだ。誰かが盗んだに違いない。つまりきみがそれを目撃したんじゃないかと思ってね。きみはここに停めてあった車を見た？」

「車は確かにここにあったよ。ぼくはこの道路の少し先に住んでいるんだ」

「きみは車が出て行くのを見た？」

「えっと、ぼくは……」ティムが答えられたのはそこまでだった。

「いいかい」ヒックスがティムを遮って説明した。「いつ盗まれたかがわかると助かるんだけどな。誰がやったか告げ口してくれって言っているわけじゃない。ぼくはただ自分の車を取り返したいだけなんだ」

「あなたは嘘つきだ」少年は言った。「あれはあなたの車じゃない。ダンディさんのところの車だ。六一年型のキャデラック。ミス・グラッドにしょっちゅう乗せてもらっているし、ロスにも乗せてもらってるからわかるんだ。それにあなたはもう一つ嘘をついている。だってあなたの名前はヒックスじゃないもの！」

「どうしてぼくの名前はヒックスじゃない？」

「だってそうじゃないからさ！　あなたはあまり頭がよくないんだね。だって彼がここにいるはずないから……」ティムはふいに口を噤んだ。

「きみは間違っているよ、ティム」ヒックスはきっぱり言った。「ぼくは刑事でも警官でもないし、同じくらい嘘つきでもないんだ。ぼくが自分の車、と言ったのは、それを運転してきたのがぼくだ、と言いたかっただけなんだ。それが話の作法というものだろう。きみだってわかるだろう。ぼくは今晩、ニューヨークからあの車を運転してやってきたんだ。それからぼくの名前については、ヒックスだと本名を名乗って嘘つきだと言われるなんて心外だよ。だってきみはとても賢い子に見えるからね。今晩八時頃、きみはダンディの屋敷の入り口の前で、警官を取り囲んでいた野次馬たちといっしょにいただろう？　違うか？」

「うん、いたよ」

「そうだろう。ぼくはきみを見たよ。あのとき一人の男が警官に近づいて、ヒックスだと名乗らなかったかい？」

「うん、そう言っていた」

「あのときの男はぼくじゃないか？」

「わかるはずないよ。だって、ぼくにはあなたの顔が見えないんだから」

「これは失礼」ヒックスは懐中電灯を点け、それを自分の顔に向けた。「どうだい？　ぼくはあのときの男かな？」

「うん、あなただ」

「そうか。だったらぼくが警官にも嘘をついたと思うかい？　ぼくが誰かと訊かれたときに。なぜそんなことをすると思う？」

「わからないよ」ティムは意地になっているようだった。「でも……」

「でも何だい？」

「ぼくにはぼくの理由があるんだ」

「それはそうだろう。ぼくが名前を偽っていることに、きみは自信満々だったから、何か理由があるんだろうと思ったよ。それにぼくはその理由もわかっているよ」

「嘘だね！」

「いいや、わかっている。きみはミス・グラッドと友だちなんだろう。彼女の車に乗せてもらっているくらいだから」

「うん、そうだよ」

「そうか、ぼくも友だちなんだ。きっと車を乗っていったのは彼女なんだ。そしてもちろん、彼女にはそうする権利がある。彼女はきみの家に寄り、きみに頼んだんだ。ここにきて待っていてくれと。そしてヒックスという名前の男が現れたら伝言を伝えてくれ。それにぼく以外の男には、けっしてその伝言を伝えないようくれぐれも用心してくれと。だからきみは用心して、ぼくがヒックスだと名乗っても嘘つきだと言おうと思ったんだろう。さあ、ぼくがヒックスだとわかったんだから伝言を教えてくれるね。どうだ？」

「でも伝言をよこしたのはあなたの方でしょう！」少年は叫んだ。「あの伝言にはＡＢＣと署名してあった。それでこの伝言はアルファベット・ヒックスからのものよ、ってヘザーはロスに言ったんだ」

ヒックスが驚いた表情を隠さずにすんだのは、暗闇のおかげだった。それでも彼が答えるまで一瞬の間が空いた。

「つまりきみはこう言いたいのか」ヒックスは尋ねた。「伝言はヒックスからきたものだとヘザーはロスに言ったと」

「そうさ！　ロスに車を降りてと頼んだときにね。ヘザーはロスを連れていきたくなかったんだ」

「ティム、いいかい」ヒックスは少年の肩に手を載せた。「ぼくは嘘つきじゃない。それにミス・グラッドの友だちだ。それをしっかり頭に叩き込んでくれよ、わかったか？」

「わかったよ。でも……」

「でも、はなしだ。ミス・グラッドが危ないんだ。ぼくは彼女に伝言なんて送っていない。彼女がＡＢＣと署名のある伝言を受け取ったとしたら、それは偽ものだ。それを送ったのは彼女を傷つけたい、おそらく殺したいと思っている相手だ。彼女はどうやってその伝言を受け取った？　誰が彼女に持ってきたんだ？」

少年はフェンスからすべり降りていた。「でも、ああ、どうしよう。ぼくは知らなかったんだ……」

「誰が伝言を彼女に持っていった？」

「ぼくだよ」

「どこで頼まれた？」

「ママが電話で。彼が――あなたが電話してきたんだ」

「ぼくは電話していない。それは偽の電話だ。彼は何と言った？」

「ヘザーにクレッセント・ロードまで車で行くようにって。彼がクレッセント・ファームの八百メートル先で車を停めて待っているからって。ナンバープレートの番号はＪＶ２８」

「JV?」

「うん。そしたらロスが言ったんだ……」

「ロスはどこにいた?」

「ここで彼女の車に乗っていた」

「きみはヘザーがここにいることをどうして知った?」

「彼が電話で言ったんだ。ヘザーはここにいるだろうって。本当にここにいたよ。ただ、ロスのことは何も言っていなかったけどね。でもロスなら問題ないさ。ロスは言ったんだ。それはあなたからの伝言じゃないと思うって」

「ロスの言う通りだ。それでロスは彼女といっしょに出かけた?」

「もちろん。ロスは降りやしないよ。ヘザーに首ったけだからね」

「二人はどれくらい前に出かけた?」

「そう、ぼくがここに座ったのが……」

「だいたいでいい」

「たぶんあなたがくる十分前か、十五分前」

「クレッセント・ファームはどこにある?」

「クレッセント・ロードの先だよ。ダンディさんの屋敷の前を通って真っすぐ行くなら、最初の角を右に曲がって二キロぐらい行くんだ。それから『ポストズ・コーナー』を直進して三キロほど行くと、右にたくさんの納屋と大きな白い鶏舎が見つかるよ」

「きみの家には車があるの?」

「うん。でも今はないんだ。パパは夜の仕事だから。でもサディーおばさんの車ならあるよ。おばさんは騒ぎを聞きつけてやってきたんだ。ねえ、もしもこれが陰謀だとしても、ミス・グラッドが傷つくかもしれないなんて心配しなくていいよ。だってロスがいっしょだし、ロスは虎みたいに戦うよ。彼は強いんだ。前にね……」

「それはよかった。だけどぼくも行って確かめないと。サディーおばさんの車はどこ?」

「庭の向こうだよ」

「いっしょにきて教えてくれる?」

「もちろん」

道路を歩きながらヒックスは説明した。

「どんなにロスが強くても、ミス・グラッドが傷つくかもしれないんだ。だからぼくはなるべく早く、彼らのいるところに行かなきゃならないんだよ。ぼくが頼んだらサディーおばさんは車を貸してくれるかな? おばさんはどんな人?」

「ちょっと感じ悪いかな。けちんぼだからね。だから借りるとしたら、黙って借りるしかないよ。だってこれは緊急の事態なんだよね?」

「もちろんさ。でもきみは行けないよ、ティム。ぼくだってきみを連れて行きたいさ。でもそれは法律に違反するんだ。きみはまだ未成年だろう。ぼくは誘拐の罪で逮捕されて刑務所送りになるかもしれない。まったく馬鹿げた法律さ。だが、それが現実だ。ここで曲がるの?

ポーチに停めてあるのかい？」

「ううん。車は中に停めてあるんだ。ああ、ぼくも行きたいな！」

「きみの気持ちはわかるし、ぼくもいっしょに行ってもらいたいよ。だけどそれが法律だからね。とにかく、きみは誰が、なぜ車を借りたかを説明しなくちゃならないだろう。さもないと車が出ていく音がしたとたん、盗まれたと警察に通報されてしまう。かなり勇気のいる任務だ。きみにはそれを遂行する勇気があるかな？」

「もちろん、あるさ。でも……」

ここに残るようティムを説得するのには手こずった。だが、生まれつき物わかりのいい少年であるティムは、最後には納得した。車が無事庭を出て走りだすまで待って、それからおばさんにティムが事情を説明することになった。

幸運にも、キーはダッシュボードの中にあった。ヒックスはできるだけ音を低くしてエンジンをかけ、自分はきみのことを誇りに思う、ミス・グラッドもそう思うだろうとティムに声をかけてから静かに車を発進させた。車は私道を抜けて道路を走りだし、やがて右に曲がった。

それはクレッセント・ロードへの近道ではあったものの、ダンディの屋敷の入り口の前を通らなくてはならないルートだった。それでもヒックスはアクセルを踏み込み、誰にも邪魔されずに一気に走り抜けた。サディーおばさんが車の手入れを怠っていなかったのは明らかだった。車――小型のセダンはあれこれ装備を積まれてはいなかったが、夢のように走った。三分もすると、最初の右折地点にやってきた。そこを曲がり、さらに三分走ると、一群の建物が見え、その中の一番大きな建物が四角い白い建物だった。つまり目印のクレッセント・ファームを通過したということだ。そこで彼は速度を落とした。

車は這うようにゆっくり進み、やがて森へ入った。だが、停まっている車は一台も見えなかった。一・五キロ。三キロ。四・五キロ。森を抜けてかなり走った。彼は道幅の広くなっているところで車をUターンさせ、両側に鋭い視線を投げかけながら引き返した。だが、五分ほど走って一群の建物のあたりに戻っても、車はまったく見当たらなかった。JV28もダンディのキャデラックも。その一群の建物とは離れて立つ、木立ちに囲まれた小さな建物の中に明かりがともり、ラジオが鳴っていた。彼は車を小径に入れ、車を降りて庭を横切り、ドアへ向かった。

「ここはクレッセント・ファームですか?」ヒックスは呼びかけに応じて、スクリーン越しに顔を覗かせたオーバーオール姿の男に尋ねた。

「そうですよ。ですがミスター・ハンフリーの住まいは道路の先です。わたしはウォルト・テーラー、農夫です。ミスター・ハンフリーを探しているんですか?」

「いいえ。ぼくは友だちを探しているんです。彼はあなたのところで電話をお借りしたんじゃないかと思って。この一時間くらいの間に電話を借りにきた人はいますか?」

男は首を振った。「いいえ」

「この道路で車を停めて待っている、クレッセント・ファームの八百メートル先だと彼は言っていました。もしもあなたが……」

「黒の大型のセダン?」

「そうです。ナンバープレートはＪＶ２８」

「番号までは見ませんでしたが、黒の大型のセダンが五時ごろ停まっていましたよ。干草を取りにいく途中で通りがかったんです。一時間後に干草を積んで戻ってきたときにもまだいましたね」

「彼に違いない。どんな男でした？」

「男のことは見ていないんです。時刻も確認しなかったし。ただ車があった、ということだけです。気に留めていませんでしたからね。雉撃ちにきたんだと思って。もっとも暗くなるまで銃声は一発も鳴りませんでしたよ」

「暗くなってからは聞いたんですか？」

「いいえ。はなから聞こえるとは思っていませんからね。姿が見えないのに雉を撃つのは至難の業ですよ」

「この三十分の間に車が通る音に気づきました？　どちらの方角からでも？」

「いいえ。ずっとラジオを聞いていましたから」

ヒックスは彼にお礼を言って立ち去り、サディーおばさんの車に戻って東へ向かった。四つ角までくると、路肩に車を寄せ、ダッシュボードの時計を睨みつけた。脳から何の指令も受けないまま、彼の指は勝手にポケットから煙草の箱を取り出し、煙草を一本抜いた。数分経っても、彼は身じろぎせず、相変わらず時計を睨みつけたまま座っていた。煙草にはいまだに火が点けられていなかった。

20

ヘザーとロスが自分たちにピストルを向けた男に気づいた瞬間の顛末は、次のようなものだった。

男はフロント・バンパーに寄りかかり、車の正面に立っていた。ヘザーは左サイドのステップ脇——ステップとフロント・フェンダーの継ぎ目あたりに立ち、ロスは彼女の真後ろにいた。ピストルを手にした男は言った。

「おまえたち、何が望みだ?」

ロスは男の言葉を聞いていなかった。言葉を言葉として認識していなかったのだ。認識できるような状態ではなかったからだ。たとえば自分にピストルを向けた男が一メートル半しか離れておらず、しかも自分との間に何の障害もなければ、相手に飛びかかることも可能だろう。だが、自分と相手の間にフェンダーと大型車のボンネットがあったなら、飛びかかるのは狂気の沙汰だ。確かに臆病な男や慎重な男、あるいはそんなたぐいの状況に陥ったことを語れる経験のある男なら、そんなことはしないだろう。すなわちロスは自分がそのどのタイプにも入らないことを証明したのだ。実際に飛びかかることによって。

それは飛びかかる、というより、飛び越える、という表現がふさわしかった。彼は飛び出すと同時にヘザーの肩に片手をかけて後ろに押しやり、筋肉の力だけでジャンプした男というよりは、爆薬によって発射されたロケットさながらの速度で、ボンネットを越えていったからだ。不意打ちをくらった男はとっさに逃げることもできず、反射的に引き金を引きかけたものの、それすらできずに終わった。衝撃で倒れたからだ。男もろとも倒れこんだロスは馬乗りになり、やみくもに掴みかかって右手でピストルをねじ取り、男の頭をしたたかに殴った。男は一瞬膝をびくりと上げ、気絶した。

戦闘時間はおそらく五秒ほどだったろう。

ヘザーは何か喚きながら脇で立ち尽くしていたが、ロスはまだ言葉を認識できずにいた。あえぎながらよろよろ立ち上がり、自分が手にしたピストルを見つめる。自分たちが乗ってきた車のヘッドライトを浴びてぎらりと輝くピストルを見ているうちに、全身が震えだした。ロスは大声で言った。

「なんということだ！　ぼくはこれでこいつを殴ってしまった！」

「その人は撃たなかったのよね」ヘザーは言った。「撃たなかったんでしょう？」

「撃つ？」ロスは彼女を見つめ返した。「ああ、撃っていないよ。こいつは撃たなかった」

「撃ったと思ったのよ――彼は撃つつもりだと思ったの」

「ぼくもだ」

「あなたはよくやったわ」

「ああ、ぼくもそう思う」いまだに動かずに地面でのびている男をロスは見下ろした。「かなり強く殴ってしまったようだ。こんな体験は初めてだからな」男のかたわらに片膝をつく。「さあ、これを持っていてくれないか?」

ヘザーはピストルを受け取り、ロスを見下ろしながら立っていた。ややあって、彼は言った。「鼓動が聞こえない」

ヘザーは唇を噛むのをやめ、口を開いた。「脈を取ってみたら」

ロスは男の手首を取った。そして長い沈黙の末、不安そうに言った。「ぼくには脈はしっかりしているように感じるんだが。きみも診てくれないか?」

ヘザーは診たくなかった。また人が死ぬようなことになったら……頭を殴られてマーサが死んだように……だが、診ないわけにいかないことはわかっていた。ロスに頼まれたからだ。彼はあんなふうに車を飛び越えてピストルに立ち向かってくれた……ヘザーは彼のかたわらにしゃがみ込み、彼が放した手首を取って脈のある位置に触れた。だが、脈を見つけることはできなかった。そして三十秒経ってからようやく、自分の鼓動が大きすぎて他人の脈を見ることなど不可能であることを悟った。

「大丈夫よ」ヘザーは嘘を言った。

「よかった」

「本当に」

「ほっとしたよ。ぼくにもう一度診させてくれ」

ヘザーは男の手首を渡して立ち上がり、二歩歩いてバンパーに腰を下ろした。すぐにロスも立ち上がり、バンパーまで歩いてきて彼女の隣に座った。

「膝ががくがくする」ロスは言った。「ああ、大変なことをしてしまった。どうしたらいいんだろう。こいつをこのまま置き去りにはできないし。たぶんもうすぐ意識を取り戻すだろう。そうなったらどうしよう？　病院へ連れていった方がいいんだろうか。それとも屋敷に連れ帰って、あの間抜けな地区検事に引き渡した方がいい？　まったく、どうしたらいいんだ」

ヘザーはくすりと笑った。そしてロスが驚いて彼女を見ると、もう一度くすりと笑った。ヘザーは自分が笑っているのに気づいていたし、そんな自分に腹を立ててもいた。にもかかわらず、どんなに堪えても次の忍び笑いが込み上げてきた。もう喉元まできていた。自分ではどうしようもなかった。するとそのときふいにロスに抱きしめられ、最後の忍び笑いは行き場を失った。彼の唇に唇を塞がれていたのだ。もはや喉元の笑いのみならず、あらゆる忍び笑いが彼女の中から消えていた……。

ヘザーは彼を押しのけて体を引き離し、怒った口調で言った。

「堪えられなかったのよ。おかしくて。おかしいというのとはちょっと違うかしら。でもあなたがそんなふうに、どうしたらいいかとおろおろしているから。あんなに勇敢だったあなたが。そう、わたしは認めないとね。あなたは間違いなく勇敢だったと。でもあなたが勇敢で、わたしが異様に興奮しているからといって、こんなことをしていい理由にはならないわ」

「きみにキスしたことを言っているの？」

「そうよ」

「そんな理由できみにキスしたんじゃないんだ。もちろん、ぼくはいつもきみにキスしたいと思っていた。そう思わなかったときは一瞬たりともない。だが今キスしたのは、きみに関することで浮かんだある考えが気に入らなかったからなんだ。それでもぼくはそれをきみに訊かないわけにはいかなさそうだ。ぼくは訊きたくないが、訊かないわけにはいかない」

「わたしに関する考え？」

「そうだ。きみとヴェイルについて」

「ヴェイル？」

「ああ」二人の目が合った。「きみはいつ彼と知り合った？」

「彼のことなんて知らないわ。まったくよ。あなたが言っているのは『リパブリック・プロダクツ』のヴェイルのことでしょう。でもヴェイルのことは一切知らないわ。それよりあなたがどうしてそれを訊きたいのかを知りたいわ。だってミスター・ヒックスにも同じことを訊かれたわ。わたしか姉さんが彼と知り合いじゃなかったかと」

「そしてきみはヴェイルを知らない？」

「会ったこともないわ」

「たった今会ったんだ。そこにのびているのが彼だよ」

「そうなの？　この人が……？」

「そいつがジミー・ヴェイル、『リパブリック・プロダクツ』の社長だ。それにぼくはたぶん頭が鈍いのかもしれないが、少なくとも質問はできる。質問の答えは出せなくても、だ。ヴェイルはここで何をしていた？　誰がくると思ってピストルを用意していたんだ？　それにあのソノシートだ。なぜ、あれが姉さんの声だときみは言う？　それになぜ、ぼくの母は――いや、それについてはきみは何も知らないはずだ。そしてなぜ、ヒックスはヴェイルに会うようにときみに伝言を送った？　ヒックスは友だちだときみは考えている。今もそう思えるか？」

「あの伝言を送ったのはヒックスじゃないわ」

「ヒックスじゃない？　だったら誰が送った？」

「わからないわ」鼓動が鎮まり、ヘザーは自分が理性を取り戻したと感じだしていた。もっとも理性の中身は以前よりもさらに混乱していたが。「わたしはどんなことについても何も知らないわ。でもヴェイルがピストルを手に車の影に隠れていたのだとしたら、もしかしたらヴェイルが……」

ヘザーはふいに口を噤み、手にしたものを見つめた。全身に震えが走った。「これだったのかもしれない……彼がジョージを撃ったのは……」彼女の指から力が抜け、ピストルは地面に落ちた。

ロスはしゃがみ込み、それを拾って自分のポケットにすべり落とした。

「それは警察が調べてくれるだろう。きみは今何か言いかけていたね。ヴェイルが何だって？」

「彼がわたしに伝言をよこしたのかもしれないわ」

「短波《ショート・ウェーブ》で?」

「電話ならどこからでもできるわ。クレッセント・ファームからでも」

「だったら、きみがあそこに停めた車でヒックスを待っていたのを、ヴェイルはどうやって知った?」

「わからないわ」ヘザーは顔をしかめた。「何もかもおかしいわ。おかしいとしか言いようがない! それにわたしもよ。とにかくわたしは間違っていた。つまりあなたに車から降りてと言って、一人でここにこようとしたとき、あなたは降りてくれなかった。つまりわたしが言いたいのは、そのことはきちんとしておかないと、ちゃんと言っておかないと。あなたがきてくれてよかった。それはちゃんと言っておかないとね」

「ああ、そんなことはいいんだよ。忘れてくれ。だが、あの伝言は……」

ロスははっと言葉を呑み込んだ。地面でのびていた男がうめき声をあげ、身じろぎしたのだ。ロスとヘザーは立ち上がった。もう一度、今度はかなり大きなうめき声があがり、男の体が動いた。ロスが一歩前に出ると、ジェームズ・ヴェイルは肘をついて体を起こし、それからもう片方の手を地面について上半身を起こした。彼は座ったまま自分の顔にまともに当たるライトに目をしばたたき、もう一度うめいた。

ロスは言った。「無理しない方がいいですよ」

「おまえは誰だ?」ヴェイルがかすれた声で訊いた。

「ぼくはロス・ダンディ」

「何？　誰だって？」

「ロス・ダンディ」

「ディック・ダンディの息子か？」

「ええ」

「なんでここへやってきた？」

「車で。ミス・グラッドと。ヘザー・グラッドですよ。彼女はあなたからの伝言を受け取るとすぐにここへやってきたんです」

「伝言？」

「あなたが電話で伝えてきた伝言です」

「わたしは誰にもどんな伝言も送っていない」

ヘザーがすかさず割って入った。「彼は狸寝入りをしていたのよ。横になったままわたしたちの話を聞いていたんだわ。彼の話し方を見て。頭ははっきりしているわ」

「どうして、わたしの頭がはっきりしていなくちゃならないんだ？」ヴェイルは尋ねた。「何があったんだ？」

「ぼくがあなたを殴ったからです」ロスは言った。「ぼくたちがここへくると、あなたは車の正面からふいに現れて、ミス・グラッドに銃口を向けました。ぼくはあなたに飛びかかり、ピストルで殴りました。そしてあなたは気を失ったんです。少なくともぼくたちはそう思いました。あなたが気を失っていなかったのなら、こんな説明は無用でしょうがね。いいえ、礼には及びませんよ」

ヴェイルから返ってきた答えはうめき声だけだった。彼は体重を移動させて右手を地面につき、左手で耳のすぐ上を触ってみた。そして頭を右に、続いて左に傾けてうめき声をあげると、前と後ろに傾け、もう一度うめいてから両手両膝を地面につけ、体を押し上げるようにして立ち上がった。それからもう一度頭に触れ、右から左にゆっくり旋回させ、おそるおそる一歩踏み出し、さらに一歩……。

「動かない方がいい」ロスはきびきびした口調で言った。「ぼくはあなたのピストルを持っています。ヘッドライトの光線の外に出たら脚を撃ちますよ。といってもぼくの射撃の腕前は当てになりませんからね」

「きみはロバなみの大馬鹿者だ」ヴェイルは振り向いてロスと向き合った。「父親と同じくらい愚か者だ。伝言だって。わたしはそんなものを送っていない。それはどんな内容だったんだ?」

「彼に話してはだめよ」ヘザーは言った。「何も話してはだめ。どういうことなのか彼に話をさせるのよ」

「彼に何を話させるというんだ?」ロスはポケットに手を入れたまま、ヴェイルから視線を逸らすことはなかった。「いずれにしても彼が薄汚い嘘つきである以上、彼が何を言おうと、ぼくたちは信じられないだろう。つまり彼とぐだぐだ話していても埒はあかないということだ。彼をどこかへ連れていくか、とにかくどうにかしなくてはならない。屋敷に連れて帰るべきだとぼくは思う。ほかにいい考えも浮かばないし。それにこのピストルを警察に渡して調べてもらって、これがクーパーを撃ったピストルなら、彼は嘘をつくだけ無駄だということに……」

「何のことだ？」ヴェイルは尋ねた。「誰が撃たれたって？」

「クーパーだ」

「クーパーが撃たれた？」

「ええ。もしもあなたが嘘をつこうと考えているのだとしても……」

「どこで？　いつ？」

「彼に話してはだめよ」ヘザーは断固として言った。「何も話してはだめ。今すべきことは彼をヒックスのところへ連れてゆくことよ。でもヒックスの居場所がわからないけれど」

「確かに。彼の行方はわからない」ロスは言った。「彼があの伝言をどこから送ってきたにしても……」

「あの伝言を送ったのはヒックスじゃないわ！　彼が送ったのなら、ここにいるはずでしょう！　何か起こったのだとしたら……そうだ！」ヘザーは突然言葉を切った。

「忘れていたわ。どうすべきかをわたしは知っていたんだわ。彼に言われたことを忘れていたわ」ヘザーは決然と言った。「わたしはミセス・ダンディに会いにいくわ」

「ミセス・ダンディ？　ぼくの母のことを言っているのか？」

「そうよ」

ロスはあっけに取られた顔で彼女を見た。「ヒックスがぼくの母に会えと言ったのか？」

「そうよ。だからわたしは行くわ。とにかくあの屋敷には二度と戻らない。あなたが彼を連れて帰りたいというのなら、あなたは行けばいい。でもわたしは行かない。彼の車で連れていくのね」

ヴェイルは二人に一歩近づいた。

「動くな」ロスは警告するように言った。本気で言っている声だった。

「わたしは自分の脚を撃たれるようなことをするつもりはない」ヴェイルは嘲るように言った。「きみたち子どもはすばらしい。まったくもってすばらしい。わたしの処遇を話し合っているのか。これはわたしが保証するが、わたしの処遇を決める前に、自分たちがこの件について何も知らないということをしっかり考えた方がいいぞ。もしも我々が警察へ行けば、こんなときにこんな場所にわたしがいることの説明を求められるだろう。そしてわたしは答えないわけにはいかなくなる。そうなったら困るのはわたしではない。わたしをこの件に巻き込むなら、わたしは自分を守るために自分が知っていることを警察に言わざるを得なくなるだろう。そうなったらダンディの一家と会社に何が起ころうと、わたしを責めないでもらいたい」

「彼の言うことを信じないで」ヘザーは言った。「彼は芝居をしているのよ」

「あなたはこう言いたいんですか」ロスは皮肉な口調で尋ねた。「神のお恵みがありますようにと言ってあなたにピストルを返し、このささやかな出会いを忘れてしまえと?」

「そんなことはどうでもいい。きみがそのピストルをどうしようとわたしは気にしない。ただし、それはわたしのものだからいつかは返してもらいたいが。それより提案したいのは、わたしたちもミス・グラッドといっしょにきみの母上に会いにいったらどうかということだ。説明が必要で、しかもそれに値するのは彼女だし、何がなされるべきか決めるのも彼女だ」

「つまり」ロスはじっと彼を見つめた。「あなたは厚かましくも、ぼくの母に説明したいと言っているのですか?」

「そうだ。それが厚かましいかどうかは、きみの母上に決めてもらうべきだ」

「彼を連れていきましょう」ヘザーは言った。

「彼は時間稼ぎをしているだけだ」ロスはきっぱり言った。「警察に行きたくないだけなんだ」

「きみは大馬鹿者だ」ヴェイルは吐き捨てた。

ロスは彼をじっと見ていたが、最後には、「わかった」と言った。ポケットから出てきた手にはピストルが握られていた。「あなたとぼくはあなたの車で行きましょう。運転するのはあなたです。ミス・グラッドにはもう一台の車で後ろをついてきてもらいます。万が一あなたが馬鹿な真似をしたら……」

「わたしはぴたりとついてゆくわ」ヘザーは言った。「でも気をつけて。彼が何をしようと、運転中に撃ってはだめよ。彼が運転しているときに撃ったりしたら、車が……」

「ヴェイルがぼくを大馬鹿者呼ばわりしたからといって」ロスは憤慨して言った。「きみまでそう思うことはない。それにきみこそ、ここへきたときよりもう少しましな運転を頼むよ」

21

マージー・ハートは決めていた。何があっても、このお勤めは辞めないと。第一の理由は、忠誠心。ミセス・ダンディに仕えて二十年。自分が辞めたりしたら、一週間、いや、数日のうちに奥さまはお腹を空かし、ぼろをまとい、右往左往することになるだろう。第二の理由はお給金。ありがたいことに、毎年途切れることなく引き上げられてきたお給金は、今や途方もない額になっている。第三の理由は好奇心。最近偶然立ち聞きした旦那さまと奥さまとの口論。自分はまだ行ったことのないカトウナにある、あちらのお屋敷で起こった殺人事件。そう、正真正銘の殺人事件。そしてまさにこのアパートメントに来訪し、質問していった本物の刑事たち。それは彼女にとって青天の霹靂《へきれき》だった。この先何が起こっても不思議ではない。関係者全員が逮捕され、刑務所に放り込まれるかもしれないし、自分自身、殺人事件の公判で容赦ない視線を浴びることになるかもしれない。彼女は恐いような、わくわくするような心地でいた。

心は決まっていたものの、マージーはよく眠れずにいた。奥さまがよく眠れずにいるのを知っていたからでもあるし、次に何か起こるとしたら、夜中にこっそり自分の鍵を使って帰ってきた旦那さまが、奥さまを殺すことだと思っていたからでもある。彼女はそんなことを考える自分をあざ笑った。そんなことを考える根拠など何一つなかったからだ。だがそれでもそう考えずにはいられなかった。そしてだからこそ、半分眠っていた彼女の耳には聞こえたのだ。深夜の十二時二十分過ぎにアパートメントの玄関ドアが開き、閉まった音が。一瞬、シーツの下の体が強張り、動けなくなった。ほら、やっぱり。旦那さまがお帰りになった、奥さまを殺しに……。彼女の心臓が止まった。彼女はベッドから起き出して明かりを点け、部屋着を掴むと、部屋を飛び出し、廊下を通ってキッチンを抜け、食堂と居間を通って玄関ホールへ……。

「あらまあ!」彼女は憤慨の声をあげた。

「こんばんは、マージー。母さんは起きている?」

「なんてお行儀の悪い」マージーはそう言って自分がどれほど驚いたかを表現した。というのも彼女がその科白《せりふ》を口にするのは、はるか昔にロスをセントラル・パークへ連れていって以来だったからだ。彼女はロスを睨み、それから彼の後ろにいる、自分とは面識のない若い女性を睨み、それからロスの隣にいる自分がよく知っている男性を睨みつけた……それにしてもミスター・ジェームズ・ヴェイルがこのアパートメントの敷居を跨ぐことは二度とないはずなのに……。

「お母さまはもうお休みですよ」彼女はそっけなく言った。

「母さんに会わなくちゃいけないんだ。ぼくがきたと伝えてくれないか。頼むよ」

マージーはくるりと背を向け、足早に引っ込んでいった。ロスは残りの二人を促して居間へ案内した。明かりを点け、座るよう勧めてから、自分もいったん腰を下ろしたが、慌てて立ち上がり、黒のロングコートを脱ぐヘザーを手伝った。コートは実用本位のものだったが、ロスはチンチラの毛皮でも扱うように椅子の背にかけた。そのとき戸口で声がし、ロスは振り向いた。

「ロス、あなたなの？　まあ、久しぶり！」

ロスは母親に歩み寄り、両手を握り、それからその手を母親の肩に載せ、顔を見て頬にキスした。

「わたしはいつも忘れてしまうわ。あなたがどれほど大きくなったかを」ジュディスはそう言って息子の腕をぎゅっと握ってから放した。「あなたがくるのを待っていたのよ。つまりミス・グラッドがくるのをね。たぶんあなたがエスコートしてくると思っていたわ。こちらがそうなんでしょう。ミス……あら、どうしたの？」

ミセス・ダンディはヘザーに歩み寄り、足を止めてじっと彼女の顔を見た。ヘザーは口をぽかんと開け、見開いた目に驚愕の色を湛えてジュディスを見ていたのだ。それは幽霊を見たときの目で、ハッテイ・カーネギーの店で買った黄色の部屋着姿の端正な顔立ちの夫人を見たときの目ではなかった。その光景をじっと見ていたロスは、やがて尋ねた。

「どうした？　何が起こった？」

「お母さまの声が……」ヘザーは口籠った。

「わたしの声？　わたしの声がどうかした？」

「ジュディス」ジェームズ・ヴェイルが椅子に座ったまま声をかけた。「これは遅かれ早かれ起こることだった。ミス・グラッドは驚いて声が出ないんだ。きみの声と、彼女の姉さんの声がそっくりなので。どれほど似ているかは、彼女の驚きぶりを見ればわかるだろう。そうだね、ミス・グラッド。びっくりするほど似ているんだろう？」

ヘザーはうなずいた。「わたしは……こんなこと信じられない」

ジュディスは彼女に向かって顔をしかめた。「わたしの声があなたの姉さんの声と似ていると言いたいの？」

「そっくりなんです！　目を閉じるとまるで……ああ、信じられない」

「そうか、そうだったのか！」ロスが興奮して声をあげた。「ヘザー！　そうだったんだよ！　あのソノシートのことさ！　きみはあれを姉さんの声だと思ったし、ぼくは母さんの声だと思った！」ロスは母親を見つめ、それからふいに彼女の腕を掴んだ。「ああ、そうなんだ！　それで母さんが向こうの屋敷にいるとぼくは思ったんだ！　ヘザーの姉さんが話しているのを聞いて母さんだと思い込んだんだ！」彼は母親の腕を上下に振り回した。「つまりあのソノシートの声は母さんの声じゃないんだね！　ヘザーの姉さんの声なんだね！　ヴェイルと話していたのは母さんじゃなかった！　あれはヘザーの姉さんで、彼女が……」

ロスはそこで口を噤んだ。

そして愕然とした表情でヘザーを見た。

「ああ、なんてことだ」ロスはしょんぼりした声で言った。

「その通り」ヴェイルは乾いた冷たい口調で言った。

ロスは彼とまともに向き合った。「あなたを地獄送りにしてもいいんですよ。すでに一度気絶していただきましたが、もう一度とお望みなら……」

ジュディスが痛烈な口調で言った。「ロス、お行儀悪いわよ。あなたが言っているのが例のソノシートのことなら……」

「母さんはそれについて何も知らないでしょう。それを聞いたら母……」

「わたしは聞きました。ミスター・ヒックスが持ってきてくれて……」

「ヒックス？　何だって！　それはいつ？」

「いつだっていいのよ。とにかくわたしはそれを聞いたわ。それにもしもヴェイルと話していたのがミス・グラッドのお姉さんなら……」

「姉さんはヴェイルと話したことなんてないわ！」ヘザーが口を挟んだ。「姉さんは彼のことなんて知らないもの！　名前だって聞いたことはないはずよ！」

「きみはそのソノシートを聞いていないんだろう？」ロスは尋ねた。

「ええ！　聞いたのは最初の数行だけよ！　それにあれがヴェイルとの会話だとしたら、あれはあなたのお母さまの声に違いないわ……」

「もうやめて」ジュディス・ダンディが割って入った。「あなたたち若い人がその件で知っていることはわたしと同じ程度だろうし、それはヴェイルも同じはずよ。ソノシートの会話はわたしとのものじゃないわ。だって、実際違うから。それにミス・グラッドのお姉さんとのものでもないわ。ヴェイルはその夫人をジュディスと呼んでいるのだから」

「つまりきみはこうほのめかしているのか？」ヴェイルはそっけなく尋ねた。「自然の気まぐれが二度起こって、第三の夫人が存在すると。しかも声が似ているだけでなく名前がジュディスという女性がいると?」

「いいえ。わたしはどんなこともほのめかしてはいないわ」ミセス・ダンディは彼を冷たく見据えた。「ほのめかしたいようなことは何もないし、あったとしても、あなたに話して時間を無駄にするようなことはしないわ」ジュディスはソファに歩み寄り、ヘザーの隣に座って彼女の手を取った。「ねえ、お嬢さん。わたしは自分が恥ずかしいわ。夫の研究所で辛い目に遭った娘さんがいるのは知っていたのよ。わたしにもっと人間らしい優しさがあったなら、あなたのもとへ駆けつけていたわよね。わたし自身ひどい状況ではあったんだけれど、そんなことはぜったいに理由にはならないし、それにとにかくわたしはあなたより倍も年上なんだから。さあ、力を合わせて、解決するまで頑張りましょうね」

「わたしは」ヘザーは声を震わせながら言った。「あなたに抱きついてキスしそうです。あなたの声——あなたにはおわかりにならないでしょうけれど、ミセス・ダンディ……」

「そうね。かわいそうに。わたしはどんなことも何もわかっていない。でも、あのヒックスという男にはわかると思うの。彼はそんな口ぶりだった……」

「ヒックス?」ロスは驚いて尋ねた。

「そうよ。だからミス・グラッドを待っていたの。ヒックスが電話をよこして、彼女がうちにやってくるだろう。彼女にそう言ったからと……」

「彼から電話があったのはいつ?」

「一時間かもう少し前よ。彼ももうすぐここへやってくるわ」ミセス・ダンディはもう一度ヘザーの手を取った。「お嬢さん、今日何があったかはヒックスから聞いたわ。あなたは向こうにいるときに銃声を聞き、自分の義理の兄さんが死んでいるのを見つけた――それなのにあなたはすばらしいわ。まだこんなに若いのに！　実は何があっても動じない女刑事さながらの女性がくるかと思っていたのよ。でも実際に現れたのは夢のようにきれいなお嬢さんで！　わたしったら本当に恥ずかしい……」

「ということは」ヴェイルが口を挟んだ。「ヒックスはここへ向かっているのか？」

「ええ」

「刑事といっしょに？」

「いいえ」

「よかった。ジュディス、わたしがきみの息子とミス・グラッドといっしょにここへきたのは、きみに今回の件を説明したかったからなんだ。せめて自分が知っていることだけでも……」

「そんな話、聞きたくないわ」ミセス・ダンディはヴェイルを見ようとしなかった。「それに息子とミス・グラッドといっしょにここへやってきた理由さえ訊くつもりもないわ。何もかも、わたしには理解できないことばかり。だからわたしはまともな精神状態にいるふりをするのをやめたの。わたしは居間に入ってきてあなたがここにいるのを見たときも驚かなかった。もはや驚くことができないのよ。どうやら息子は――息子の表現を借りるなら、あなたを気絶させたようね。それがいつのことなのか、どうしてそうなったのか、わたしにはわからない。とにかく説明したいことがあるなら、ミスター・ヒックスに話してちょうだい……」

ブザーが鳴った。

ロスが応対に向かった。ヴェイルは遠のいていく若者の背中に向かって顔をしかめながら、両方の親指をベストのポケットに突っ込み、背筋を伸ばした。そして周りに聞こえるほど大きなため息をついた。玄関ホールで声がして、それからドアが閉まった。そして間もなく、ロスに案内されたヒックスが入ってきた。ヒックスはソファに歩み寄りながら、ヴェイルには一瞥をくれただけで、肩を寄せて座り、手を取り合っているジュディスとヘザーにすぐに視線を移し、よく動く幅広の口の端を上げた。

「あなたの言った通りだったわ」ジュディスは言った。「彼女はやはりここへやってきたわ」

「そうでしょうとも」ヒックスはヘザーの膝を叩いた。「いい子だ」

「あなたに何が起こったの?」ヘザーは尋ねた。「わたしは伝言を受け取って……」

「そのことは知っている。だがその件はあとでゆっくり話そう」ヒックスは彼女の隣に腰を下ろし、ヴェイルを見上げ、ロスを見た。「みなさん、座ってください。少しお話ししましょう」

ヴェイルが攻撃的な口調で言った。「わたしがここへやってきたのは……」

「事情を説明するため?」

「そうだ。ミセス・ダンディに話すために……」

「結構。座って、楽にしてください。あなたの説明を伺いましょう。さあ、どうぞ」

22

ソファと向かい合うようにゆっくり椅子を回し、それに腰掛けて視線をジュディス・ダンディと同じ高さにしたジェームズ・ヴェイルは、格別魅力ある物体ではなかった。愚鈍そうな幅広の鼻と、身勝手そうな細い唇と、狡猾そうな冷たい目をした顔立ちが、かつて誰かに称賛されたことはなく、それは身なりをきちんとし、休息と食事を充分取って、一流企業の社長として快適な生活を送っているときでさえそうだったのだ。それが今、服を汚し、髪も乱し、気取りを一切失い、しかも左耳の上にみっともない大きな瘤《こぶ》まで作った彼は、ひたすら醜かった。薄暗い明かりの下、肉がついて垂れ下がった瞼の奥の目が誰に焦点を合わせているのかは定かではなかったが、椅子の背にもたれ、ベストのポケットに親指を突っ込んだ彼が話しだした相手は、ミセス・ダンディだった。

「まずこれだけはきみに保証しておきたいんだが、ジュディス」とヴェイルは切り出した。「わたしはたとえかなりの危険を冒すことになっても、この件での損失を最小限に抑えるために、全力を尽くすつもりだ……」

「わたしに話すのはやめて」ジュディスはぴしゃりと言った。「ミスター・ヒックスに話して」

「だが、わたしはきみに話したいんだ。その理由はこれからわかってもらえるだろう。わたしは自ら進んで大きな危険にこの身を晒そうと思っている。だが、殺人の共犯者として逮捕されるつもりはない。いずれの殺人についてもだ。そこでこれはきみたち全員に言っておくが、わたしは自分が事実として知っていることや、推測していることを語るに当たり、慎重にならざるを得なくなるだろう。話せることもあるが、話せないこともあるということだ。しかしここにいるわたしたち全員が、慎重の上にも慎重を重ねざるを得ない理由については充分説明できると思う」

ヒックスはうなり声をあげた。「さっさと先を続けてください。夜も遅いので」

ヴェイルはヒックスの言葉を聞き流した。「そもそもディックがわたしのオフィスに盗聴器を仕掛けたことを、わたしは一年以上前から知っていた。彼が仕掛けた翌日には知っていたんだ。どうして知ったかを説明するつもりはない。あえて言うなら、わたしは長年ビジネスの世界で生きてきているし、プラスチックを録音機器に応用する技術に関しても熟知しているということだけだ。わたしはディックに製法のヒントをいくつか教えてやって面白がっていた。もちろん、大して役には立ちそうもないヒントをだ。やがてディックは『リパブリック』の成功に腹を立てるようになった。腹を立てすぎて、狂人同然になった。わたしがディックの製法を盗んでいるという疑惑には何の根拠もなかったが、彼を説得しようとしても無駄だった」

「少しよろしいですか」ヒックスが口を挟んだ。「たぶんぼくにはわかったような気がするんです。あなたは何かの芝居に出かけ、ミセス・ダンディと声がそっくりな女優を見つけた。そしてちょっといたずらしてやろうと思いつき、その女優をオフィスへ連れ帰り、盗聴器に向かってあなたと少々会話をさせた……」

「いいや」ヴェイルは言った。彼の視線はジュディス・ダンディに注がれたままだった。「口を挟まないでくれないか。気が散るんだ。今も言ったように、わたしは少しばかり慎重にならなくてはならない。わたしには冒したくない危険が少なくとも一つあるからだ。ジュディス、これは説明するまでもないと思うが、わたしはこんな騒動にきみを巻き込んで喜んでいるわけじゃない。きみを巻き込んだことに気づいたのは、先週の火曜、つまり一週間前の昨日だ。ヘルマン・ブラガーが電話をよこして、わたしに会いたいと言ってきた。世界第二位の優良プラスチック企業の研究者からの電話だ。当然わたしは興味を持った。そしてその夜に会う約束をした。ブラガーがダンディのところを辞める気になったのではないかと期待して。ところが彼には辞める気などまったくなかった。比喩的な表現を使うなら、彼はわたしの『血を求めていた』。つまりブラガーによると、ディックはわたしのオフィスに仕掛けられた盗聴器から録音したソノシートを持っている。そこにはわたしときみの会話――わたしがきみからダンディ社の製法を買い取った会話が録音されていると言ったんだ」

ジュディスは顔をしかめ、口を開いた。「ヘルマン・ブラガーがそう言ったの？」

「そうだ。そしてわたしは思った。ブラガーはその……きみを崇拝していると。もちろんそんな感情を抱くのは彼だけではないだろうが。とにかくわたしはそう思った。ブラガーは製法を盗まれたことより、きみを巻き込んだことに怒っているように見えたからだ。ブラガーは先ほどヒックスが披露したのと同じ説を考えていた。すなわち盗聴器のことを知ったわたしが、きみの声を真似できる人物を探し出し、ひと芝居打ったのだと。そしてディックに事実を話して、きみの無実を証明するようブラガーはわたしに迫った。当然、わたしは断った。それは事実ではないからだ。するとブラガーはよほどきみに参っているらしく、わたしがたじろぐほどの剣幕で怒った。もしも彼が暴力に訴えるような男だったら、わたしの『血を求めていた』という表現は比喩ではすまなくなっていただろう」

ヴェイルは音をたてて息を吸い込んだ。「さて、わたしときみの間でそのような会話は一切交わされなかったのだから、わたしが芝居を打っていないにしても、誰かが打ったに違いなかった。つまりきみの声ばかりかわたしの声も真似たのだという結論に達した。率直に言わせてもらうが、それを演出したのはディック自身だったのではないかとわたしは思っている。なぜなら、そんなことをする動機のある人間をほかに思いつかないからだ。どうしてディックが、きみをそんな目に遭わせようとしているのかはわからない。だが、妻と夫の間には、友人には計り知れない多くのことがあるものだ。そして先ほども言ったように、わたしはすでにディックが狂人も同然であると確信している。厳密に言うなら、わたしにはこの一件に首を突っ込むあらゆる権利があるはずだ。ブラガーがわたしに話してくれた、でっちあげのソノシートは、わたしのビジネスマンとしての倫理に多大なダメージを与えるものだったからだ。しかしわたしは……」

ジュディスは言った。「昨日わたしがあなたを訪ねたときには、そんなことはひと言も口にしなかったわね」

「確かにそうだ。あのときはまだそのソノシートを見たことも聞いたこともなかったし、どこにあるのかも知らなかった。そしてそれはビジネス倫理や、ディックのわたしやわたしの会社に対するくだらない嫉妬のみならず、ディックと彼の研究員や妻との関係とも関わっていた。わたしはそんなことに巻き込まれたくなかった。だからそれについては何も知らないし、わたしにできることは何もないと答えたんだ。

しかしだからといって、この件を放り出すつもりはなかった。ビジネス上のものであれ、個人的なものであれ、自分の利益を左右する問題を放り出せないのがわたしの性分でね。つまり、わたしは自分の声と思われる声が録音されたソノシートを手に入れるために、全力を尽くすつもりだった。実際、わたしはあるいくつかの手を打った。ところが今朝の新聞にカトウナのダンディの屋敷で若くて美しい女性が殺されたという記事を読み、新たな考えが浮かんだ。わたしには可能性が三つあるように思われた。その件はディック、あるいはきみとは何の関係がないのかもしれない。あるいはその女性はきみの声を真似た女性で、誰かを脅迫しようとしたのかもしれない。あるいはその女性のために、ディックがきみを引っかける策略を立てたのかもしれない」

「姉さんはミスター・ダンディと会ったことはないわ」ヘザーは叫んだ。「それに帰国したばかりだったし……」

ヘザーが口を噤んだのは、ヒックスが腕を摑んだからだった。「ヴェイルに最後まで話させよう」ヒックスは言った。「すばらしい話を披露しているところだ」

ヴェイルは何ごともなかったかのように続けた。「今も言ったように、可能性はいくつかある。とにかく殺人のような不快な事件に、間接的にせよ、自分が巻き込まれる可能性があるのかどうか突き止めようと思った。そこへ昨日このヒックスという男がわたしのオフィスを訪ねてきて、受付の女性にトリックのようなものを仕掛けていたので、わたしは愚かにも彼に出て行くよう命じた。今朝、わたしはヒックスについて調べ、会いに行こうと決めた。ヒックスの家にいると、ジョージ・クーパーが――もちろん新聞で写真を見ていたから彼だとわかった――入ってきてヒックスに妻の声の入っているソノシートはどこにあるのかと訊いたんだ！　それだけじゃない。彼はその録音の最初の部分を繰り返し、それはわたしときみの間で交わされた会話の出だしの部分だと、ブラガーから聞いていたのとまったく同じだった！　そんなソノシートは知らないとヒックスは答え、クーパーは出ていった」

「それからあなたもぼくの求めに応じて出ていったんだ」ヒックスはつぶやいた。

ヴェイルは聞こえない振りをした。「それで殺された女性がきみの声を真似た人物であり、彼女が殺されたのは間違いなくその事実と関係があると確信した。わたしを真似た声もいっしょに録音されているからには、何か行動を起こさなくてはならなかった。まず最初に閃いたのは、警察に行くことで、さっそくホワイトプレーンズへ車で向かった。だが、途中で気が変わった。警察に行く前に自分でわかれば、その方が望ましいと思ったんだ。そしてブラガーに電話して会う約束をしようと思っていたら、偶然にもホワイトプレーンズのメイン・ストリートでばったり会ったのだ」

ヴェイルは椅子に座ったまま身じろぎし、話を中断した。ためらっているようだったが、再び続けた。「ここからは慎重に話したい。そしてこれはジュディスだけでなく、きみたち四人に話そうと思う。わたしはブラガーと長い話をし、この件に関する意見がほぼ一致することを知った。ブラガーはソノシートには心当たりがなかったが、ロスが母親をかばおうとして、父親のオフィスからこっそり持ち出したのではないかと疑っていた。最初にすべきことは、そのソノシートを見つけることだった。そしてクーパーがそれを聞いたのは明らかだったから、彼を探すことにした。クーパーはカトウナへ行くつもりだと言っていた。ブラガーは一歩研究所を出ると何の役にも立たないし、カトウナへわたしが顔を出すのも嫌がった。そこでわたしたちは次のように手筈を整えた。まずブラガーが屋敷に戻り、クーパーをそっと呼び出し、近くで待機しているわたしと会うよう説得しようと。ブラガーは待機場所をクレッセント・ファームという場所の先のひと気のない道路脇に決め、カトウナへ戻っていった。わたしは車でその場所へ向かい、到着したのは五時少し前だった。人目を避けながら、わたしは六時間近くそこにいた。当然何が起こったかなど知るべくもなく、しだいに苛立ちを募らせ、疑心暗鬼になっていった。暗くなると、ダッシュボードに入れてあったピストルを取り出し、ポケットにしまった。車が近づいてきたときには――あの寂しい道では二台通っただけだったが――身を隠した。何はともあれ、わたしの声らしき声といっしょに声が録音されていた女性はすでに殺されているのだから、用心するに越したことはなかった。ようやく車が予想していた方角からやってきて、わたしの車のすぐ後ろで停まった。わたしはボンネットの前にしゃがみ込んだ。そしてわたしの車の横を通る足音が聞こえると、ピストルを手に立ち上がった。すると一人が車越しに飛びかかってきて、次に気づいたとき、わたしは地面に倒れ、頭はがんがんしていた」

ロスは母親に言った。「ぼくが彼を気絶させたと言ったのはそのときのことですよ。ぼくはピストルを奪い、それで彼の頭を殴ったんです」

「ダルタニアンだ」ヒックスはうなるように言った。「ピストルはどこにある?」

「ほら、ここに」ロスはポケットから取り出した。

「見せてごらん」

ロスは逡巡した。

「馬鹿なことはしないで」母親はたしなめた。「それをヒックスに渡しなさい。弾は込められているの?」

「わからない。見なかったから」

ヒックスは確認し、「込めてある」と言うと、銃口を自分の鼻に近づけ、数回嗅いでから自分のポケットにしまった。「ピストルを手にした男に車を乗り越えて飛びかかる男は、『この世』では勇気がありすぎるから、普通なら『あの世』送りになるんだぞ。さあ、説明を続けてください、ヴェイル。とても魅力的な話ですね」

ヴェイルは最初のときのように、ミセス・ダンディに向かって話しだした。「ジュディス、今までのところ、わたしはきみに事実を話している。まだ論理を詳しく検証したわけではないが、検証はすべき、いや、しなくてはならないだろう。わたしがきみに『慎重の上にも慎重を重ねる必要がある』と言った真意を汲み取ってもらうためには。ただしそうする前にわたしには少しばかり情報が必要だ。ヒックスなら間違いなく教えてくれるだろう」

「ご要望とあれば何でも答えますよ」ヒックスは言った。「たとえば?」

「まずクーパーについてだ。彼は撃たれたのか?」

ヒックスはうなずいた。「あなたがあの道路で身を隠しながらクーパーを待っている間に。六時三十五分、ブラガーとミス・グラッドは研究所のオフィスにいて銃声を聞きました。二人が外に出ると、こめかみに穴の開いたクーパーが死んでいたんです。ブラガーは森で何か動く音が聞こえたと思いましたが、姿を見ることはできませんでした」

「ブラガーとミス・グラッドを除くきみたちははどこにいた?」

「ミセス・ダンディはニューヨークに。ぼくもニューヨークにいました。ダンディ親子は屋敷のどこかにいました。戸外です」

「二人いっしょに?」

「いいえ」

「となると……」ヴェイルは続く言葉を呑み込み、首を振った。「例のソノシートはどこにある?」

「安全な場所に」

「誰が持っている?」

「安全な場所にあると言っているのはぼくですよ。だったら誰が持っていると思います？ ぼくでしょう」

「よかった」ヴェイルは満足げにうなずいた。「警察が持っているんじゃないかと心配していたんだ。きみはそれをロスから手に入れたのか？」

「閃きと度胸と途方もない幸運に恵まれたおかげで。今は誰からどこで手に入れたかはぼくだけの秘密です」

「きみが持っているのなら、それはどうでもいい。わたしは警察がそれを手に入れたかどうか心配だったんだ。もう一つわたしが必要としている情報だが、ミス・グラッドは、わたしが待っていた場所に呼び出される伝言を受け取ったようだ。彼女はわたしがそれを送ったと思っているらしいが、ダンディの息子はきみが送ったと考えているようだ。きみは送ったのか？」

「いいえ」

「誰が送った？」

「それが問題なんです」ヒックスは慎重に言った。「ミス・グラッドとぼくは彼女の部屋で話をし、屋敷を別々に抜け出して、ぼくが車を停めておいた場所で落ち合うことにしました。彼女が車の中で、すでにダルタニアン役を練習中のロスと待っていると、近くの屋敷に住む少年が、電話で送られてきたという伝言を持ってきました。そこにはＡＢＣ――つまりぼくを意味するつもりだったのでしょう――と署名があり、彼女にある場所まで車で行くよう指示していました。ナンバープレートにＪＶ２８とある車でぼくが待っているからと」

「そういうことか」ヴェイルは言った。

「そう、そういうことです」

垂れ下がった瞼が、ヴェイルの目をすっかり隠していた。彼はもごもご言った。「伝言は、近くの屋敷に電話で伝えられたのか」

「そうです。いったん話を中断しましょうか？　そのことをじっくり考えたいなら……」

「じっくり考える必要などない。結論は明らかだ。きみはあの伝言を送っていない。ほかに何か理由があるなら話は別だが。なぜならきみはわたしがあの車に乗って、あの場所にいたことを知らなかったからだ。わたしには伝言が送れなかった。なぜなら、わたしはミス・グラッドがどこにいるのかを知らなかったからだ。きみのほかに彼女の居場所を知っていたのは誰だ？　彼女と話したのは彼女の部屋でだったときみは言った。ブラガーには盗み聞きできただろうか？」

「ブラガー？」ヒックスの目がきらりと光った。「急に話の展開が早くなりましたね。早すぎてついていけないんですが。なぜブラガーなんです？」

「彼に盗み聞きはできただろうか？」

「そうですね、彼の部屋はミス・グラッドの部屋の隣です。しかし壁で仕切られているし、ぼくたちは声をひそめていましたからね」

「馬鹿馬鹿しい」ヴェイルは嘲るように言った。「ブラガーはおそらく実験目的にあの屋敷に電話交換所のように盗聴器を取りつけているはずだ。それに祈禱書ほどの大きさの盗聴マイクは六メートル先のささやき声だって拾えるだろう。ブラガーが聞いていたのは間違いない。そしてブラガーは伝言を電話で送ったんだ」

「たとえばブラガーが送ったのだとします」ヒックスは眉を寄せた。「これは議論のためだけの話ですよ。ぼくはまだあなたが言いたいことを呑み込めていないので。なぜブラガーはそんなふざけた真似をしたのでしょう?」

「わたしにはわからない。クーパーは死んだ。だが、推測するのはそう難しいことではない。動機は二つあると言っていいだろう。クーパーから手に入れたいと思っていた情報を、ミス・グラッドから手に入れるかもしれないとブラガーは考えたのだ。さらにブラガーはミス・グラッドを屋敷から引き離すだけでなく、ダンディからも、ダンディに雇われているきみからも引き離したと確信したかった。彼女が危険な状況にいることを彼は知っていた。なぜなら、彼女は危険人物だからだ。彼女はいつなんどき偶然にもミセス・ダンディと会い、声を聞くかもしれなかった。そしてそんなことを起こすわけにはいかなかった」

「おお!」ヒックスは叫び声をあげた。「やっとあなたの言いたいことがわかりましたよ!ブラガーとぼくはみごとなチームを組めたでしょう。同じことを思いついたんですから」

「あなたが言いたいのは」ミセス・ダンディは尋ねた。「ブラガーは彼女とわたしの夫を会わせないようにしたかったの? ディックと?」

「そうだ」ヴェイルはきっぱり言った。「ディックは必死だった。絶体絶命のピンチに陥っていたのだから。万が一、誰かがきみの声とマーサ・クーパーの声がそっくりだと知ったら、万が一、警察がその情報を知り、その線で捜査を始めたら――警察は間違いなく彼をミセス・クーパーと彼女の夫殺しの犯人として捕まえるだろう。そして今も警察はその線を追っている。わたしはそれをきみに言いたくてここへやってきたんだ。警察は今もディックを追っている！」

23

ヴェイルのぎょっとするような発言への反応は、大げさなものではなかったが、はっきり見て取れるものだった。ヘザーはヒックスの腕を摑み、彼の顔を物問いたげに見つめた。ロスは立ち上がり、女性の前では使わないような言葉を発した。ジュディスはヴェイルをまっすぐ見据えた。頭から信じていない、というよりは、嘲りと疑惑の交差する目で。

「馬鹿馬鹿しい」ジュディスは言い放った。「ディックはもしかしたらわたしを騙すようなことを企んだかもしれない。そんなことは認めたくなかったけれど、今は認めるわ。そんなこともあったかもしれないと。でも夫は人を殺してはいない……」

「やめてください！」ヒックスは断固とした口調で言った。顔をヴェイルに向け、片方の眉を上げてみせた。「まさに非の打ちどころのない説です。すばらしい！　つまりこういうことですよね。ダンディはこの偽の盗聴ソノシートを作ることで、妻の足下で地雷を爆発させる準備をした。ところが地雷を爆破させたとたん、マーサ・クーパーが外国から戻ってくるという予期せぬできごとが起こり、計画が危うくなった。ロスはそのソノシートを聞いていたので、彼がマーサ・クーパーと会い、母親と驚くほど似た声で話すのを聞いたら、間違いなくネズミを嗅ぎつけるはずだった。そこへとうとうマーサがやってきた。まさにダンディの屋敷に。そこでダンディは幸運を利用し、彼女を殺した」

「馬鹿馬鹿しい！」ジュディスは痛烈な口調で言った。

「いいえ、とんでもない」ヒックスは反論した。「馬鹿馬鹿しくなんてありませんよ。一つの説としては。ダンディは衝動に駆られ行動してしまったが――それが彼の性分なのですが――よくよく考えてみると、自分が窮地を抜け出すどころか、さらにひどい窮地に陥っていることに気づいたんです。彼は頭で考えただけでなく、おそらく耳からも情報を得たのでしょう。電話とか、盗聴器とか、何だか知りませんがあらゆるものがあの屋敷にはついていますから、彼が何かを聞いたのはほぼ確実でしょう。ロスとミス・グラッドがあのソノシートについて話し合っているのを聞いたのかもしれません。今日の午後屋敷を訪れたクーパーと会って話をしたのかもしれません。ダンディは自分の妻がいつ屋敷に現れても不思議ではないことを知っていました。とりわけ妻が例のソノシートを聞いてからは。それにぼくがソノシートを持っていることを、ダンディは知っています。いずれにしてもヴェイルが言ったように、クーパーかミス・グラッドが自分の妻と会って話すのを聞いたら、自分が危険に晒されるとダンディはわかっていました。ですからダンディはクーパーを殺したんです」

「どうしてそんなくだらない考えが……」ジュディスが口を挟んだ。

「邪魔しないでください」ヒックスは彼女に言った。「ぼくたちは今、ヴェイルの説を検証しているんです。彼の説はすばらしい。それは今までにわかっている事実と合致する唯一の説です。ヴェイルは頭が切れますよ。そのことに気づいているんですから。しかも彼はもう一つのことにも気づいています。もしも、ぼくたちが口を閉ざせば、もしも、でっちあげられたソノシートのことを警察に黙っていれば、ダンディが無事でいられることにも。警察はダンディを逮捕しないばかりか、容疑をかけようともしないでしょう。そういうことですよね、ヴェイル？」

「その通りだ。これは明らかだが……」

「明らかです。これ以上明らかなものをぼくは見たことありません」ヒックスはそれぞれの顔をさっと見渡し、それからヴェイルに視線を戻した。「しかし、あなたは全員から合意を得られるでしょうか。父親が殺人罪で告発されるのを見たくはないでしょうからロスはしゃべらないでしょう。ミセス・ダンディもです。もちろん、ぼくもしゃべりません。ぼくは金で雇われていますから。あなたもしゃべりません。友情のために。あなたの旧友、ディック・ダンディのために。しかしミス・グラッドはどうでしょう。どうやって彼女に黙っていてもらいます？」

ヘザーとジュディスが同時に口を開いた。

「あなたまさか本気でそんなことを信じて……」

「どうしてそんなくだらない……」

「ご婦人方、口を挟まないでください！　これは一つの説なんですから、怒らないでください！　ぼくはここまで状況を正確に述べてきたでしょうか、ヴェイル？」

「ああ」

「そしてあなたはぼくたちを当てにしているんですね？　ミス・グラッドを仲間に引き入れてくれると」

「わたしは誰も当てにしていない。たんに問題を提議しているだけだ。確かにこの件が法廷に持ち込まれないことを望んでいるのは事実だ。しかしダンディ一家は、わたしよりもかなり多くのものを失うことになりそうだ。たぶん、きみも。わたしにはわからないが」

「ぼくは確かに多くのものを失いそうです」ヒックスは心から同意した。「それゆえ、ぼくは自分の態度を明らかにする前に、あなたがおっしゃった説を検証したいと思います。あなたはそれに異議を唱えることはできません」

「わたしは何ごとにも異議を唱えるつもりはない」

「それはよかった。ではそのソノシートについて考えましょう。あなたの説によると、ミセス・ダンディの声を真似るためにマーサ・クーパーを、そしてあなたの声を真似るために誰かを使って、ダンディがそれをでっちあげたということになっています。あなたは今朝の新聞をお読みになったようですから、マーサ・クーパーが一年近く前に夫といっしょにヨーロッパへ渡り、この月曜に戻ったばかりだということも知っているはずです。そこで教えていただきたいのですが。ダンディがそのソノシートをでっちあげたとき、彼はどうやってマーサに協力してもらったのでしょう」

「それがいつどこで作られたのか、正確に知っている振りをするつもりはない」

「そうだと思っていました。ですが、論理上どうなります?」

「彼女がヨーロッパに立つ前に行なわれたはずだ」

「一年前に?」ヒックスの眉が上がった。「彼は丸一年取っておき、それから使うと決めたのですか? もちろん、そんなこともないことはないでしょう。ですが、ぼくにはピンときません。そこでぼくは別の説を提案したいと思います」ヒックスはヘザーと向き合った。「きみの姉さんはヨーロッパへ立つ前に二度カトウナのきみを訪ねたんだったね?」

「ええ」ヘザーは答えた。「そのことは前に話したわ」

「そのときすでに、実験用の盗聴器は仕掛けられていた?」

「ええ」

「姉さんは列車できた、それとも車を運転して?」

「姉さんは車できたわ。小型のコンバーチブルを持っていて……」

「そして姉さんはどちらかの訪問時に次のようなことを言わなかったか?『まったくもう、とにかく座って息を整えさせて! わたしが遅れたことはわかっているわ。でもここへくるまでにとんでもない目に遭ったのよ。あんな渋滞見たことないわ』どうかな。そのようなことをきみに話さなかったか?」

「ええ。話したかもしれない」ヘザーは顔をしかめた。「確かそんなことを……いいえ、思い出せない。だけどもちろん、話したかもしれないわ」

「『かもしれない』だけで充分だ。それに関しては。しかし次のことに関しては『かもしれない』ではすまない。こちらはもっと重要なことなんだ。姉さんはそのどちらかの訪問時にきみに何かを持ってこなかったか？　何かプレゼントのようなものを？」

「プレゼント？」ヘザーは困惑した顔をし、それからぱっと顔を輝かせた。「ええ、そうだったわ！　ワンピースよ！　わたしの黄褐色の……」彼女は視線を落とした。「ちょうど今日着てきたわ！　姉さんはこのワンピースをわたしにプレゼントしてくれたのよ！」

「それはちょっとした素敵な偶然だ」ヒックスはワンピースに隠れた彼女の膝を軽く叩いた。「素敵なワンピースだ。となるともちろん、姉さんが持参してきたものをきみに喜んでもらえると嬉しいと言ったのは自然なことだ。姉さんはそう言わなかった？」

「言ったと思うわ。ええ、もちろん」

ヒックスはうなずき、ヴェイルと向き合った。「では今度はあなたにお訊きしたい。そのソノシートに関してですが、マーサ・クーパーは話している相手に、自分が持参したプレゼントを喜んで欲しいと言っています。彼女が何かしら意味のあることを言っているのはそれだけです。会話の重要項目のほとんどは――たとえばカーボネイトに関するようなことはすべてあなたの声――つまりあなたの声を真似た声で語られています。だからぼくはこう仮説を立てます。カトウナの屋敷で実験用に仕掛けられた盗聴器から録音されたソノシートはダンディに送られた。その中にミス・グラッドと姉の会話も含まれていた。そしてもちろん、マーサ・クーパーの声が自分の妻の声とそっくりであることをダンディは気づいた。ダンディは――それがいつでも構わないが、たぶんつい最近――でっちあげのソノシートを作ることを思いついた。そしてあなたの声に似た誰かを見つけ、妻の役には自分が手に入れたマーサ・クーパーの声をいくつか選んで使った。マーサ・クーパーはヨーロッパにいるとダンディは確信していたんでしょう。さもなければそんな危険は冒さなかったはずです。このぼくの仮説をどう思います？」

ヴェイルは意味のわからないうなり声を発した。

「気に入りませんか？」

「独創的な説だ」ヴェイルは認めた。「しかし必ずしも誤った説ではなさそうだ」

「それどころか、ダンディが一年近く前に偽のソノシートを作り、一年経ってから使おうとしたというあなたの説より、はるかに現実味があります。あなたもご承知の通り、ダンディはせっかちな男ですからね。ぼくが知りたいのは、それが技術的に可能かどうかということです。ソノシートの声は、別のソノシートからその一部だけを取ってきて継ぎ合わせることは可能ですか？」

「もちろん。優秀な技術者なら誰にでもできるだろう」

「よかった」ヒックスは満足げな顔をした。「それで細かい疑問が解けました。ぼくが一番悩んでいたのはそれだったんです。もっともほかにもまだ一つ、二つ、小さな疑問は残っていますが……」

ジュデイスが割り込んだ。「こんなの茶番もいいところだわ！　わたしはそんなこと信じないし、これからも信じるつもりはないわ」

「あなたが信じる必要はありません」ヒックスは言った。「ぼくたちはただ論理を組み立てているだけですから」

「だったらもうこんなことを続けるのは……」

「ぼくたちは続けます。なぜならおもしろいからです。とてもおもしろい。それにもう一つ理由があります。ぼくは地区検事のコルベットからの電話を待っています。これほどおもしろい暇つぶしはありません。ええ、何よりおもしろい。どうやらあなたはヴェイルの説の抜きん出たすばらしさ——とりわけ例のソノシートが別のソノシートかマーサ・クーパーの声のソノシートを使って、でっちあげられた可能性をぼくたちが打ち立ててからは、さらにすばらしさは増しましたが——を評価していないようですね。彼の説はぼくが今までに思いついたどんな説よりも堅牢な説となるでしょう。たとえば、もしもあなたの夫が何らかの方法を使って——それはどんな方法でも構いません——自分がソノシートを作ってはおらず、マーサ・クーパーも殺しておらず、ジョージ・クーパーも殺していないことを証明できたとします。そのような打撃を受けたらほとんどの説は完璧に崩れてしまうでしょう。ですがこの説は違います。まったくの無傷でいられるのです。そのときあなたがなすべきことはただ一つ、犯人を別の誰かと取り替えることです。あなたの息子かヴェイルに」

ロスは顔をしかめ、辛辣な口調で言った。「何をいったい……」

ヒックスは手振りでロスを制止した。「きみは気にしなくていい。武器を持った男に車越しに飛びかかるようなタフなきみを選ぶつもりはないんだ。ぼくは言いたいことを説明するのに、きみではなくヴェイルを使うつもりだ。あなたに異論はありませんよね？」

それを聞いてヴェイルの口の端がねじれた。「わたしたちは暇をつぶすためにここへやってきたわけではないような気がするが。きみは地区検事からの電話を待っていると言う。だったら、わたしはきみたち全員に言いたい。警告しなくてはならない。もしもこの件でわたしの名前が出るようなことがあるなら、もしもどんな形にせよ、わたしがこの件に巻き込まれるなら、わたしは当局にすべてを話さざるを得なくなるだろう。何一つ隠さずに」

「よろしいですよ」ヒックスは同意した。「ぼくたちはそのことを胆に命じておきましょう」彼はミセス・ダンディと向き合った。「とにかくあなたにその説を説明しましょう。たとえばそのソノシートをでっちあげ、殺人を犯したのがヴェイルだとします。あなたはほとんど何も変える必要はないのです。ただ少し細かい点を変えるだけで。なぜ彼はソノシートをでっちあげたのでしょう？　ダンディの会社にいるある特定の個人、秘書かアシスタント——ヴェイルがダンデイ社の製法を教えてもらった相手——から疑いを逸らすためです。ヴェイルはどうやってソノシートをでっちあげたのでしょう？　秘書はカトウナから送られてきた実験用のソノシートの中に、ミセス・ダンディとそっくりの声が混じっていることに気づき、ある考えを思いつきました。そして秘書はそれをヴェイルに伝えた。彼らはヴェイルの声を真似る人物を探す必要さえなかった。ヴェイル自身が自分のパートを演じたのです。少なくともその点では、ヴェイルの最初の説を改良したことになります。彼らはでっちあげたソノシートを、どのようにしてダンディの手に渡るようにしたのでしょう？　簡単です。秘書はただそれをヴェイルのオフィスで盗聴したものとして、探偵社からダンディに渡されたソノシートのケースの中に紛れこませておいたのです」

ヴェイルは立ち上がった。「もしもこれが名人芸の発表会なら……」嘲るように話しだす。

「座ってください」ヒックスは言った。

「座るつもりはない……」

「座ってくださいと言ったんです！　もしもロスがたった一人であなたを、しかもピストルを手にしたあなたを気絶させたのなら、ぼくたちが束になってかかったら、どんなことになるかはおわかりですね。あなたが自分の説を延々と披露するのをぼくは最後まで聞きました。ですから礼儀として、ぼくが変形させた説をあなたは聞くべきでしょう。待っている電話がきたら、机上の空論は終わりにしますから。おや、大変なことになっていますね。その瘤を冷やす氷嚢《ひょうのう》を用意しましょうか？」

ヴェイルはその問いには答えずに椅子に戻った。彼の視線はおそらくヒックスに据えられていたのだろうが、それを知るすべはなかった。ヒックスはジュディスに向かって話を再開した。

「先週の月曜の朝、ヴェイルは悪いニュースを知りました。朝刊を見て、ジョージ・クーパー夫妻がヨーロッパから戻ったことを知ったのです。それはぞっとするようなニュースでした。というのも撒いた餌にダンディが喰いついていたからです。もしもダンディか彼の息子がマーサ・クーパーに会ったら――その可能性は大でした。彼女の妹がダンディの研究所で働いているのですから――疑いを抱かれ、すべての計画が間違いなく暴露され、ヴェイルの事業も名声も破滅するでしょう。そこから先は、ぼくの変形させた説と最初の説はほとんど同じです。大胆不敵なヴェイルはマーサ・クーパー殺しを計画しただけでなく、ダンディ一家に疑いがかかるような場所と方法でそれを実行に移したのです。そして今日の午後、彼はぼくの部屋でクーパーがそのソノシートのことを知っていて、実際にそれを——一部だとしても——聞き、それを調べるつもりでいることを知りました。もちろん、そんなことをさせるわけにはいきません。クーパーはカトウナへ向かうと言っていたので、ヴェイルもあとを追いました。彼がひと気のない道路に自分の車を停めた場所からダンディの屋敷までは、森の中を歩いてほんの十五分の距離でした。ブラガーと会話をしたというくだりはほぼ事実通りなのでしょう。いえ、そうに違いありません。ヴェイルはブラガーに証言してもらうつもりなのですから。そしてヴェイルはクーパーを撃ち、自分の車に戻り、そこで待ちました。ブラガーが送り込んでくるはずのクーパーを待つ振りをして」

「確かに」ヴェイルは静かな口調で言った。「おもしろい説だ。しかしわたしにはわからない。なぜきみはこんなことで時間を無駄にしているのか。あるいは暇をつぶしているのか。なぜならきみはあまりよく考えていないからだ。たとえばマーサ・クーパーだ。朝刊の記事によると、彼女が殺されたのは三時から四時の間だ。昨日の午後三時から六時までわたしはブリッジポートのうちの工場にいた。ということはもちろん、わたしを犯人にするのは難しくなる……」

電話のベルが鳴った。

全員がびくりとしてあたりを見回した。ヒックスは立ち上がったが、同じくロスが立ち上がって遠くの壁のキャビネットまで歩いていくのを見ると、自分もついていって、若者のすぐ後ろに立った。ロスは壁掛けに置かれた電話から受話器を取り、何か話してから振り向いて言った。「あなたにですよ」そしてヒックスに手渡した。

もしもヴェイルが、あるいは誰かがヒックスの側の言葉から内容がわからないかと期待していたとしたら、失望したことだろう。ヒックスの側の言葉は短く、しかもほとんどが『はい』という言葉だけだったからだ。最後に彼は「ぼくたちはすぐに出ます」と締めくくり、受話器を置いて一同と向き合った。

「いいですか、みなさん。ぼくたちは全員これから出かけます。カトウナへ」

彼らは驚き、ヒックスを見て、それからいっせいに話しだした。しかしひときわ大きかったのはヴェイルの声だった。

「みなさん、わたしは警告する！　この男は頭がおかしいんだ！　ディックをここへ呼んでくれ！　わたしはディックと話をつけるつもりだ！　ジュディス！　ロス！　きみたちに警告する！　放せ、何をする！」

ヒックスが彼の腕を摑んでいた。「いいですか」ヒックスはしかめっつらで言った。「あなたが警告を発する日々は終わったんです。ぼくたちはこれからカトウナへ行きます。もちろん、あなたも一緒です。自由の身で行きますか、それとも縄つきで行きますか」

24

深夜二時四十五分、三方を森に囲まれた三角形の牧草地の頂点に立つダンディの研究所のオフィスには、明かりが残らず灯っていた。ひどく蒸し暑い夜で、これから登場する霜の降りる月の前触れというよりは、数週間前に退場したはずの月の名残りの夜だった。開け放たれた窓から聞こえてくるコオロギやキリギリスのコンサートは、自信なさげでとりとめがなく、その か細い歌声は、疲れ、苛立った耳にはうっとおしいだけだった。同じように、疲れ、苛立った目にうっとおしかったのは、プラスチックのピンク色の机、紫色の机、灰色と黄色のテーブル、考えうるあらゆる色の椅子や装置などのつるりとした表面が反射させる、てかてかした光だった。

その部屋にいる全員が疲労と緊張と苛立ちの表情を見せる中、ただ一人、我関せずという顔をしていたのは、パームビーチ・スーツとよれよれのパナマ帽の男だった。彼は部屋の隅の椅子に座り、頭を壁にもたれさせて、ぐっすり眠っていたのだ。その正反対の状況にいたのはマニー・ベック、ウェストチェスター郡警察の刑事部長だった。彼は全員を険しい形相で睨みつけ、挑むように唇を突き出して、部屋を行ったり来たりしていた。三名の州警察官と二名の平服の刑事は、彼の歩行の邪魔にならない場所に控えていた。ジェームズ・ヴェイルとロス・ダンディとヘルマン・ブラガーは壁際に並べてあった椅子を引っ張り出し、それに座っていた。ヘザー・グラッドは自分の机に座り、両肘をつき、両手で顔を覆っていた。ジュディス・ダンディはヘザーの机の左端の脇に座っていた。背筋を伸ばしていたが、その顔は緊張と不安で引きつっていた。

全員が口を閉ざしていた。声を出しているのはコオロギとキリギリスだけで、不安を掻き立てるような、愚痴を交わすような彼らの歌声が、誰かの神経をなだめることはなさそうだった。研究室へ続くドアが開き、三人の男が入ってきた、とたんに全員の視線がそちらに集中した。先頭のR・I・ダンディはさっと見渡し、妻に向かって一歩踏み出したものの、思い直して一番近くの椅子に腰を下ろした。ヒックスは部屋を横切ってヘザーのところへいき、彼女に何か囁くと、腕を組んで机に寄りかかった。そしてぽっちゃりした顔にも声にも、陽気さをみじんも感じさせない地区検事のコルベットが、一同に向かって声をあげた。

「これからミスター・ヒックスから話があります。わたしの代理人として話すわけではないし、公的な立場で話すのでもないので、その点はご理解いただきたい。マニー、そのマラソンをやめてもらえないか？　座るかホックにでも引っかかっていろ！」

ベックは足を止め、じろりと見返した。

「ヒックスが何ら公的な立場にないのだとしたら」ジェームズ・ヴェイルが尋ねた。「この話し合いの目的は……」

「そのことはすでにみなさんにお話ししたはずです」コルベットは鋭い口調で言った。「ミスター・ヴェイル、あなたにもお話ししましたよね。あなたがたは逮捕されたわけではないし、拘禁されているわけでもなく、ここを立ち去るかどうかは自由であると。さらにヒックスとダンディとわたしで話し合ってから、ヒックスから話があることも。もしもあなたが自分の意志にそむいて彼に拉致されてきたとおっしゃるのなら、あなたの救済策は……」

「いい加減にしてください」ヒックスはじれったそうに言った。「ヴェイル、あなたは知りすぎるほど知っているはずです。ぼくが今から何をしようとしているかを。ぼくはマーサ・クーパーとジョージ・クーパーを殺した犯人のためにラベルを用意しました。そしてそれを今から犯人に貼りつけるつもりです。今さら何をぶつぶつ言っているんです。あなたは一ドルしか貰えないとしても、それを見逃したくないはずです」

ヴェイルはヒックスを無視してコルベットに話しかけた。「わたしが言いたいのは、仮説を立てることなど馬鹿げていると……」

「立てようとしているのはコルベットではありません」ヒックスが辛辣に言った。「ぼくです。もしもそれであなたの気がすむなら、まずは説明しておきますが、ミセス・ダンディのアパートメントでの話し合いでは、ぼくはただ理論を展開していただけでした。あなたと同じように。あなたの仮説では、殺人犯はダンディでした。しかし彼が殺人犯でないのをあなたは知っていました。そしてぼくの仮説では、殺人犯はあなたです。ですが、あなたが殺人犯でないことをぼくは知っていました。そんなふうに仮説を立てても誰かを傷つけることはありませんでした。なぜならぼくたちはいずれにしても電話を待つ間の暇つぶしをしていただけでしたから。しかし、今からは現実問題として話します」

ヴェイルは立ち上がり、ゆっくりR・I・ダンディのところへ歩いていき、彼を見下ろした。「いいかね、ディック」彼は不安を掻き立てるような声で言った。「このヒックスという男は頭がおかしい。きみには無傷で逃げおおせるチャンスがわずかながら残っている。最後にもう一度尋ねるが、きみはわたしの話を聞くか？　わたしと二人で話し合うか？」

「いいや、とんでもない」ダンディは彼の申し出を撥ねつけた。

「話し合うつもりはない？」

「ああ」

ヴェイルは見えなくなるほど薄く唇を引き結び、ベストのポケットに両方の親指を突っ込んでからヒックスに言った。「始めたまえ。わたしは最善を尽くした」

「そのようですね」ヒックスは彼に微笑みかけた。「実はあなたはハンディを負っているんですよ。あなたが考えている以上にぼくが事実を知っているだけでなく、ダンディと地区検事も知っているからです。ぼくがクレッセント・ロードのあの場所に行って誰もいないと知ったとき、あなたがたはミセス・ダンディのところへ直行したとぼくはほぼ確信していました。というのも万が一、計画通りにいかなかったら、そうするようにとミス・グラッドに指示しておいたからです。ですからあなたとロスはいっしょにそこへ向かったのだと思いました。もっとも、向かうことになった理由は想像とは違っていましたがね。そこでぼくはこの研究所に戻り、ダンディと地区検事と少し話をしました。話の途中ですが、古きよき友人であるマニー・ベックには、ここで相応の敬意を表しておきたいと思います。彼はいつもの細心さと予知力から、クーパー殺しの捜査をしにここへ召集されて以来、この建物につねに部下を配置させていたからです。ただし部下に守らせているものが何かはまったくわかっていなかったのですが……」

「地獄へ落ちろ」マニー・ベックはうなり声をあげた。

「しかし彼らがいてくれたおかげで、殺人犯はここに戻ってきて重要な証拠を回収することができなかったのです」ヒックスは体を机から起こし、ロス・ダンディとヘルマン・ブラガーの間の椅子に座っているヴェイルに視線を据えた。「それは法廷で重要な証拠となるでしょう。しかし今、ここで、あなたがたに与える影響の方がさらに重要になるはずです。ですがその前に、ぼくはあなたに訊かなくてはなりません。あなたは共犯とは何かを自分が知っていると確信していますか？　つまり事後従犯が何かを？」

ヴェイルは嘲るような音を出した。

「そうだと思いました」ヒックスは微笑んだ。「ミセス・ダンディのアパートメントで、あなたはこう切り出したはずです。『殺人の共犯者として逮捕されるような危険に自分を晒すつもりはない』と」ふいに思いがけず、ヒックスの目はヴェイルの右側の男に向けられた。「いいですか、ブラガー。それこそあなたの最大の判断ミスだったんです。ヴェイルは自分の汚い犯罪を知られないためならどんなことも、殺人さえもやってのけるだろうとあなたは判断しました。ですがあなたは理解しておくべきでしたね。彼がけっして冒さないリスクがあることを……」

「何を言いだすかと思ったら」ブラガーの目が怒りで飛び出していた。「汚い犯罪ですって？

そうですか、きみはダンディに雇われていたんですね……」

「ほら、またミスしましたよ」ヒックスはブラガーの言葉を遮った。「あなたはおそらくぼくが出会った男性の中でも『判断ミス大賞』の最優秀候補ですよ。あなたのアリバイは子ども騙しに等しい。たとえば火曜の午後です。ぼくはここへやってきた――ミスター・ダンディ、お手伝いいただけますか？」

ダンディは立ち上がり、研究室へ続くドアを開けて中に入り、ドアを閉めた。ヒックスは続けた。

「ぼくはこのオフィスを最初に訪ねたとき、ミス・グラッドがこの自分の机に座り、涙を流しながら、がむしゃらにタイプを打っているのを見ました。部屋には男の声が満ちていて――ミス・グラッド、その拡声器《ラウド・スピーカー》のスイッチを入れてもらえませんか？」

ヘザーは戸惑った顔でヒックスを見返した。

「そのスイッチを入れるんです。その機械ではなくて、研究室からの声を伝えるラウド・スピーカーの」

ヘザーは自分の机の端にあるスイッチに手を伸ばし、パチンとスイッチを入れた。とたんに男の――ブラガーの声が壁の有孔板から聞こえてきた。

「５０１で十二分……」

ヒックスは机の端まで歩いてゆき、スイッチを止めた。

「馬鹿な！」ブラガーが唐突に口を開いた。「それはただの……」

「これはただのデモンストレーションです」ヒックスはぴしゃりと言った。「マーサ・クーパーが殺された時刻に、あなたがいかにしてぼくとミス・グラッドを利用してアリバイを作ったかをお見せするための。これは昔ながらのアリバイ工作に、ひと捻り加えたものでした。つまりあなたの声はラウド・スピーカーから聞こえ、直接は聞こえないと思い込まれていたからこそ、成功したアリバイ工作です。あなたがすべきことは、用意しておいたソノシートの束を機械にセットしてスタートさせることだけでした。マイクはすでに繋げられていましたし、ときどき適当な沈黙も挟んでありました。つまりあなたは裏口から外に出て、自分の用事のために必要な時間をいくらでも作ることができたのです。それでもあなたは急がなくてはなりませんでした。ロス・ダンディはすでに屋敷へ戻っていたし、ミス・グラッドは電話で姉が屋敷に到着したことを知ったところだったし、ダンディは間もなく到着するはずで……」

「馬鹿な！」ブラガーはそう繰り返し、視線をコルベットに向けた。「こんな侮辱をあなたは許すのですか……」

一発の銃声が鳴り響き、大気を引き裂いた。

ブラガーは椅子から腰を浮かしたが、すぐに座り直した。ヘザーは立ち上がり、体を硬直させて窓を見つめた。ジュディス・ダンディと彼女の息子は同時に研究室へ続くドアに駆け寄ろうとしたが、警官たちに阻まれ、ヒックスにも鋭い口調で止められた。

「ロス！　いいんだ！　そのままそこにいてくれ！」

二人は振り向き、ヒックスを見返した。

「でもわたしの夫なのよ」ジュディスはきっぱり言った。

「今のは何だ?」ブラガーが声を張り上げた。

研究室へ続くドアが開き、R・I・ダンディが現れた。ロスはあとずさり、ジュディスはさきほどまで夫が座っていた椅子にへたりこみ、ダンディは妻のかたわらに立った。

「あれは」ヒックスはしかめっつらで言った。「ジョージ・クーパーを殺したときの銃声です。今回は気づいていいはずです、ブラガー。あなたが銃を撃ち、それを再生したんですから」

「わたしは……」ブラガーはごくりと唾を呑み込んだ。「わたしは何も言いません! ひと言だって言いません! ですがいつかきみは思い知るでしょう! そんなトリックを使うなんて! そんなトリックを使ったら、罰を受けることになりますよ!」

「確かにそうなるでしょう」ヒックスは同意した。「あなたはまさに的確な言葉を使いましたね。馬鹿な、と。あなたはずっと自分以外の全員を馬鹿だと言ってきました。そしてその前提に基づいて計画を進めてきました。わたしは認めましょう。ある時点まではあなたが正しかったことを。ですが、あなたは前提を信じすぎました。そうは思いませんか? 今は?」

「わたしは何も話しません!」

「つまり」ジュディス・ダンディが尋ねた。「彼がすべてをやったと言うこと? あのソノシートも……」

「今回の件はソノシートをでっちあげる、はるか以前に始まっていたんです」ヒックスはきっぱり言った。「ダンディの製法をヴェイルに売り始めたのがいつだったにせよです。あれはれを売ることでヴェイルからも報酬を得ていたのです」

「彼が本当に——そんなことを?」

「そうです。もちろん、証明はできません。ですがその件ではヴェイルが力を貸してくれるでしょう。そう、あなたは証言してくれますよね、ヴェイル。しないなんて言わせませんよ! ミセス・ダンディ、これはあなたに頼まれた仕事に関するぼくの最終報告です。事実だけで、尾ひれはつけません。たとえば、ブラガーが掻き集めた大金がこの国でのナチスの宣伝活動のために使われていたことを、警察が調べて突き止めてくれるかどうかはわかりません。しかしそのことは彼らに任せましょう。とにかく、彼はそうやって金を行き来させました。ところが少しばかり事態がこんがらがってきた。第一に、賢明なダンディは当然誰かに騙されていることに気づき、ブラガーは慎重にならざるを得なくなりました。第二に、ブラガーはあなたの魅力の虜になりました。ドイツ人のある種のタイプにはよくあることですが、ゴリラのようにのぼせあがり、ロバのように自分の感情にのめり込み、最初はあなたの僕《しもべ》となったはずです。ところがやがて自分の愛が報われないとわかると、烈火のごとく怒ったのです。これはわたしの推理ですが、あなたは彼の口説きをそでにして彼に恥をかかせませんでしたか?」

ジュディスは身震いし、「ええ」とだけ答えた。

ヒックスはうなずいた。「そんなわけでブラガーはあなたを憎んでいました。それもかなり激しく。さらに彼は奇跡にも等しい幸運に恵まれました。この屋敷に実験用に取りつけた盗聴器が録音したソノシートの中に、あなたとそっくりの女性の声を発見したんです。それがほぼ一年ほど前でした。しかしそれを利用することを思いついたのはつい最近のことでしょう。彼は一石二鳥を狙いました。つまりダンディの疑いを自分から逸らし、ついでにあなたにも復讐するつもりだったのです。彼はマーサ・クーパーがヨーロッパにいるのを知っていました。ですから彼女が帰国する前にすべては終わり、あなたの汚名は一生拭えないと考えたのでしょう。もちろんダンディがヴェイルのオフィスに盗聴器を取りつけたことを知っていたブラガーは、それをヴェイルに教えていました」

ヴェイルは鋭い口調で遮った。「確かにわたしのオフィスに盗聴器が仕掛けられていることは知っていたときみに話した。しかしブラガーから聞いたわけじゃない」

「違う？」ヒックスは彼に微笑みかけた。「それはいずれわかるでしょう。とにかくぼくの話を最後まで聞いてください」彼はジュディスに向かって続けた。「そこでブラガーは例のソノシートをでっちあげました。マーサ・クーパーの録音から抜粋した声を使い、さらにヴェイルに協力してもらって、彼の声の部分を吹き込んでもらいました。あなたもお聞きになりましたよね。優秀な技術者なら誰にでもできるとヴェイルは自分で認めていましたっけ。それからブラガーは、探偵社から引き渡された盗聴ソノシートの間――ニューヨークのダンディのオフィスにある試験室に置かれたケースの中にそれを紛らせる機会を見つけました。

しかしブラガーの計画は最初から災難続きでした。ロスは自分で勝手に筋書きを想像し、あなたを守ろうとしてソノシートを持ち出し、屋敷に持ち帰って隠したのです。そしてあなたの夫はそれを再び探し出すまで、あなたとの決着を延期せざるを得なくなりました。それだけでも充分やっかいなできごとでした。といっても五日前の月曜の夕方に起こったことに比べれば、たいしたことではありませんでしたが。そう、ジョージ・クーパーがふいに現れたのです。月曜の夕方、義理の妹のミス・グラッドを訪ねてこの屋敷にやってきたのです。しかも彼の妻もいっしょにヨーロッパから帰国していました。やっかいどころの話ではなくなったのです。破滅の脅威でした。マーサは今にも屋敷にやってきそうでしたし、もしもロスがマーサと会って彼女が話すところを聞いたら、一巻の終わりです。そこでブラガーは準備を始め、実際火曜にマーサがやってくると、ソノシートを仕掛けました。そうして自分が研究所にいるように見せかけておけば、その間に森を通って屋敷へ行き、状況に応じた行動にでられると思ったのです。ここでも彼は幸運に恵まれたようです。誰にも見られずに屋敷に入り、テラスに出ることもなく、開け放たれた窓越しに蠟燭立てを振り降ろし、再び誰にも見られずに屋敷を立ち去って、研究所に戻ったのですから。しかもぼくもミス・グラッドといっしょにオフィスにいて彼のアリバイをさらに強固なものにしたのです」

「それがアリバイだと我々に言ったのはおまえだ」マニー・ベックはうなった。

ヒックスは聞こえないふりをした。「しかしマーサの声を永遠に黙らせても、楽観できることは一つもありませんでした。ブラガーには心配が山ほどありました。ソノシートはどこへいったのか？　彼はそれを探し出して、処分しなくてはなりませんでした。それに殺人のことを聞いたヴェイルは、犯人が誰かを察するでしょう。ヴェイルをなだめるのには苦労するかもしれません。金曜の朝、ブラガーはホワイトプレーンズからヴェイルに電話をかけ、会う約束を取りつけました。二人は会い、そしておそらくそれは不愉快な会合になったことでしょう。しかし自分の身を守るため、ヴェイルは黙っていることに同意しないわけにはいきませんでした。さらにヴェイルは自分でもどうにか手を打とうと決め、手始めにぼくを訪ねてきたのです。ぼくのアパートメントでヴェイルはクーパーに会い、クーパーがソノシートについて知っている——実際に、少なくとも一部は聞いていることを知りました。

もちろん、それはやっかいな事態でした。それも非常にやっかいな。ぼくのアパートメントを辞去すると、ヴェイルはブラガーと連絡を取りました。たぶん、あらかじめ決めておいたホワイトプレーンズのどこかの番号に電話したのでしょう——そして彼にクーパーのことを話しました。それから例のソノシートを探すようあらゆる手を尽くしてくれと、ブラガーをせきたてたはずです。ヴェイルの声もソノシートに入っているのですから」

ヒックスはヴェイルと向き合った。「となると当然疑問が沸いてきます。あなたがクーパー殺しの共犯者であるかどうか、ということです。それはないのではないかとわたしは思っています。あなたはすでに自分で望んでいた以上に——というか、ぎりぎりまで殺人に近づいてしまったのだとぼくは考えています。あなたはただ、ソノシートのことをクーパーが知っていることをブラガーに伝え、ブラガーをせっついてできることならクーパーを何とか追い払いたかったのです。つまり最優先だったのはソノシートを見つけることだったとぼくは考えています」

「話が終わったら、きみにはお礼を言うことにしよう」ヴェイルは怒りを抑えた口調で言った。

「お気遣いなく」ヒックスはヴェイルにそう言うと、再びミセス・ダンディと向き合った。

「そしてヴェイルはブラガーと落ち合う約束をしました。ぼくは驚きませんよ。ブラガーはここからそう遠くないさびれた道路の、ある地点を指定したんです。ぼくは驚きませんよ。ブラガーはここからそう遠くないさびれた道路の、ある地点を指定したんです。その場所がこの三年にわたってブラガーがヴェイルに製法を売るのに使った場所だとしても。とにかく、彼らは今日、その場所を使いました。ヴェイルはただちにその場所へ車で向かい、待ちました。今や事態は際どくなっていました。居心地が悪いほど際どくなっていたのです。実際、ヴェイルは心の底から怯えていました。

しかしブラガーは怯えていなかったとぼくは思っています。冷血すぎて怯えることなどできないのです。ほら、ご覧ください。今になっても彼は怯えてさえいません。いいかげん怯えてもよさそうなのに。彼が何をしたかというと、脱兎のごとくここへ戻ってきて、クーパーを迎える準備をしたのです。つまり保管してあった場所から自分のリボルバーを取り出し、研究所の録音機を用意して、スイッチを押せばいいだけにしておきました。誰もここにやってきたクーパーを目撃していないということは、おそらくブラガーはクーパーを入り口で待ち伏せし、道路を通って研究所まで連れてきたのでしょう。ブラガーがクーパーをどんな言葉で誘ったか、ぼくにはわからないとあなたは考えているかもしれません。しかしぼくは知っています。疑問の余地はありません。ブラガーはクーパーに言ったのです。きみが探しているソノシートをわたしは持っていると。そして彼を研究所の中に連れ込み、ソノシートを再生してそのことを証明しようとした。クーパーには録音機とプレイヤーの区別はつきませんでした。ブラガーは録音機をスタートさせました。そして録音が再生されるのを待ち構えてプレイヤーに見入っているクーパーが注意を逸らした隙に、ブラガーは彼のこめかみを撃ったんです。火薬で汚れないように何か——ハンカチのようなもので銃口を覆って。そう、わたしは間違いなく真相にたどり着きました。これ以外に説明はつきません」

ヒックスはちらりとブラガーを見て、それから再びジュディスを見た。「しかし、彼は今になっても怯えていません。そうか、血が一滴もないんですね。あっても数滴という程度なんでしょう。彼はクーパーの死体を窓から投げ捨てました。たぶんそれから外に出て、死体をそれらしい形に直し、自分が撃った銃声の録音されているレコードを録音機から取り出してプレイヤーに載せ、プレイヤーごと開け放たれた窓のそばに置いたんです。それから観客を探しに屋敷へ戻りました。観客は誰でも構わなかったのですが、もっともらしい理由をつけられるのがミス・グラッドだったので、彼女を選んだのです。二人はここへやってきてクーパーがいないことを知りました。ブラガーは驚いたふりをし、クーパーを探しに研究室へ入っていきました。もちろん彼の本当の目的はプレイヤーのスイッチを入れることでした。ブラガーはいそいでミス・グラッドの元へ戻り、間もなく銃声が鳴り響いたのです。仕切りの壁は防音になっていますが、窓は開いていたので、銃声は外で鳴ったように聞こえました。当然二人は外に駆けだし……」

ヘザーはふいに愕然とした表情を浮かべて言った。「だったらジョージはあのとき……あれはジョージを撃った音ではなかったの?」

「いや、間違いなくその音だった」ヒックスは言った。「きみが聞いた銃声は彼が殺されたときのものだ。ただしきみがそれを聞いたのは、実際に銃が撃たれてから三十分ほどあとだったんだ。そしてたった今、きみはまた聞いたことになる。判事と陪審員も、そのときがきたら聞くことになるだろう。何と便利な装置だ。史上初だろうな。銃声そのものが法廷で証拠として使われるのは」

地区検事のコルベットが初めて口を開き、「もしもそれが証拠として認められるなら」と甲高い声で言った。

「まったく」ヒックスは諭すような口調で言った。「まさにあのケースの中で見つかったのに? ブラガー、これはあなたが犯した最大のミスでしたね。あなたにとっては頭の痛い問題だったんでしょう。ミス・グラッドは警察がくるまであなたといっしょにいたし、ソノシートは処分できないものでした。ですが、ケースのほかのソノシートに紛れ込ませることより、もっといいアイディアは浮かばなかったんですか? そこを探すほど頭の切れるやつはいないだろうと考えたのでしょうが。そしてもちろん、ベックが警官の見張りを引き揚げさせたら処分するつもりだったんですね。ぼくがコルベットにその情報を提供してからほんの一時間で警察はそれを見つけてくれましたよ。ぼくがあなたなら、コルベットの先ほどの『もしも証拠として認められるなら』という言葉に希望は抱きません。ぼくの言うことを信じてください。あの判事と陪審員は間違いなくあの銃声を聞くことになるでしょう。それでもまだあなたは怯えない？」

「あの銃声の録音は」ブラガーは嘲るように言った。「何週間も前に実験用に作ったものです。それだけは証言しましょう。あとは黙秘させてもらいます」

「あなたが饒舌なので驚きました」ヒックスは言った。「ぼくには口をきいてくれないと思ってましたから。もう一つお話ししたいことがあります。あなたがミス・グラッドに送った伝言についてです。ヴェイルが待っている場所に行くようにと指示したあの伝言、あなたはさぞかしすばらしい考えだと思ったんでしょうね。ああすればヴェイルを日の当たる場所に引っ張り出せるし、そうなればあなたが何人殺しても、ヴェイルはあなたの側につかざるを得なくなるでしょう。しかしあなたは間違っていた。ヴェイルがけっして冒さないリスクが一つだけあったのです。少なくとも、彼はそんなリスクを冒さないとぼくは思っています」

ヒックスの視線はさっと動き、ヴェイルに突き刺さった。「あなたはどう思います？　これからどうされます？」

ヴェイルは凍りついていた。ヒックスに睨まれていることにも、話しかけられていることにも気づいていないように見えた。垂れさがった厚い瞼でわずかしか見えない目は、宙しか見ていなかったからだ。

「それは」ヒックスはさらに畳みかけた。「狼をなだめるために赤ん坊を投げ込むかどうかという問題です。もしもコルベットがあなたの協力なしにブラガーを有罪にできたなら、彼はあなたも共犯者として有罪にするでしょう。コルベットを知っているので、あなたには保証しておきますが、あなたが隠しごとをするなら、間違いなく彼はそうしますよ。あなたがあくまでも黙っているなら、そういったリスクを覚悟してください。一方、あなたが白状してコルベットに協力すれば、ブラガーなどちょろい相手です。彼を有罪にすることなど楽勝でしょう。そしてあなたは殺人に関しては無罪放免となります。ただし製法を盗んだ件はダンディと解決の道を探らなくてはなりません。あなたは昼食を取る新しい場所を探さなくてはならなくなるかもしれませんね。一対六の賭けです。そして今、あなたは選択しなくてはなりません。ここで話して供述に署名すれば、家に帰れます。話さないなら、ブラガーといっしょに連行されます。これは公式の話です。そうですよね、コルベット。「それは確かに、ほぼその確率だ、ミスター・ヴェイル」

「ああ、その通り」コルベットは答えた。

「この野郎!」ヴェイルは小声で言った。彼の目はいまだに悪意に満ちていたが、もはや警戒してはおらず、真っすぐヒックスを見ていて、誰に悪態をついたかは疑問の余地はなかった。「彼がきみも殺していてくれたら、それだけの価値はあったのに!」

「おお」ヒックスは言った。「あなたは家に帰ることを選んだのですね」

そのときになっても、飛び出した目でジュディス・ダンディを見つめていたブラガーは、怯えているようには見えなかった。

25

土曜の夜の六時過ぎといえば、キッチンで自分の仕事に精を出しているはずのロサリオ・ガーシーは、この三十分間、用があるふりをして五回も食堂に顔を出していた。皿を運びながらテーブルの間を忙しく行き来していた彼の妻は、そんな夫の様子をおもしろがるような、警戒するような目で窺っていた。

ロサリオが客の一人に話しかけた。

「失礼、ミスター・ヒックス。ちょっと邪魔するが、わたしの意見を聞いてもらえるかな」

「どうぞ、ロージー」

「こちらのお嬢さんのことなんだが」ロサリオはヒックスの連れの顔を見つめた。その目には紛れもない崇拝の色が浮かんでいた。「これはお世辞じゃなく、心から言うんだ。おまえさんがこの店に連れてきた女性の中で、彼女は一番の別嬪《べっぴん》さんだ。花だ！　女王だ！　間違いない！　そんなわけで提案なんだが、わたしはこの建物を所有している。だからどうしようとわたしの勝手だ。取り壊そうが、立て直そうが、好きにできる。そう、わたしは考えた。おまえさんのいる階、あの階には部屋が四つある。一つをきれいなバスルームに改装しよう。ドアをつけて、小部屋には窓をつける。ペンキもすっかり塗り替えて……」

「いいや、ロージー。それは素敵なアイディアだが、だめなんだ」

「どうして?」

「こちらのお嬢さんが好きなのは別の男性だからさ。なぜかは神のみぞ知る、だが。あんたが彼に会えたら——いや、会えるぞ! 振り向けば会える。ご本人の登場だ」

「こんなこと」ヘザー・グラッドは顔を赤らめながら言った。「馬鹿馬鹿しいとしか言いようがないわ」

馬鹿馬鹿しいとは、ロサリオの提案なのか、ヒックスの言ったことなのか、はたまたロス・ダンディがふいに現れたことなのかは定かではなかった。新参者がヒックスに愛想よく迎えられ、テーブルにつくよう勧められると、ロサリオは驚きと失望の入り混じった顔をして一歩あとずさった。テーブルにやってきたミセス・ガーシーは食器をもう一組と前菜をもう一人前頼まれた。ロサリオは首を振りながらキッチンへ退散していった。

「ここはいい店ですね」ロス・ダンディは言った。「ぼくはこういった場所が好きなんですよ」

「母上はどうしてる?」ヒックスは尋ねた。「顔を合わせたのか?」

「いいえ。でも起きてすぐに電話しました。といっても三時頃ですが。母と父はリッチフィールドへ出かける用意をしていました。あちらにちょっとした別荘があるんですよ。ちょうど今頃はバドミントンの熱戦を繰り広げているんじゃないかな。両親はバドミントンをすると必ず熱くなってしまうんです。いつも勝つのは母で」

「今回は父上を勝たせてあげるんじゃないかな。高ぶった神経を鎮めるために」

「それはどうかな」ロスは前菜を眺めた。「おいしそうですね。でもぼくはお腹が空いていないんですよ」彼は二、三度皿を突ついただけだった。「起きてから馬のように食べたので」そう言って彼はヘザーを見た。「きみは食べた？」

ヘザーはロスの目を見返し、「いいこと」ときっぱりとした口調で言った。「今回の事件は解決したも同然なのよ。わたしをつけ回すのはやめて。昨日の夜、あなたはわたしをつけたわね。そして車から出ようとしなかった。いっしょに行くと言い張って。だけどそれは結果としてよかった。つまりあのときはそれでよかったとわたしだって認めたわ。わたしがそれをすでに認めたことはあなたも知っているでしょう。あなたが彼に飛びかかってピストルを奪ったあとで。でも今日、わたしをニューヨークまでつけてきたことは、しかもこのレストランまで……」

「ぼくはここまできみをつけてきたわけじゃない」

「そうに決まっているわ！　そうでなかったらどうして……」

「彼はつけてない」ヒックスは言った。

ヘザーは訝しげな顔でヒックスを見た。「つけてない？」

「そう。ぼくが彼をここへ招待したんだ」ヒックスはパンを一切れ千切った。「ある目的のために。だが、その前にさきほどきみに訊かれていた質問に答えよう。きみはどうして犯人がブラガーだとわかったのかと訊いた。答えは、ぼくはわかっていなかったんだ」

ロスとヘザーはまじまじと彼を見つめた。ロスは尋ねた。「どういう意味です？　わかっていなかった?」

「つまり昨日の夜まで犯人がブラガーだということをぼくは知らなかったんだ。疑っていたのはヴェイルで。ヴェイルには火曜の午後のアリバイがあったが、それは工作したものではないかと考えていた。しかしあのミセス・ダービーにかかってきた偽の伝言を頼む電話のことを知ったとたん、ヴェイルは犯人ではないとわかった。彼にその伝言は送れなかった。なぜならきみがあの車に乗ってあの場所にいることを知らなかったからだ。しかも彼にはあんなふうにきみを自分の元に送り込む理由がなかった」

「あんなふうに?」

「自分が巻き込まれるふうに、だ。自分の車のナンバープレートの番号まで教えるなんて妙だろう。ミセス・ダービーがきみにではなく警察にその伝言を教えないという保証はどこにもなかったのだから。つまり巻き込むことでヴェイルを共犯者にしたい誰かがあの伝言を送ったんだ。そこでぼくはあの場所へ行ってクレッセント・ロードに人っ子一人いないのを知ると、理由を繰り返し考え、二つの結論に達した。一つはきみが真っすぐミセス・ダンディのところへ行ったのだろうということ。なぜならきみはそうすると約束していたから。そしてもう一つは、二件の殺人事件におけるブラガーのアリバイは工作されたものだということだ。それからぼくはコルベットのところへ戻ってそのことを教え、彼は研究所の捜索に取りかかった。マニー・ベックはずっと研究所に警官を張りつけていたし。だが、こんな話は退屈だろう。きみは聞いていない」

「まさか、聞いているわ!」ヘザーは抗議した。

「そんなことはない。きみはすでに興味を失っている。ロスがきてからは。たぶんきみは彼がきたことでかっとなってほかのことに集中できないんだ」ヒックスはワインを一口飲んだ。

「だからぼくは彼をここへ招待した目的を果たすことにしよう。そうすれば彼は帰ることができるし、きみも気分がずっとよくなるはずだ」ヒックスは振り向いた。「ネッダ!」

ミセス・ガーシーが小走りでやってきた。

「ぼくがロージーに預かってくれと頼んだ小包を出してもらえないか?」

ミセス・ガーシーは奥に引っ込んだ。

「小包?」ヘザーは訝しげに尋ねた。

ヒックスは大きく千切ったパンで皿のソースを拭いながらうなずいた。「ぼくはそれを自分の部屋に残しておきたくなかった。留守の間にヴェイルが探そうと考えるかもしれなかったからだ。そしてロスをここに招待したのは、ぼくが訴えられたくなかったからだ。イギリスでは、手紙の所有権は書いて送った人にあって、受け取った相手にはない。ここアメリカでは所有権の問題がいまだに多少あいまいだ。だが、ぼくは一か八かの賭けに出るつもりはない。ありがとう、ネッダ、それだよ。だからきみたち二人がいる前で返すのが一番だと考えてね」

「開けないで!」ヘザーがヒックスの袖を摑んだ。「お願いだから……」

「それは何?」ロスは尋ねた。「その形からして、もしかしたら……」

「形を見ればおのずとわかる、か」ヒックスは認めた。「これはミス・グラッドが取っておいたソノシートだ。七枚ある。もとは八枚あったが、一枚は……何をするんだ。だめだ、これはぼくが持っている。きみたちが決めるまでは……」

ヘザーはヒックスを睨みつけた。怒りで言葉も出ない。ロスは彼女を見つめた。こちらも言葉が出なかったが、怒りからではなかった。

「どうしてきみは……」ロスは口ごもった。「きみは、きみは言ったじゃないか。そんなものは取っていないって！」そしてごくりと唾を呑み込む。「きみはとんでもない嘘つきだ！まったくどうしようもない嘘つきだ！　ヘザー！」

ヒックスはたっぷりソースのついたパンをほおばった。

訳者あとがき

本書はアメリカの作家レックス・スタウトによる *Alphabet Hicks* の全訳です。翻訳には改題版の *The Sound of Murder*（Pyramid Books 版）を使用しました。

レックス・スタウトといえば、日本でも私立探偵ネロ・ウルフ・シリーズでお馴染みのミステリ作家です。ネロ・ウルフ・シリーズは世界二十二ヵ国で翻訳され、計四千五百万部を売り上げたほど人気のあるシリーズですが、スタウトはほかにもいくつかのシリーズを書いています。

本書は元弁護士のアルファベット・ヒックスが活躍するシリーズの一冊です。ヒックスはある事件が元で弁護士資格を剝奪され、以後職業を転々とし、現在はニューヨークでタクシーの運転手をしています。正義感が強くて、チョコレート好き、アルファベットが並んでいるだけの、数種類の名刺を持ち歩く変わり者。ある日彼は、たまたま客として乗せた女性から仕事の依頼を受け、久々に事件に乗り出すことになります。

四歳で聖書を二度読了し、十歳までに千冊を超える古典を読んだというインテリのスタウトの作品は、ウィットに富んだ会話や表現も読みどころとされていますが、本書でもその持ち味はいかんなく発揮されています。

場面展開の鮮やかなお芝居を観客席から眺めているようなこの作品を、皆さんもぜひ、スタウトの隣に座ってお楽しみください。

最後に本書を訳出する機会を与えていただいた論創社とインターカレッジ札幌の山本光伸先生、並びにご指導いただいた諸先生、助言をいただいた皆様、そして本書を読んでくださった皆様に、この場をお借りして心からお礼申し上げます。

Alphabet Hicks
(1941)
by Rex Staut

〔訳者〕
加藤由紀（かとう・ゆうき）
立教大学文学部英米文学科卒。神奈川出身。インターカレッジ札幌等で翻訳を学ぶ。

アルファベット・ヒックス
——論創海外ミステリ 30

2005年10月10日　初版第1刷印刷
2005年10月20日　初版第1刷発行

著　者　レックス・スタウト
訳　者　加藤由紀
装　幀　栗原裕孝
編　集　蜂谷伸一郎　今井佑
発行人　森下紀夫
発行所　論 創 社
〒101-0051 東京都千代田区神田神保町2-23 北井ビル
電話 03-3264-5254　振替口座 00160-1-155266

印刷・製本　中央精版印刷

ISBN4-8460-0645-X
落丁・乱丁本はお取り替えいたします

19　**歌う砂―グラント警部最後の事件**

ジョセフィン・テイ／鹽野佐和子 訳

「しゃべる獣たち／立ち止まる水の流れ／歩く石ころども／歌う砂／…………／そいつらが立ちふさがる／パラダイスへの道に」――事故死と断定された青年の書き残した詩。偶然それを目にしたグラント警部は、静養中にもかかわらず、ひとり捜査を始める。次第に浮かび上がってくる大いなる陰謀。最後に取ったグラントの選択とは……。英国ミステリ界の至宝ジョセフィン・テイの遺作、遂に登場！　本体 1800 円

20　**殺人者の街角**

マージェリー・アリンガム／佐々木愛 訳

その男は一人また一人、巧妙に尊い命の灯を吹き消してゆく。だが、ある少女の登場を端に、男は警察から疑いをかけられることに……。寂れた博物館、荒れ果てた屑鉄置場――人々から置き去りにされたロンドンの街角を背景に、冷酷な殺人者が追いつめられる。英国黄金時代の四大女性探偵作家のひとり、アリンガムのシルバー・ダガー賞受賞作品、初の完訳。

本体 1800 円

21　**ブレイディング・コレクション**

パトリシア・ウェントワース／中島なすか 訳

血と憎悪の因縁にまみれた宝石の数々、ブレイディング・コレクション。射殺死体となって発見された所有者は、自らの運命を予期していた……！？　忌まわしき遺産に翻弄される人々の前に現れた探偵は、編み物を手にした老婆だった。近年、再評価の声も高まっているウェントワースの“ミス・シルヴァー”シリーズ、論創海外ミステリに登場。　本体 2000 円

16　ジェニー・ブライス事件

M・R・ラインハート／鬼頭玲子 訳

ピッツバーグのアレゲーニー川下流に住むミセス・ピットマン。毎年起こる洪水に悩まされながら、夫に先立たれた孤独な下宿の女主人としてささやかな生活を送っていた。だが、間借りをしていたジェニー・ブライスの失踪事件を端緒に、彼女の人生は大きな転機を遂げることになる。初老の女性主人公が、若い姪を助けながら犯人探しに挑む、ストーリーテラー・ラインハートの傑作サスペンス。

本体 1600 円

17　謀殺の火

S・H・コーティア／伊藤星江 訳

渓谷で山火事が起こり、八人の犠牲者が出た。六年の歳月を経て、その原因を究明しようと男が一人、朽ち果てた村を訪れる——火事で死んだ親友の手紙を手がかりにして。オーストラリアの大自然を背景に、緻密な推理が展開される本格ミステリ。

本体 1800 円

18　アレン警部登場

ナイオ・マーシュ／岩佐薫子 訳

パーティーの余興だったはずの「殺人ゲーム」。死体役の男は、本当の死体となって一同の前に姿を現わす！　謎を解くのは、一見警察官らしからぬアレン主任警部。犯人は誰だ！？　黄金時代の四大女性作家のひとり、ナイオ・マーシュのデビュー作、遂に邦訳登場。

本体 1800 円

13　裁かれる花園
ジョセフィン・テイ／中島なすか 訳
孤独なベストセラー作家のミス・ピムは、女子体育大学で講演をおこなうことになった。純真無垢な学生たちに囲まれて、うららかな日々を過ごすピムは、ある学生を襲った事件を契機に、花園に響く奇妙な不協和音に気づいたのだった……。日常に潜む狂気を丹念に抉るテイの技量が発揮されたミステリ、五十余年の時を経て登場。
本体 2000 円

14　断崖は見ていた
ジョセフィン・ベル／上杉真理 訳
断崖から男が転落した。事故死と判断した地元の警察の見解に疑問を抱いた医師ウィントリンガムは、男の一族がここ数年謎の事故死を遂げていることを知る。ラストに待ち受ける驚くべき真相にむけ、富豪一族を襲った悲劇の幕がいま開かれる。実際に医学学位を取得していることから、豊富な医療知識で読者を唸らせたベルによる「ウィントリンガム」シリーズの一作。 本体 1800 円

15　贖罪の終止符
サイモン・トロイ／水野恵 訳
村の名士ビューレイが睡眠薬を飲み過ぎ、死を遂げた。検死審問では事故死と判断されるが、周りには常日頃から金の無心をしていた俳優の弟、年の離れた若き婚約者など怪しい人物ばかり。誰一人信用が置ける者がいない中、舞台はガーンジー島にある私塾学校に移り、新たな事件が展開する！　人間の哀しき性《さが》が描かれた心理サスペンス。
本体 1800 円

10 **最後に二人で泥棒を—ラッフルズとバニーⅢ**

E・W・ホーナング／藤松忠夫 訳

卓越したセンスと類い希なる強運に恵まれた、泥棒紳士ラッフルズと相棒バニー。数々の修羅場をくぐり抜け、英国中にその名を轟かせた二人の事件簿に、いま終止符が打たれる……大好評「泥棒紳士」傑作シリーズの最終巻、満を持して登場！　全10話＋ラッフルズの世界が分かる特別解説付き。 本体1800円

11 **死の会計**

エマ・レイサン／西山百々子 訳

コンピュータの販売会社ナショナル・キャルキュレイティング社に査察が入った！　指揮するのは、株主抗議委員会から委託されたベテラン会計士フォーティンブラス。凄腕の会計士とうろたえるナショナル社の幹部達との間に軋轢が生ずる。だが、これは次へと続く悲劇の始まりに過ぎなかった……。スローン銀行の副頭取ジョン・パトナム・サッチャーが探偵役となる、本格的金融ミステリの傑作。 本体2000円

12 **忌まわしき絆**

L・P・デイビス／板垣節子 訳

小学校で起こった謎の死亡事故。謎を握る少年ロドニーは姿を消す。その常識を遥かに超えた能力に翻弄されながらも、教師達は真相に迫るべく行動する。少年の生い立ちに隠された衝撃の秘密とは？　異色故、ミステリ史に埋もれていた戦慄のホラー・サスペンス、闇から蘇る。 本体1800円